FUSION FANTASTIC STORY

미더라 장편 소설

괴짜 변호사 : 악마의 저울 11

미더라 장편 소설

초판 1쇄 찍은 날 § 2015년 12월 1일
초판 1쇄 펴낸 날 § 2015년 12월 8일

지은이 § 미더라
펴낸이 § 서경석

편집책임 § 이창진

펴낸곳 § 도서출판 청어람
등록번호 § 제387-1999-000006호
등록일자 § 1999. 5. 31
어람번호 § 제1-2303호

주소 § 경기도 부천시 원미구 부일로 483번길 40 서경B/D 3F (우) 14640
전화 § 032-656-4452 팩스 § 032-656-4453
http://www.chungeoram.com
E-mail § chungeorambook@daum.net

ISBN 979-11-04-90539-1 04810
ISBN 979-11-04-90196-6 (세트)

ODD LAWYER

Devil's Balance

괴짜 변호사
악마의 저울

11

FUSION FANTASTIC STORY

미더라 장편 소설

Contents

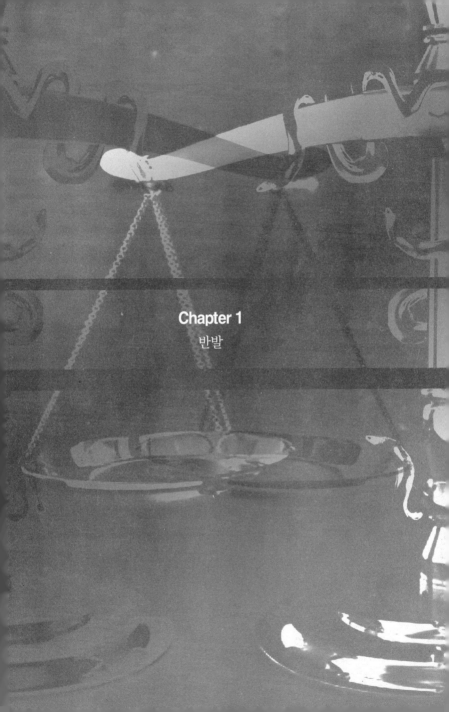

Chapter 1

반발

"이런 씨… 아우! 내가 이럴 줄 알았지."

인터넷을 보고 있던 한 남자가 씩씩대면서 욕을 퍼부었다. 그는 지금 상황에서 속이 후련해질 수 있는 그런 엄청나게 더럽고 충격적인 욕이 없다는 게 아쉬웠다. 그랬다면 조사 결과 혐의가 없다고 발표한 검찰에게 해주었을 텐데 말이다.

"하여간 검사 바뀌었을 때부터 이상했어. 혐의가 없어? 접대받은 일도 없고? 차라리 사자가 초식동물이라고 해라, 이 새끼들아!"

남자는 재벌과 거물 정치인이 아니었다면 절대로 이런 결과가 나오지 않았을 것이라고 생각했다. 일반인은 별거 아닌 일에도 쥐 잡듯이 하면서 뭔가 있는 놈들에게는 알랑방귀를 뀌기 바쁜 게 검찰이라고 욕을 했다.

"그러니까 떡찰이라는 소리를 듣지. 이번에도 뻔한 거 아냐? 뭔가 큰 게 오갔으니까 이런 사건이 그냥 이렇게 흐지부지 끝나지."

이럴 때는 정말 화가 치밀었다. 주변에 있는 뭐라도 집어 던져야 화가 풀릴 것 같았다. 하지만 그럴 수는 없는 일. 남자는 애꿎은 마우스만 쾅 하고 내려치고는 잠시 씩씩거리다가 핸드폰을 찾았다.

술이라도 한잔해야겠다는 생각이 들어서 누구에게 연락할까 고민했다. 오늘 같은 날은 한잔하지 않고서는 견딜 수 없을 것 같았다. 그게 다 술꾼들 핑계라고 말하는 사람도 있지만, 정말 기분이 거지 같았다.

가뜩이나 하는 일도 잘 풀리지 않고 힘들었다. 특별히 잘못한 것도 없었다. 자신은 그저 열심히 하던 일을 했을 뿐이었다. 하지만 상황은 점점 좋지 않게 흘러갔다. 장사는 점점 어려워졌고 먹고살기는 점점 힘들어졌다.

"하여간 돈 있고 빽 있는 새끼들만 잘 먹고 잘사는 드러운 세상!"

성실하게 일했다. 하지만 돈이 모이지 않았다. 돈이 모이기는커녕 언제 망할지도 모르는 상황이 되어버렸다. 하루하루가 지옥 같았다. 가게가 적자가 나게 생겼지만 월세는 떨어지는 법이 없었다.

그렇다고 재료를 이상한 걸 쓸 수는 없었다. 사람의 입만큼

간사한 게 없는 법이다. 맛이 변하면 그나마 찾아오던 손님들도 모두 떨어져 나갈 것이다. 그래서 남자가 찾은 방법은 다른 비용을 줄이는 거였다.

별수 있겠는가. 인건비를 줄이는 방법밖에는 없었다. 상대적으로 인건비가 저렴한 조선족 아주머니를 쓸 수밖에 없었다. 그래도 살기 어려운 건 별로 나아지지 않았다. 그저 간신히 버티는 정도.

"무전유죄 유전무죄 이야기가 나온 게 벌써 언제야? 니미럴. 그런데 지금까지 바뀐 게 없어요, 바뀐 게. 아니지, 오히려 더 안 좋아졌지."

경기가 좋은 적이 언제였는지 생각도 잘 나지 않았다. 남자는 올해 졸업하는 아들도 취업이 되지 않는다면서 걱정하던 게 떠올라서 입맛이 썼다. 괜찮은 대학에 들어가서 열심히 공부하고 한눈도 팔지 않는 착한 아들이 왜 취직이 되지 않는지 이해가 되지 않았다.

영어도 잘했고, 학교 성적도 좋았다. 학교도 수도권에서도 꽤 좋은 대학이었고. 그런데도 서류 전형을 통과하는 것도 정말 힘들었다. 기업에서 아예 사람을 뽑을 생각을 하지 않으니 어마어마한 스펙을 가지고 있는 사람도 취업이 안 된다는 말을 들었다.

"우리가 일해서 잘사는 놈들 배만 점점 불리는 꼴이라니까."

장사 잘하면 뭐하나. 월세로 다 빠지는데. 어떤 사람들은 사

장이 갑이라고 하는데 음식점 사장 같은 사람은 갑이라고 할
수도 없었다. 남자는 자신과 같은 사람들이 열심히 일해서 꼭
대기에 있는 사람들 재산을 늘려주는 것 같다는 생각이 들었
다.

　중세시대와 변한 게 별로 없는 느낌이었다. 그때는 직접적
으로 돈을 거두어 갔지만, 지금은 교묘한 방법을 통해서 벌어
놓은 돈을 가져가는 느낌이었다. 남자는 정말로 가만히 있으
면 안 되겠다고 생각했다.

　이대로 있다가는 정말 노예처럼 살아갈 수밖에 없다는 생각
이 들어서였다. 이 남자처럼 생각하는 사람들도 제법 있었다.

　하지만 실제로 꼭대기에 있는 사람들은 전혀 걱정하지 않았
다.

　"어차피 우리들 손바닥 안에서 놀아나는 놈들이야. 지금까
지 이런 일 한두 번 봤어? 뭘 걱정을 해? 이 정도는 애들 장난
이지."

　남자는 이런 식으로라도 해결되어서 어르신도 크게 역정을
내지는 않으셨다고 이야기했는데, 선생님이라고 불리는 백발
의 남자가 사람들의 반응이 좀 격렬하다고 말하자 비웃으면서
말했다.

　"시민들뿐만 아니라 평검사들도 움직임이 심상치 않다고
해서……."

　"지까짓 놈들이 움직이면 뭘 어쩔 건데? 이거 오늘따라 왜

이러시나, 평소 이러지 않던 사람이? 그사이에 무슨 일이라도 있었나?'

어르신을 모시는 남자는 그동안 훨씬 더 험악한 일도 겪었으면서 왜 이러느냐고 이야기했다. 선생님은 조심해서 나쁠 건 없지 않으냐고 이야기했는데, 남자는 피식 웃으면서 말했다.

"당신도 늙었나 보군. 늙으면 소심해지는 법이지."

남자는 선생님을 완전히 무시하는 듯 이야기했지만, 선생님은 태연하게 받아넘겼다.

"건방을 떨다가 한순간에 끝장나는 걸 하도 많이 봐서요. 그러는 것보다는 조금 소심하게 보여도 안전한 게 더 좋은 것 같더군요."

"그런가? 뭐 안전한 것도 나쁘지는 않지."

남자는 선생님이 자신의 말을 유연하게 맞받아치는 게 상당히 거슬렸지만, 일을 잘 해결한 이상 넘어가 주었다. 앞으로도 쓸 일이 많은 사람이니 너무 몰아세우는 것도 좋지 않다고 생각하면서. 선생님은 그런 남자를 보면서 슬며시 웃으면서 말을 꺼냈다.

"그래도 약간은 다독이거나 해줄 필요는 있지 않겠습니까?"

"어차피 입으로만 떠드는 것들인 거 당신도 잘 알지 않나? 굳이 그런 데까지 신경을 쓸 거 없다고. 조금만 지나면 자연스럽게 조용해질 테니까."

남자는 지금이야 처음으로 불이 붙어서 화력이 센 것처럼 보일지 모르지만, 곧 수그러들 것이라고 이야기했다.

"땔감이 없는데 불이 계속 탈 수가 있나. 그러니까 땔감만 치워 버리라고. 아니라고 하는데 지들이 어쩔 건데. 증거가 있나?"

"간혹 루머를 퍼뜨려서 불에 기름을 확 끼얹는 경우도 있으니 조심은 해야 합니다."

"그러니까 이번에 사건 맡았던 그 검사… 이름이 뭐더라? 음… 하여간 그 검사만 입단속 잘해놓으라고. 그러면 아무 일 없는 거 아냐."

선생님은 차동출 검사라고 하면서 알아서 입을 막아놓겠다고 이야기했다.

"지금 평검사들 움직이는 것도 전부 차동출? 그 인간이 난리를 쳐서 그런 거라면서? 그러니까 일 커지기 전에 그놈만 잘 손을 보라고. 그러면 잠잠해질 거니까."

남자는 어차피 싸움이 되지 않긴 하지만, 그래도 그 검사는 자료를 직접 보았으니 조심해야 한다고 이야기했다. 그것만 아니면 싸움이 될 수가 없다고 말했다.

"싸움이 되려면 체급이 어느 정도 맞아야지. 그런데 우리는 헤비급이고 평검사 나부랭이는 초등학생 정도 되는 거 아닌가. 이건 싸움이 안 되지. 그러니까 가지고 있는 칼만 빼앗아. 애들이라도 칼을 가지고 있으면 위험할 수 있으니까."

칼이라는 건 차동출 검사, 그리고 그가 알고 있는 내용이었다. 그것만 아니면 문제가 없을 테니 반드시 조치하라고 말했다. 선생님은 이미 생각해 놓은 게 있다면서 걱정하지 말라고 이야기했고.

"그런 거야 당신이 전문이니까 알아서 잘하겠지. 하지만 이번에는 좀 위험했어. 명줄 보전하려면 정신 똑바로 차려야 할 거야."

"알겠습니다. 여부가 있겠습니까."

얼마간 이야기를 더 나눈 후에 남자는 밖으로 나갔다. 그가 나가자 선생님은 눈을 가늘게 뜨고는 입가에 비웃음을 매달았다.

"잘난 척하기는. 어르신 이름 빌려서 사는 주제에."

선생님은 이미 남자를 쳐내기로 하고 작업을 진행하고 있었다. 지금이야 위세를 뽐내면서 제 세상인 것처럼 활개 치고 다니지만, 조금만 지나면 자신을 찾아와 무릎을 꿇게 될 것이다. 지금까지 그런 사람을 여럿 보았다.

하지만 절대로 살려주거나 하지는 않을 것이다. 쓸모가 있을 것 같은 사람은 명줄은 남겨놓는다. 그렇지 않은 사람은 마지막으로 이용해 먹거나 아니면 그냥 내쳐 버린다.

"이번 사건의 희생양으로 저놈을 빵에 집어넣어 버려? 아니면 적당한 사건이 뭐가 있으려나… 아니면 그냥 버릴까?"

제법 위세가 있던 인물이니 적당한 사건의 배후로 내세우면서 쳐내는 게 가장 좋긴 하다. 그러면 사건도 해결되면서 꼴 보기 싫은 놈도 제거할 수 있는 거니까. 그리고 그 자리를 노리고 있던 사람과 적당히 흥정해서 무언가를 얻어낼 수도 있는 일이고.

간혹가다 일반인에게는 잘 알려지지 않은 인물이지만, 큼직한 사건을 지휘한 인물로 밝혀져서 자리에서 물러나거나 조사를 받는 경우가 있다. 실제로 그런 경우도 있지만, 파워 게임에서 밀려서 그렇게 되는 경우도 있다.

힘과 권력을 가지고 있는 사람들의 싸움은 아주 복잡하다. 절대적인 강자도 없고, 영원한 적과 동지도 없다. 틈을 보이면 가장 가까웠던 자가 목덜미를 물어뜯는다. 비틀거리면 어제까지 동지였던 자들도 서로 뜯어먹으려고 달려들고.

"그나저나 차동출은 크게 걱정하지 않아도 될 건데 정 변호사 건은 어떻게 한다?"

한 실장이 여지가 있다고 하면서 협상을 진행하고 있었다. 상황이 이렇게 되었으니 어차피 협상할 수밖에 없을 것이라고 하면서.

"배후에 있는 우리가 얼마나 강한지 알게 되었을 테니 순순히 말을 들을 것이라고 했지? 하기야 친하던 차동출이 힘도 쓰지 못하고 수사에서 손을 떼야 하는 것도 직접 보았고, 지 대표나 서 기자가 그렇게 된 것도 보았을 테니 기가 좀 죽었겠지."

게다가 장중범이나 백 선생을 위해서 목숨을 걸 정도로 친분이 있는 것도 아니지 않은가. 그러니 혁민 입장에서는 지금 가지고 있는 자료로 이득을 취하는 게 가장 좋은 방법이라고 그는 생각했다.

"지금쯤 만나고 있겠군."

그의 말대로 한 실장과 혁민은 만나서 이야기를 나누고 있었다.

"협조하는 거야 뭐 어렵겠습니까. 대가만 맞는다면 말입니다."

"확실하기만 하면 적당한 대가는 드려야죠. 서로 이득이 되는 게 있다면 협상이 이루어지지 않을 이유가 없는 거 아니겠습니까."

한 실장은 차동출의 이야기를 슬쩍 꺼내면서 혁민을 압박했다.

"차 검사님께도 상당히 좋은 조건을 제시했는데 말입니다. 다른 것도 아니고 그냥 협조를 해주시면 되는 거였는데… 아쉽게 됐습니다."

"그러게요. 설마 이렇게 될 줄은……."

혁민은 적당히 장단을 맞춰주었다. 자신은 조건을 받아들이라고 했다면서. 상대를 놓아주라는 것도 아니고 배후에 있는 자를 잡기 위해서 협조를 하는 건데 뭐가 어려우냐고. 게다가 요직까지 올라갈 수 있는 기회가 어디 흔하게 찾아오는 기회인가.

"그러면 조건부터 서로 맞춰볼까요?"

"간단하게 이야기를 드리죠. 돈을 원하시면 돈으로 드릴 수도 있습니다. 수백억 원을 원하시거나 그러면 좀 곤란하겠지만 말입니다."

"어휴~ 수백억 원이라. 말만 들어도 좋네요. 저도 뭐 그런 허황된 금액을 바라는 건 아닙니다. 합리적이고 적당한 수준이어야 뒤탈이 없는 법이죠."

혁민의 말에 한 실장은 역시나 이야기가 통하는 분이라고 치켜세우면서 다른 이야기를 덧붙였다.

"개인으로야 활동하는 데 한계가 있을 거라서 조금 다른 제안도 드릴까 합니다. 로펌에 들어가시는 게 어떻습니까?"

개인 변호사를 하면서도 영향력이 있으려면 적어도 대법관을 하고 나온 정도는 되어야 가능할 것이라고 한 실장은 말했다. 그러니 로펌에 들어가서 인맥이나 세력을 좀 만드는 게 좋지 않겠느냐고 말했다.

"로펌이요?"

"예, 그렇습니다. 태경도 괜찮고 다른 상위권 로펌도 가능하고요."

한 실장은 그곳에 핵심적인 위치로 들어갈 수 있게 해주겠다고 이야기했다.

"처음부터 시작하면 언제 올라가겠습니까. 그러니 처음부터 상당히 높은 지위부터 시작하시죠. 변호사님 실력이라면 그렇게 큰 잡음은 없을 겁니다."

한 실장은 거물의 바로 밑으로 들어갈 수 있도록 하겠다고 이야기했다.

"변호사님은 나이도 젊고 하니 아직 파트너급을 노리는 건 아닌 것 같고. 그래서 연륜도 많고 인맥도 있는 그런 분의 핵

심 멤버로 들어가면 딱 좋을 것 같습니다."

그는 일만 잘 풀리면 아주 젊은 나이에 파트너 변호사가 될 수도 있을 것이라고 이야기했다.

"일을 잘 풀리도록 하는 게 또 제가 잘하는 일이라서……."

한 실장은 너털웃음을 터뜨리면서 이야기했다. 혁민도 따라 웃으면서 무척이나 좋은 조건인 것 같다고 말했다.

"상당히 좋은 조건이군요. 그러면 제가 할 일은 어떤 것인지……."

"일단은 자료를 저희에게 주시고 자료를 받은 사람의 연락처나 모든 것을 알려주시면 됩니다."

"그런 다음에는요?"

혁민은 확답은 하지 않았지만, 그런 것까지는 가능하다고 보이게 이야기했다. 한 실장은 혁민의 예상대로 그런 생각을 하는 듯했다. 얼굴에 일이 잘 풀리는 것 같다고 생각하는 티가 조금 났다.

"그다음은 배후에 있는 인물을 잡는 데 도움을 주셔야겠죠. 그건 어려운 일이 아닐 겁니다. 저희가 다 알아서 움직일 테니까요."

한 실장은 절대적으로 안전하게 진행할 테니 그런 점도 걱정하지 말라고 이야기했다. 혁민은 제안을 듣고서는 잠시 생각을 하다가 대답했다.

"생각을 좀 해도 될까요? 아무래도 중요한 상황이라서."

"물론입니다. 하지만 시간을 무한정 드릴 수는 없고… 이번

주까지는 답변을 주셔야겠습니다."

"알겠습니다. 그렇게 하죠."

이야기를 마친 혁민과 한 실장은 악수를 하면서 웃었다. 서로 생각하는 건 달랐지만.

혁민은 조금이라도 더 좋은 조건을 얻어내기 위해서 한 실장과 밀고 당기기를 계속했다. 덕분에 한 실장은 조금 짜증스러워했다. 그의 제안에 이렇게까지 디테일한 부분까지 이야기를 하는 경우는 많지 않았기 때문이었다.

하지만 한편으로는 좋은 현상이라고 생각하고 있었다. 욕심이 많은 사람처럼 다루기 쉬운 사람도 없으니까. 그래서 적당히 조율한 후에 빨리 작업을 진행해야겠다고 마음먹고 있었다.

"아마도 조만간 일이 진행될 거라고 믿고 있을 겁니다."

"그렇겠지. 그 사람들에게는 그게 당연한 걸 테니까."

차동출은 자신도 계속 강도를 높이고 있다고 이야기했다. 평검사들을 만나고 다니면서 이번 일을 문제 삼으려는 움직임을 보여주고 있었다.

"검찰이 아무리 상명하복의 조직이라고는 해도 예전과는 다르다는 걸 좀 보여줄 필요는 있겠지. 그리고 생각한 것보다는 호응도 좋아."

"자기가 맡은 사건 강제로 손 떼게 하는 거 좋아할 검사가 어디 있겠어요. 그것도 고위층 비리 묻으려고 한 건데."

자신이 그런 일을 당했다고 생각하면 얼마나 이가 갈리겠는

가. 아무리 검찰의 위계질서가 추상과 같다고 해도 정도를 넘어서면 반발이 있을 수밖에 없다. 평검사들이 이번에 호응을 하는 것도 이런 일이 검찰에서 있어서는 안 되는 일이라는 공감대가 형성되었기 때문일 것이다.

하지만 상대도 만만치는 않았다. 일이 커지지 않게 단속을 하고 있었다. 무조건 찍어 누르는 건 좋지 않다고 생각했는지, 증거가 부족하다는 걸 내세우면서 막고 있었다. 그것도 제법 그럴듯하게 들리도록 내용을 잘 만들어서 말이다.

그래서 폭발적으로 일이 커지지는 않고 있었다. 차동출이 불은 붙였지만, 큰불로 번지는 건 막고 있는 것이다.

"언론 쪽은 어때? 관심을 좀 보이던가?"

"관심이야 보이죠. 그런데 너무 거물들이라서 조금 부담스러워하더라고요."

애초에 전면에 내세운 세 사람은 중상위 정도 되는 사람들이었다. 너무 잔챙이로 시작하면 상대가 경계하지 않을 수는 있지만, 사람들의 관심을 끌기 어려울 것이다. 그렇다고 너무 거물들로 시작하면 해보기도 전에 엎어질 공산이 컸고.

그래서 적당한 인물이라고 생각한 사람들 중에 고른 사람들이었다. 지금이야 위에서 손을 써서 혐의가 없다고 하고서 없었던 일처럼 되어버렸지만, 차동출과 혁민의 손에는 그보다 훨씬 더 거물들의 비리가 있었다.

그런데 이것도 마찬가지였다. 어설프게 접근했다가는 시도를 하자마자 진압당할 게 뻔했다. 진실? 법? 다 좋은 이야기다.

하지만 그런 게 통하면 좋겠지만, 안타깝게도 그렇지 않은 경우가 있다.

"상대가 상대이니만큼 이전보다도 더 신경을 써야 한다고. 지금 우리가 어중간한 녀석들 건드렸는데도 이렇게 나오는 거 보라고. 그러니 정말 대가리들 건드렸다가는 어떻게 나올지 모르는 거야."

차동출은 자신이 좀 피해를 보고 그러는 건 괜찮다고 말했다. 일만 제대로 진행이 될 수만 있다면 그 정도 피해는 감수할 수도 있다는 거였다. 그런데 문제는 사건 자체가 완전히 덮일 거라는 점이었다.

요즘 세상에 그런 게 어떻게 가능하겠느냐고 말하는 사람도 있을 수 있다. 하지만 현실은 생각하는 것보다 훨씬 더 잔혹하고 시궁창이며 지옥이다. 그것이 전부 드러나지 않아서 그렇지 제대로 알게 되면 드라마나 영화를 보지 않게 될지도 모른다. 드라마나 영화에서 보는 것보다 훨씬 충격적인 게 현실이라는 걸 알게 될 테니까.

"그런데 언론 쪽도 좀 위험하지 않아요? 하기야 이쪽부터 시작하는 것 말고는 방법이 없기는 하지만⋯⋯."

그나마 언론사를 이용하는 방법이 좋기는 하다. 국민들의 공분을 사게 되면 어물쩍 넘어가지는 못할 테니까. 문제는 언론사까지도 그들의 권력에서 완전히 자유로울 수 없다는 점이다.

언론사의 주 수입원은 광고다. 당연히 광고주의 눈치를 볼 수밖에 없다. 그러니 재벌들에게 불리한 내용은 쉽게 내보내기 어려울 수밖에. 언론의 자유라는 말을 하고는 있지만, 그런 기사나 방송이 나가려고 하면 바로 연락을 받게 된다.

"광고 다 끊어지게 지금 뭐 하는 거냐는 소리 듣게 되지. 그런데 파워가 어디가 더 있겠어. 광고 수주해서 회사에 돈 벌어다주는 쪽이 파워가 더 강하다고."

"그거야 당연한 거죠. 회사도 돈 없으면 운영이 되나요? 언론의 자유 같은 거 이야기를 하려면 거기에서부터 자유로워야 하는데 그럴 수는 없으니까……."

혁민은 기사가 그래도 가장 적합하다고 생각하고 이번에 알게 된 기자들과 접촉하고 있었고, 인연이 있는 윤종연 PD와도 슬쩍 이야기를 나누었다.

"방송은 워낙 시간이 오래 걸리니까 좀 그렇더라고요. 제대로 나가기만 하면 파급력은 훨씬 크긴 하겠지만."

게다가 그런 걸 가만히 내버려 둘 사람들이 아니다. 아무리 극비로 일을 진행한다고 해도 방송은 연관된 사람도 많고 기간도 오래 걸리니 분명히 어디선가 이야기가 샐 수밖에 없다. 하지만 기사는 일단은 기자만 알고 있으면 되는 일이니 외부로 알려질 가능성이 그만큼 적다.

"그래도 둘 다 알아보는 게 좋아. 일단 기사로 터뜨리고 방송도 얼마 후에 나가고 하면 그게 베스트지. 상황이 그렇게까지 되면 그 누구라도 어쩔 수 없을 테니까."

차동출은 더구나 총선이 얼마 남지 않은 상황이니 쉬쉬하면서 묻을 수는 없을 거라고 자신했다. 어느 쪽이든 그런 모습을 보였다가는 총선에서 참패할 테니까.

그러기 위해서 지금 혁민과 차동출은 시선도 좀 끌고 시간도 벌고 있는 거였다. 자신들이 그런 준비를 하고 있다는 걸 다른 쪽에서 눈치채지 못하게 하려고.

"이번에는 정말 확실하게 해보자고. 가만히 두면 절대로 안 되겠어. 계속 이렇게 해도 되는 줄 알고 점점 더 타락할 게 눈에 뻔히 보여."

"당연한 거 아닙니까. 문제 생겨도 어떻게든 덮으면 그만이다. 정 문제가 되면 희생양으로 적당한 사람 하나 내세워서 마무리하고, 아니면 다른 방법으로 끝내 버리고."

그런 것이 통할 것이라고 자연스럽게 생각을 하니 거리낌 없이 온갖 비리를 저지르는 거다. 혹시라도 문제가 되어도 어떻게든 빠져나올 수 있다고 생각하니까.

"이런 일에는 특징이 있거든? 처음에 시작하는 게 어렵지 한번 하고 나면 그다음부터는 오히려 즐기게 된다고. 도둑질이나 마약이나 그런 것들도 비슷해. 처음이 어렵지 했는데 아무런 일도 없으면 점점 빠져들게 되는 거야."

"맞습니다. 거기다가 그자들은 브레이크를 걸어줄 사람도 없잖아요."

그런 일이 쌓여갈수록 사회는 망가진다. 권력이란 놈은 한번 잡으면 절대로 스스로 놓는 법이 없다. 계속 차지하려고 하고 물러나지 않으려고 한다. 그렇게 되면 계속 가진 놈들만 덩

치가 커지고 나머지 사람들은 쪼들리는 삶을 살게 된다.

"바다도 말이야, 태풍이 생겨야 더 좋아지거든. 내가 잘은 모르지만 태풍이 있어야 바다 생태계도 활성화가 되고, 오염된 바닷물을 정화하기도 한다는 거야."

"들은 것 같네요. 태풍이 와야 적조 현상 같은 게 없어진다고……."

"그래. 고인 물은 어차피 썩게 되어 있잖아. 그런데 너무 오랫동안 고여 있었어. 그러니까 이제는 태풍이 필요할 때지. 그렇지 않으면 점점 더 문제가 커질 거야."

차동출은 태풍이 불어서 큰 변화가 있어야 모든 것이 정상으로 돌아갈 수 있다고 열변을 토했다. 그리고 지금 그러지 못하면 또 언제 이런 기회가 있을지 모른다는 말도 했다.

"이런 자료가 우리에게 온 게 우연은 아닐 거야. 내가 운명이나 이런 거 잘 믿지는 않는데, 이건 정말 어떤 운명인 것 같다."

차동출은 혁민에게 조심해서 일을 진행하라고 했다. 지금 삐끗하면 모든 게 수포로 돌아가게 되니까.

"아이고. 제 걱정 하지 마시고 검사님이나 잘하시죠. 아무래도 느낌이 좋지 않아요."

혁민은 분명히 무슨 술수를 부릴 거라고 말했다. 차동출은 모든 자료를 본 사람이다. 그의 입을 막지 않으면 어떤 문제가 생길지 모른다. 그러니 포섭을 하든, 회유를 하든, 압력을 넣든, 어떤 방법으로든 그의 입을 막으려고 할 것이다.

차동출도 그럴 것이라는 사실을 알고 있었다. 그래서 요즘은 부쩍 조심하고 있었다. 이렇게 중요한 시기에 책잡힐 일을 해서는 안 되니까. 뭐라도 하나 걸리면 그걸 확대해서는 차동출을 매장시켜 버릴 게 뻔하니까.

둘은 서로 조심하라고 하고는 하이파이브를 했다. 그리고 각자 갈 길로 걸어갔다. 그 길은 좁고 험한 길이었지만, 앞으로 내딛는 발걸음에 망설임이나 주저함 같은 건 티끌만큼도 없었다.

*　　　*　　　*

"아니, 이거 왜 이러십니까. 이렇게 처리가 잘되면 좋은 거 아닙니까."

─아니, 지금 상황이 그렇지 않다는 거 자네도 잘 알지 않나. 이거 다 아는 사람들끼리 왜 이래? 그러지 말고 내 부탁을 좀 들어달라니까.

백발의 선생님은 피식 웃었다. 외국으로 나간 사이에 일이 잘 해결된 것만 해도 감사를 할 일인데 그룹 지배권까지 놓치지 않으려고 욕심을 내고 있었기 때문이었다.

"직접 들어오셔서 해결하면 되는 거 아니겠습니까. 뭘 그리 걱정하십니까."

─일이 그렇게 간단하면 내가 이러겠나. 지금 화급하니까 이러는 거 아닌가.

회장은 거의 죽는소리를 해가면서 도와달라고 부탁했다. 하지만 선생님은 그럴 생각이 전혀 없었다. 뭣 때문에 그런단 말인가. 이미 이자의 동생과 이야기가 끝난 상황인데 말이다.

더구나 이미 주주들의 표가 대거 동생에게로 넘어간 상태다. 동생은 현명하게도 그가 돌아오기 전에 일을 마무리할 것이고. 그러니 이자가 다시 돌아온다고 해도 예전과 같은 힘을 발휘할 수는 없다.

하지만 그렇다고 척을 질 것까지는 없다. 사람의 일이라는 게 어떻게 될지 모르는 일이니까. 그래서 적당히 거리만 유지하고 있었다. 적은 많을수록 피곤해진다. 그러니 적을 만들지 말든가, 아니면 적을 아예 없애 버리든가 해야 한다.

그렇지 않으면 반드시 나중에 후회한다는 게 선생님의 생각이었다. 하지만 살아가면서 어떻게 적을 만들지 않을 수 있겠는가. 그래서 힘과 권력을 꽉 움켜쥐고 있어야 한다. 그걸 가지고 있는 한은 안전하니까.

─내 부탁만 들어주면 내가 섭섭지 않게 보상함세. 암, 내가 꼭 그렇게 하지.

회장은 삶은 호박에 이빨 안 들어갈 소리를 하고 있었다. 만약 지금 그가 승부를 걸려면 엄청난 배팅을 해야 한다. 불리한 상황에서는 작은 이익 같은 걸 따지면 안 된다. 팽팽한 경우거나 지더라도 자신에게 치명적인 타격이 아닌 경우에나 이리저리 재는 거다.

그런데 이 인간은 지금 작은 이익이 아까워서 어설픈 딜을 하고 있었다. 한마디로 승부사의 자질이 없는 인간이었다. 그저 물려받은 걸 가지고 잘 유지했던 인간. 무언가를 스스로 일으키거나 큰 고비를 헤치고 나가는 그런 능력은 없는 인간.

'가지고 있는 걸 잘 유지하는 건 뛰어나지만, 너무 편안하게 지냈어. 쪼잔한 인간.'

그는 적당한 핑계를 대면서 그의 제안을 거부했다.

"아니, 회장님의 손발이 되어줄 사람들도 많지 않습니까."

―그게… 사정이 있어서 그러네. 그러니 내가 이야기한 사람들을 만나서 내 얘기를 좀 전해달라고. 그렇게만 하면 정말 큰돈을 내가 줄 테니까.

그는 이야기를 듣다가 고개를 저었다. 어림도 없는 말이었다. 큰돈이 아니라 주력 기업을 하나 통째로 넘겨준다고 해도 할까 말까 한 상황이었는데 회장은 완전히 지금 상황을 잘못 파악하고 있었다.

"제가 그런 일은 다루지 않는 거 잘 아시지 않습니까."

―그게 무슨 말이야. 어떤 일이라도 전부 하는 걸로 아는데. 그러니 이번 건도 어떻게 좀 해달라고.

회장은 끈질겼다. 선생님은 살짝 짜증이 나기 시작했다. 공연히 관계를 망치지 않기 위해서 적당히 받아주었더니 상대는 끝도 없이 자신을 물고 늘어졌다.

'이 병신은 자기 수족들이 전부 포섭된 걸 알면서도 이러는 거야? 아니면 모르면서 이러는 거야?'

그를 지지하던 이사들과 주요 주주가 대부분 상대편으로 넘

어갔다. 이미 연락을 해보았으니 그런 사실을 알 것이다. 알면
서도 계속 이러는 건 미련한 인간이라는 것이고, 모르면 멍청
하다는 거다. 하지만 그는 한 번 더 참으면서 부드럽게 말을
이었다.

"그렇게 되면 제가 동생분하고 척을 져야 할 건데 너무 부담
스러운 일 아닙니까."

―그러니까 내가 그만한 보상을 한다는 거 아니겠나. 보상
을 충분히 해주겠네.

"어떤 보상을 해주시겠다는 겁니까? 계열사 중 한 곳이라도
주실 건가요?"

선생님의 말에 갑자기 침묵이 감돌았다. 아마도 회장은 그
런 정도의 보상은 생각지도 않았던 모양이었다.

선생님은 회장을 비웃으면서 생각했다. 조건만 맞는다면 어
떻게든 움직일 생각도 있었다. 그리고 자신이 움직인다면 지
금 상황을 바꿀 수도 있었다. 예전에는 그 정도는 어려웠겠지
만, 지금은 그럴 만한 힘이 자신에게 있었다.

물론 자신은 전면에 나서지 않을 것이다. 자신의 수족을 움
직여서 상황을 그렇게 만들 것이었다. 힘이 없을 때 날뛰는 것
만큼 멍청한 짓도 없지만, 충분한 힘이 있으면서 웅크리고만
있는 것도 멍청한 짓이다.

'하지만 이 녀석은 아니야. 차라리 동생하고 연을 이어가는
게 훨씬 이득이겠어.'

그는 그렇게 생각하고는 조용히 이야기했다.

"제가 잘은 모르지만 지금 상황이 무척 좋지 않은 것 같더군요. 저도 귀가 있고 눈이 있지 않습니까. 그러니 제가 나선다고 뭐가 달라지고 그러지는 않을 겁니다."

그는 동생하고 잘 이야기해서 작은 거라도 가지고 있으면서 어떻게든 재기를 할 방법을 찾아보라고 이야기했다. 그리고 나중에 자신이 실질적인 도움을 줄 수 있을 때, 그때 도움을 주겠다고 하면서.

"기다리다 보면 기회가 오지 않겠습니까? 상대라고 마냥 좋기만 하라는 법 없으니까요. 그러면 그때 제가 도움을 드리겠습니다."

―후우~ 알겠네. 그래. 그렇게라도 해야겠지…….

선생님은 미소를 지으면서 통화를 마쳤다. 얼마 전까지만 해도 일이 왜 이리 꼬이는지 걱정이었는데, 이제 다시 일이 술술 풀리고 있었다. 이제 몇 가지만 더 처리하면 완전히 자신이 뜻하는 대로 될 것이라고 생각했다.

"조금만 더 버티면 된다. 조금만 더. 총선까지만 가면 게임 끝이야."

*   *   *

혁민은 기자들과 자리를 만들었다. 개별적으로 연락하다가 처음으로 몇 명과 약속을 잡은 거였다. 기자들이라고 전부 믿을 수는 없는 일이다. 그래서 간을 조금 보다가 그래도 믿을 수 있겠다 싶은 사람들만 부른 거였다.

물론 그렇게 고른다고 해도 100% 안전한 건 아니다. 하지만 그런 위험성은 늘 감수해야 하는 거다. 너무 조심하기만 해서는 일이 앞으로 나아가지 않으니까 말이다.

돌다리를 두들겨 보았으면 건너야 한다. 건너지 않고 계속 두들기기만 하는 사람은 절대로 그 다리를 건너지 못한다. 그 사람은 건너려고 두들기는 게 아니다. 건너지 못하는 핑계를 만들기 위해서 두드리는 거지.

"다들 오랜만에 뵙는군요."

"그러게나 말입니다. 요즘엔 정신없이 바빠서 더 그럴 겁니다."

혁민은 사람들의 얼굴을 일일이 쳐다보면서 이야기했다. 모두가 아는 얼굴이었다. 이전에 자료를 건네면서 기사를 부탁한 기자들이었으니까. 그런데 기자들은 웃으면서 인사를 했지만, 표정은 그리 밝지 않았다.

그럴 수밖에 없는 것이 사건이 무마되면서 언론사에도 압력이 들어왔다. 꼭 집어서 그런 기사를 왜 냈느냐고 하는 식은 아니었다. 광고 계약을 갑자기 취소한다고도 했고, 세무 조사가 나오기도 했으며, 검찰에서 회사 대표나 데스크를 소환하기도 했다.

이런 정도가 되면 어떤 의미인지 뻔한 거다. 그런 기사를 내보냈으니 찍혔다는 거다. 언론사에서도 그런 걸 모르겠는가. 이럴 때는 그 기사를 쓴 기자와 데스크가 책임을 지는 방법밖에는 없다.

"연예계도 재미있는 일이 많더라고요."

"과학 분야도 그렇게 나쁘진 않더라고. 정치나 거기나 비슷해. 교수들 하는 꼬라지 보면 어차피 갑질하는 놈들은 어디나 있고 다 똑같구나. 그런 생각 든다니까?"

어디 그런 문제가 소수의 일이겠는가. 다들 이상할 것 없다는 표정이었다. 기자들은 원래 맡았던 사회부를 떠나 다른 쪽에서 일하고 있었다. 쉽게 말하면 좌천된 것이다. 이렇게 조처를 했다고 보여주는 것이다.

"그러니 앞으로 잘 봐달라 이런 거지, 뭐. 아줌마, 여기 술부터 좀 줘요!"

"낮술 하게?"

"새삼스럽게 왜 이래? 촌스럽게. 어차피 제정신 가지고는 살기 힘든 세상 아냐."

기자들은 입이 열리니 말들이 무섭게 터져 나왔다. 그동안 불만이 많이 쌓인 모양이었다. 왜 그렇지 않겠는가. 올바른 기사를 쓰고도 좌천이 되어야 했으니 기분이 좋을 리가 없다. 혁민은 약간은 씁쓸한 표정으로 이야기를 들었다. 같이 온 위지원 변호사도 말없이 조용히 이야기를 듣고만 있었고.

"사회 전반적으로 권력이 고착화되니까 문제인 거야. 이게 계속 바뀌어야 그 자리에 있는 사람도 긴장하는데 말이야."

"맞는 말이지. 자기가 계속 권력을 가지고 있을 거라고 생각하는데 뭔 짓인들 못 하겠어?"

기자들은 어차피 문제가 계속해서 터져 나올 수밖에 없는 구조라고 이야기했다.

　"고인 물은 썩게 마련이고 오래된 권력은 부패하게 마련이야. 물이 위에서 아래로 흐르는 것처럼 당연한 일이지."

　"기획사 임원이나 교수나 정말 다 썩었어. 그래도 예전에는 이 정도는 아니었던 것 같은데 어떻게 갈수록 더 심해지는 것 같아."

　그들은 정말로 다른 사람들을 같은 사람으로 취급하지 않는다고 했다.

　"자신들은 지배계급이고 다른 사람들은 피지배계급으로 생각해. 조선 시대 양반하고 노비쯤으로 생각한다니까?"

　"이게 먹고살기 힘들어져서 더 그런 거야. 어떻게든 살아야 하니까 힘 있는 놈들이 무슨 짓을 해도 뭐라고 못 하는 거지."

　"맞아. 요즘 취직이 되냐? 교수가 힘이라도 좀 써줘야 그나마 가능하거든. 그러니까 대학생이나 원생은 완전히 종이라니까. 연구비 이런 거 뜯기는 건 그냥 당연한 거야."

　"뭐 새삼스러운 일이라고. 다 그래. 연예계 쪽도 데뷔해야 할 거 아냐. 그러니까 암 말 못 한다니까? 그리고 어딜 가나 다 똑같아."

　안 그런 데가 없다면서 기자들은 통탄했다. 혁민은 이야기를 듣고 있다가 슬그머니 입을 열었다.

　"문제는 이런 게 나아질 가능성이 보이지 않는다는 거 아니겠습니까."

"에휴~ 사실은 그게 가장 문젭니다."

기자들은 모두 동의했다. 지금 문제가 있는 건 그럴 수 있다. 세상에 문제 하나 없이 완벽한 사회가 어디 있겠는가. 어디나 문제는 있고 불합리하고 불공정한 일들이 일어난다. 문제는 그게 고쳐질 수 있느냐 아니냐. 그 점이다.

"희망이 없다는 거, 그게 문젭니다. 그냥 사는 게 지옥이에요. 지금도 이렇게 힘든데 앞으로는 더 힘들어지겠구나. 하지만 거기서 탈출할 길은 요만큼도 보이지 않아. 보이지 않는다고."

기자 한 명이 손가락으로 아주 좁은 틈을 만들어 보이면서 말했다.

"그래서 여러분의 힘이 필요한 거 아니겠습니까. 이게 그냥은 바뀌지 않을 겁니다. 자기가 권력을 가지고 있는 놈들이 스스로 그거 내려놓는 거 봤어요?"

사람들은 일제히 고개를 저었다. 어떤 사람은 크게 공감한다는 듯 신음 소리를 내면서 그랬고, 어떤 사람은 혀를 차면서 고개를 가로저었다.

"그래서 이번에 여러분을 부른 겁니다."

혁민의 말에 사람들의 눈빛이 바뀌었다. 대충 짐작이야 하고 있었다. 전에도 다른 정보가 더 있겠다는 정도는 짐작하고 있었으니까.

"그런데 지금 우리가 다 이런 꼴이라서 도움이 되려나 모르겠네요."

기자 한 명이 멋쩍게 웃으면서 이야기했다. 사회부에 있었다면야 어떻게든 도움이 될 수 있겠지만, 다들 좌천되거나 강제로 일을 못 하는 상황이라 좀 그렇다면서. 하지만 혁민은 전혀 그렇지 않다고 말했다.

"하고자 한다면 방법이 없으려고요."

그런 것보다는 믿을 수 있는지가 더 중요하다고 이야기했다. 그렇지 않으면 이런 이야기 자체를 꺼낼 수가 없으니까.

"방법이 정 없으면 어쩔 수 없습니다. 하지만 후회나 좌절 같은 건 해볼 거 다 해보고 나서 해도 되는 거 아닌가요?"

혁민이 슬며시 웃으면서 이야기하자 기자들의 표정이 조금씩 바뀌었다. 무언가 방법들을 생각하는 듯했다. 좋은 방법이 떠오른 사람은 표정이 밝아졌고, 고민 중인 사람은 인상을 찌푸린 채 무언가를 떠올리려고 하고 있었다.

"일단 이거를 보시죠."

혁민은 사람들에게 미리 준비한 종이를 나누어주었다. 자세한 정보를 전부 공개할 수는 없지만, 기자들도 움직이려면 약간의 정보는 알고 있어야 한다. 그래서 준비한 내용이었다.

그런데 종이를 보고 사람들의 표정이 굳어졌다. 자신들이 생각했던 것보다 훨씬 거물의 이름이 보였기 때문이었다.

전에 자신들이 기사를 썼던 인물들도 대단한 사람들이었다. 중진 정치인과 거의 끄트머리이긴 하지만 재벌이라고 할 수 있는 그룹의 오너였으니까. 하지만 지금 자신들이 보고 있는 이름과는 비교를 할 수 없었다.

"흐음……."

사람들은 쉽게 입을 열지 못했다. 그만큼 장관이라는 직함과 여당의 거물이 주는 무게감은 상당했다. 현재 실세 중의 실세인 두 사람의 이름. 이걸 거론한다는 건 전에 썼던 기사와는 차원이 다른 이야기였다.

이건 정말 목을 걸고 해야 하는 일이다. 사람들의 표정은 제각각이었다. 곤란한 표정인 사람이 있는가 하면, 약간 흥분한 사람도 있었다. 그런데 대부분은 흥분보다는 굳은 표정이었다. 이 일이 일으킬 파장이 얼마나 대단할지 알기 때문이었다.

"이 사람들 기사가 나가면 내 평생 가장 충격적인 일을 경험하게 될 것 같은데?"

"쉽지는 않을 거야. 너무 거물이야, 거물."

사람들은 이름이 주는 압박감에서 쉽게 헤어나지 못했다. 이전 사건 때문에 더욱 그런 듯했다. 그때 기사를 낼 때도 쉽지 않을 거라는 생각을 했다. 그래도 시도했고, 처음에는 무언가 뿌듯함을 느꼈다.

저 정도 되는 거물도 우리가 잡을 수 있다는 그런 희열도 느꼈었다. 하지만 딱 거기까지였다. 모든 것이 밝혀질 것 같은 냄새만 풍기고는 모든 것이 끝나 버렸다. 수사 과정에서 검사가 교체되고 무혐의로 사람들이 풀려났다.

그런데 이번에는 그 사람들보다도 더 거물이다. 실세 중에서도 실세라고 할 수 있는 두 사람. 기자들이 신중해지는 것도 무리는 아니다.

"허어… 이 사람들을…….."

이곳에 모인 사람들은 이들이 어느 정도의 힘을 발휘할 수 있는지 잘 안다. 그래서 모두 가슴에 바윗덩이가 얹힌 것같이 답답했다. 하지만 그런 바위를 걷어낸 사람도 있었다.

"그래도 이 정도는 되어야 한바탕 놀아볼 만하지 않겠어? 어차피 미운털 박혔잖아. 마지막 무대로 딱 좋아. 암~ 이 정도는 되어야지."

기자 한 명이 입에다 술을 털어 넣으면서 이야기했다. 처음에 술을 시킨 바로 그 기자였다. 그는 이미 마음을 굳힌 듯했다. 하지만 다른 사람들은 그의 이야기를 듣고도 쉽게 마음을 결정하지 못하는 듯했다.

"보통 사람들은 모르지…….."

불쑥 말을 내뱉은 한 사람의 말에 모두가 입맛을 다셨다. 보통 사람들은 모른다. 이 사람들이 어떤 사람들인지. 그리고 그런 위치에 있는 자들이 어떤 일을 할 수 있는지. 그래서 망설여졌다.

분명히 기자로서의 피가 끓어올랐다. 하지만 그동안 겪은 좌절이 너무나도 큰 벽이 되어 자신의 발걸음을 가로막고 있었다. 혁민은 조용히 이야기했다.

"다시는 펜을 잡지 못할지도 모릅니다."

기자들이 고개를 돌려 혁민을 쳐다보았다. 고민하는 흔적이 여실히 드러나는 얼굴을 하고서. 혁민은 나지막하게 말을 이었다. 하지만 모두가 그 말에 귀를 기울였다.

"그리고 지금 이 일에 동참하면 중간에 분명히 후회할 시간이 올 겁니다. 잘 아시겠지만, 상대가 호락호락한 사람들이 아니거든요."

"호락호락하지 않은 정도가 아니지. 사실 우리가 하는 짓이 계란으로 바위 때리는 일이라고 보는 게 더 어울릴 거야."

혁민의 말에 한 사람이 푸념하듯 대꾸했다. 공감하는 사람도 있었고, 화를 내려고 하는 사람도 있었다. 하지만 그는 계속해서 말을 이었다. 술잔을 만지작거리면서.

"그런데 이상하게 자꾸만 하고 싶네. 솔직하게 이번 아니면 언제 이런 거 해보겠어?"

"맞습니다. 누군가가 언젠가는 해야 하는 일입니다. 아무것도 하지 않으면 변하는 것도 없습니다. 세상은 스스로 변하지 않습니다. 누군가는 괴롭고 힘들다는 걸 알면서도 나서야만 하는 겁니다."

혁민은 세상이 변하기를 바라는 사람은 많다고 말했다. 하지만 그걸 위해서 나서는 사람은 많지 않다고 이야기했다.

"나서도 가로막히고 맞아서 나뒹굴었죠. 처참하게 밟혔습니다. 우리도 그렇게 될지 모릅니다. 하지만 한 가지는 확실합니다. 우리가 하지 않으면 계속 이럴 겁니다."

사람들은 갑자기 죽은 서 기자 생각이 났다. 그리고 좌천되고 해고당한 순간이 떠올랐다.

"그래. 계속될 테지. 그래도 되는 줄 알 테니까. 그게 당연하다고 생각할 테니까."

"하지! 지금보다 안 좋아져 봐야 얼마나 더 안 좋아지겠어? 어차피 어울리지도 않는 데 가서 일하려니까 속이 부글부글 끓어서 폭발하려던 참이야."

사람들의 분위기가 서서히 달아오르기 시작했다. 혁민은 다행이라고 생각했다. 이 중에서 절반 정도만 동참해도 다행이라고 생각했는데, 지금 보니 대부분 함께할 것으로 보였기 때문이었다.

"자. 그럼 다 같이 한잔하고 본격적으로 이야기해 볼까요?"

혁민의 제안에 일제히 잔이 공중으로 치솟았다. 별다른 구호도 없이 잔을 들이켰다. 사람들은 텅 빈 잔을 내려놓았고, 마음을 누르고 있던 꺼림칙한 것들도 모두 비워 시원하다는 표정을 하고 있었다.

*　　　*　　　*

"선배님. 정말 저 사람들 모두 믿어도 되는 걸까요?"

위지원 변호사는 조금 걱정이 된다는 듯 이야기했다. 혁민을 따라온 그녀는 아무래도 아는 사람이 많은 게 걸리는 모양이었다.

"갑자기 그건 왜?"

"전에도 그런 이야기 하셨잖아요. 어디선가 정보가 샌 것 같다고."

확실하진 않지만, 그런 생각이 들었다. 타이밍도 공교로웠고, 상대가 무언가를 알고 움직이는 것 같다는 생각이 들었다.

"그렇지. 그래도 어쩔 수 없어. 이렇게 가는 수밖에."

"그러면 저 사람들은 믿고 가시는 거예요?"

"아니, 전부 믿지는 않지. 사람이란 쉽게 믿을 수 없으니까."

혁민은 믿기는 하지만 그래도 조심은 할 거라고 말했다. 완전히 믿어서 낭패를 보는 것보다야 항상 경계하는 편이 좋다고 생각했으니까. 적어도 지금은 그러는 게 올바른 방법이라고 혁민은 여겼다.

"법원 가야 한다고 하지 않았어? 나는 누구 만날 사람 있으니까 먼저 가."

"누구 만나시는데요?"

"방송국 PD."

위지원 변호사는 방송에 내보낼 생각까지 하느냐며 물었고, 혁민은 고개를 끄덕였다. 효과가 좋은 방법을 위험성이 있다는 이유로 배제할 필요는 없었다. 혁민은 방송국 PD와 잘 상의해서 위험성을 줄이는 방법을 찾는 편이 더 좋을 것이라 판단했다.

그는 위지원 변호사를 보내고 나서 얼마 지나지 않아 방송국 PD를 만났다. 혁민과는 인연이 깊은 윤종연 PD였다.

"이야, 이제는 뭔가 연륜 같은 게 느껴지는데? 처음 봤을 때는 정말 어린 학생이었는데 말이야. 아이고, 그럼 내가 그렇게 늙었다는 건가?"

그는 혁민을 보면서 너스레를 떨었다. 하지만 이내 눈빛을 빛내면서 혁민을 바라보며 이번에는 어떤 일이냐고 물었다. 언제나처럼 자신을 흥분시킬 그런 일이라는 기대를 하면서.

＊　　　＊　　　＊

"휘유～ 이런 이야기를 들을 줄은 미처 생각하지 못했는데?"

윤종연 PD는 휘파람을 불면서 놀라움을 표시했다. 이런저런 경험이 많은 그였지만, 이렇게 큰 사건을 마주한 적은 처음이었다. 실세라고 불리는 인물들이라니. 가장 건드리기 까다로운 사람들이었다.

"어떨까요, 가능하시겠어요?"

"확실한 거야? 이 사람들이 어떤 사람들이라는 걸 모를 리는 없을 테고. 이런 거 증거가 확실해도 대부분 엎어진다는 건 알고 있지?"

"그럼요. 방송 나가기 쉽지 않다는 거야 알고 있죠. 하지만 증거는 확실해요."

윤종연 PD는 고개를 살짝 기울이면서 턱을 만지작거렸다. 쓰읍 하고 입맛을 다시는 폼이 무척 고민이 되는 모양이었다.

"곤란한 일이면 그만두셔도 괜찮아요."

"음? 아… 뭐, 쉬운 일은 아니지. 내보내는 게 만만치는 않을 테니까 말이야."

그는 잠시 더 생각하더니 갑자기 고개를 살짝 끄덕였다. 결심이 선 모양이었다.

"일단 시작하자고. 내가 위에는 어떻게든 설득을 해서 내보낼 수 있게 해볼 테니까."

"그러다가 찍히는 거 아니에요? 공연히 문제 생길까 봐 좀 그러네요."

혁민의 말에 윤종연 PD는 피식 웃으며 자신도 다 생각하는 게 있어서 이러는 거라고 말했다.

"야, 내가 그래도 이 바닥에서 박박 구른 놈이야. 막무가내로 덤벼들 것 같으냐? 어느 정도는 계산이 나오니까 이러는 거지."

"그래요? 무슨 방법이라도 있으신가 보네요?"

"방법이라기보다는 잘하면 될 것 같기도 해서 말이야."

그는 여러 가지 상황을 고려해 보면 가능성이 전혀 없는 건 아니라고 했다.

"방송국이 지금 정권에 절절매는 그런 건 아니거든. 아예 눈치를 보지 않을 수야 없겠지만, 그렇다고 말 한마디에 꼼짝도 못 하는 그런 허수아비는 아니니까."

"아~ 맞다, 들은 것 같네요. 그래도 방송 3사 중에서는 그나마 좀 낫다고 하더라고요."

윤종연 PD는 고개를 끄덕이더니 거기다가 선거가 얼마 남지 않은 것도 호재라고 이야기했다. 임기 말이 되면 자연스럽게 레임덕 현상이 일어난다.

권력 누수 현상. 레임덕은 절름발이 오리라는 뜻인데, 임기 말에 정치 지도자의 권위나 명령이 제대로 먹혀들지 않는 걸 이야기한다. 어차피 조금 지나면 바뀔 사람이라고 생각해서 그런 현상이 나타나는 것이다.

　"그래서 준비만 제대로 하면 가능성이 있을 것 같아. 생각해 보라고. 어차피 힘 제대로 쓰지 못하는 권력자. 그런데 최측근의 비리까지 빵 터진다? 그러면 굳이 그 사람 눈치를 봐야 할 일이 없는 거지."

　윤종연 PD는 준비만 확실하게 하면 충분히 윗선을 설득할 수 있다고 이야기했다.

　"그러면 일단은 취재부터 하시려고요?"

　"그러려고. 내가 어느 정도 확실하겠다는 판단이 들 때까지는 계속 취재를 하는 수밖에."

　"그러면 참여하는 사람이 그렇게 많지는 않겠네요?"

　혁민의 말에 윤종연 PD는 여기저기 광고해서 좋을 일도 없으니 한 명 정도만 더 데리고 일을 시작하려 한다고 말했다.

　"다행이네요. 이번 일은 보안이 생명이라서 가능하면 아는 사람들이 많지 않았으면 했거든요. PD님하고 한 명 정도라고 하면 뭐⋯⋯."

　혁민은 윤종연 PD가 한 명이라 꼭 집어 이야기한 것은 그만큼 신뢰할 수 있는 사람이 있기 때문이라 생각했다. 그래서 그 정도로 일이 진행되면 지금 상황에서는 딱 안성맞춤이라고 여겼다.

"믿음직하고 입이 무거운 친구니까 말이 새어 나가거나 그럴 일은 없을 거야."

"그 부분에 대해서는 PD님을 믿죠. 그럼 제가 일단 어떤 걸 알려 드리면 되죠?"

윤종연 PD는 정보를 모두 달라고 했는데, 혁민은 그건 조금 곤란하다고 이야기했다.

"워낙 사안이 중요해서요. 전부 드리는 건 좀 그렇고 일부만 먼저 드릴게요."

"그래? 흐음… 뭐 어쩔 수 없지……."

혁민은 윤종연 PD에게 거듭 양해를 구했다. 윤종연 PD는 조금 섭섭한 표정이었지만, 이해한다고 말했다.

혁민은 아무리 믿을 만한 사람이라고 해도 정보를 모두 넘기는 건 위험하다고 생각했다. 만약 이 정보가 상대방에게 들어간다면 거기에 대한 대비를 할 것이다. 그러면 지금까지 준비한 게 물거품이 될 수도 있는 일이니 조심하는 게 좋았다.

혁민은 윤종연 PD와 상의해서 지금 꼭 필요한 정보만 건네는 것으로 합의했다. 그리고 헤어지고 나서 곧바로 정보를 건넸다.

*　　　*　　　*

"그러니까 다른 소스가 있다?"

"후우… 그렇다고 합디다. 이번에는 전에 나왔던 사람보다도 훨씬 거물."

기자는 거의 모든 걸 포기한 듯한 얼굴로 대답했다. 이미 한 차례 정보를 넘겼으니 또 넘기는 게 뭐 대수겠느냐는 표정이었다.

"어떤 사람들인데? 그리고 소스는 지금 가지고 있나?"

남자의 채근에 기자는 두 사람의 이름을 말했다. 질문했던 남자는 두 사람의 이름을 듣고는 흠칫 놀랐다. 생각했던 것보다 훨씬 거물이었기 때문이었다. 하지만 별다른 정보는 없다는 말에 인상을 구겼다.

"정말이야? 이거 제대로 대답하지 않으면 서로 피곤해지는 수가 있어. 우리 피차 얼굴 붉히는 일 만들지 말고 살아가자고."

"정말이유. 내가 지금 와서 뭘 숨기고 감추고 그러겠소? 어차피 이렇게 된 마당인데……."

기자는 어깨를 축 늘어뜨리면서 대답했다. 남자는 그런 기자의 표정을 살피다가 고개를 끄덕였다. 있는 그대로 대답했다는 판단이 들어서였다.

"좋아, 그러면 정보는 언제 준다고 해? 그게 있어야 기사를 쓸 거 아냐."

"상황이 좀 정리되면 준다고 합디다. 알다시피 기사야 직접 쓸 수 있어도 내보내는 건 어떻게 내보내야 하는지 좀 알아봐야 할 거 아뇨."

기자는 퉁명스럽게 대답했다. 좌천당해서 한직으로 밀려난

울분이 말에 섞여 있었다.

"하긴 그렇지. 사회부에 있는 기자들이 아니니까 어떻게든 쇼부를 쳐야겠지. 그래서 기자들은 어떻게 한다는데?"

"자기가 다니는 데에 이야기를 한다는 사람도 있고, 잘 아는 다른 데 이야기를 하겠다는 사람도 있고… 뭐 제각각이라서……."

"그래? 이거 일이 좀 귀찮게 됐는데?"

남자의 표정이 구겨졌다. 일이 좀 복잡하게 얽혔기 때문이었다.

'기자들이 움직이는 걸 막아버리면 정보를 감출 테고, 그렇다고 그대로 내버려 두면 나중에 일이 커질 수도 있고…….'

가장 좋은 건 기사가 나가기 직전에 정보만 가로채고 막아버리는 거였는데, 어디 그런 게 그렇게 마음먹은 대로 되겠는가. 까딱 잘못하면 큰 사고가 터질 수도 있다. 남자는 이건 자신의 선에서 판단할 문제가 아니라고 생각했다.

"일단 오늘은 이 정도로 하지. 앞으로도 종종 대화하는 시간을 갖자고. 만나서 유익한 시간을 보내면 서로에게 이득이 될 거니까 말이야."

기자는 힘없이 고개를 끄덕였다. 이미 자신에게는 선택권 같은 건 없었다. 상대의 말에 따르는 것 외에는 어떤 선택지도 없는 상황이었다. 남자는 그런 기자를 보면서 살짝 조소를 보이다가 밖으로 나갔다. 그는 바로 선생님을 찾아가 이야기를 나누었다.

"그러니까 정 변호사가 소스를 뿌릴 생각을 하고 있다, 이거 네?"

"그렇습니다. 이미 우리 쪽에 넘어온 사람의 말이니 확실합 니다."

백발의 선생님은 입술을 살짝 깨물었다. 문제없이 잘 진행 되고 있다고 생각했었는데, 생각지도 않은 폭탄이 숨어 있었 다.

"변호사를 족칠까요? 그러는 게 확실하지 않겠습니까?"

"아니, 지금은 건드리지 마. 소스를 가진 게 그놈 하나인지 아닌지도 모르고, 또 다른 놈이 엮여 있을 수도 있으니까."

남자는 뭘 그리 어렵게 풀려고 하느냐면서 이야기했다.

"단순하게 생각해야 할 때도 있는 거 아니겠습니까. 그냥 잡 아다가 족치면 줄줄 다 불게 되어 있습니다. 그러면 그거 가지 고 움직이면 됩니다."

"아니야. 지금 중요한 건 그놈이 아니라 장중범하고 백 선생 이야. 그놈들을 잡아들이지 않는 이상 언제든 문제가 생길 수 있다. 그러니 어떻게든 정 변호사를 이용해서 함정을 파야 해."

선생님은 일단은 혁민을 내버려 두라고 말했다.

"감시는 확실하게 하는 대신에 쓸데없는 짓은 하지 말라고. 공연히 경각심만 심어주는 일을 하면 정작 잡으려고 하는 놈 들을 놓칠 수도 있으니까."

"알겠습니다. 그러면 기자 놈들도 일단은 움직이게 놔둬야겠네요."

"일단을 그렇게 해. 그런 녀석들은 움직여 봐야 별다른 위협이 안 되니까."

선생님은 장중범과 백 선생을 잡는 것에 모든 힘을 기울이라고 말하고는 남자를 내보냈다. 그리고 곧바로 한 실장과 만날 약속을 잡았다.

"갑자기 무슨 일이십니까? 뭔 일이라도 터진 건가요?"

"일이 터졌다고도 볼 수 있지… 자네, 정 변호사하고 얘기는 잘되어가고 있는 건가?"

한 실장은 고개를 끄덕이면서 그렇다고 대답했다. 약간 밀고 당기는 과정을 겪고는 있었지만, 비교적 순조롭게 진행되고 있다고 생각하고 있었으니까. 하지만 선생님이 내뱉은 말에 한 실장의 인상은 석고상처럼 딱딱해졌다.

"정 변호사가 저번처럼 기자들을 부추겨서 기사를 낼 모양이더군. 그것도 이번에는 실세라고 부를 수 있는 거물을 두 사람이나 목표로 하고 있어."

"예? 아니, 그게 정말입니까?"

한 실장은 전혀 예상치 못했다는 듯 화들짝 놀랐다. 선생님은 혀를 끌끌 차더니 상대를 잘 요리하라고 보냈더니 역으로 당하고 있느냐면서 타박을 주었다.

"그런 애송이 하나도 제대로 상대하지 못하나? 아니, 그런 낌새를 전혀 눈치채지 못했단 말이야?"

"흠… 수상한 기색이 전혀 없었습니다. 그래서 일이 제대로 진행되고 있다고 생각하고 있었는데… 이런 쥐새끼 같은 놈이……."

선생님은 한 실장의 주먹에 힘이 들어가는 걸 보고는 화가 치밀어 오르는 상태라는 걸 알 수 있었다. 상대를 얕잡아 보고 있었는데, 오히려 자신의 머리 꼭대기에 있다는 걸 알게 되었으니 얼마나 열이 받겠는가.

하지만 화를 낸다고 일이 해결되는 건 아니다. 한 실장은 빠르게 안정을 회복하고는 어찌 된 영문인지 알려달라고 했다.

"기자 중에 정보를 주는 사람이 하나 있지. 그 사람을 통해서 알아낸 사실이야. 얼마 전에 기자들과 만나서 이번에는 더 큰 건을 확실하게 터뜨리자고 이야기를 했다더군."

"도대체 어떤 사람들이 걸려든 겁니까? 아니, 그래도 위치가 있는 사람들이 그런 거 하나 제대로 단속을 하지 못하고……."

한 실장은 어떤 멍청이들이 그렇게 되었느냐고 투덜거렸는데, 두 사람의 이름을 듣고는 쉽게 말을 하지 못했다. 그만큼 두 사람의 이름이 무거웠기 때문이었다.

"정말 그 두 사람입니까? 만약 이게 공표가 되면 정말 난리 나는 거 아닌가요?"

"그러니까 막아야지. 이건 정말 치명상이야. 절대로 퍼지게 해서는 안 되네."

"그러면 정 변호사를 조용한 곳으로 불러서 알아볼까요?"

조용한 곳으로 불러서 알아본다는 건 납치해서 고문하겠다는 뜻이다. 선생님은 한숨을 내쉬었다. 어떻게 생각하는 게 이렇게 단순할 수가 있는지 모르겠다고 생각하면서.

"지금 뭐가 중요하고 아닌지를 잘 파악해야지. 지금 가장 중요한 게 뭔가?"

"아… 장중범과 백 선생을 잡는 게… 하지만 그렇다고 정 변호사를 그대로 놓아둘 수는 없는 일 아닙니까? 이런 일은 여지를 남겨주면 안 되는 겁니다."

한 실장은 강력하게 주장했다. 이런 일일수록 빠르고 확실하게 처리해야 뒤탈이 없다면서 정 변호사를 포섭해서 일을 진행하는 게 좋다고 말했다.

"포섭되지 않으면 조금 둔탁한 방법을 사용해도 되고 말입니다."

"어허, 그런 건 예전에나 사용하던 방법이지. 지금 누가 그런 식으로 일을 하나. 요즘은 그런 식으로 했다가는 오히려 문제를 키우는 수가 있어."

선생님은 그런 방법은 가장 마지막에, 정말 그것밖에 방법이 없을 때나 사용하라고 힘주어 말했다. 예전에야 그런 식으로 했다가 걸리더라도 어떻게든 덮을 수 있었지만, 지금은 문제가 되면 해결하기가 어렵다면서. 한 실장은 알았다고 하면서도 조금 이상하다는 생각을 했다.

'아니, 지가 먼저 그렇게 하라던 게 얼마 전인데 갑자기 그 사이에 무슨 바람이 분 거야? 이 인간이 이제 어느 정도 지위에 오르니까 몸을 사리는 건가?'

생각은 그렇게 했지만, 드러내지는 않았다. 선생님이라고 불리는 저 인간은 겉으로는 그렇지 않은 척하지만, 더럽고 지저분한 인간이었다. 뒤끝도 장난이 아니었고. 자신에게 조금이라도 반기를 드는 사람은 절대로 가만히 두지 않았다.

"그렇다면 어떻게 하시길 원하시는 건지……."

"정 변호사와 계속 협상을 진행하게. 아무것도 모르는 것처럼 말이야."

선생님은 가능하면 빨리 협상을 마무리하라고 이야기했다. 조건을 모두 수용하면서 말이다.

"호오… 그렇게 협상이 마무리되면 정보를 넘겨줄 수밖에 없겠군요."

"그래. 그렇게 되면 곤란해하겠지. 정보를 넘길 수도 없는 일이고, 넘기지 않을 수도 없는 일이니까. 그럴 때 제안을 하는 거지."

선생님은 그렇게 하고는 장중범과 백 선생의 소재를 알아낼 함정을 파고, 거기에 혁민을 끌어들이라고 말했다.

"알겠습니다. 그러면 그렇게 진행을 하죠. 조건을 다 받아들이고 빠르게 협상을 마무리하겠습니다. 그리고……."

한 실장은 눈빛을 매섭게 하면서 이야기했다.

"만약 비협조적으로 나오면 조금 드센 방법을 쓰겠습니다. 정 변호사, 그 양반이 오냐오냐해 줬더니 기가 너무 산 것 같아서요. 그러니 불알이 살짝 쪼그라들 정도로만 겁을 좀 주죠."

한 실장의 말에 선생님은 그런 정도는 알아서 처리하라고 말했다.

*　　　*　　　*

"그러니까 윤 팀장님이라는 분이 어떻게 되었는지를 알아봐야겠다, 이거죠?"

—그래. 아무래도 느낌이 좋지 않아.

혁민은 전에 갔던 그 가게에서 장중범과 대화를 나누었다. 장중범은 윤 팀장의 일이 걸린다면서 도와달라고 이야기했다.

—아무래도 나야 움직이는 데 제약이 많으니까 말이야.

"그러죠. 그런데 지금은 시기적으로 좀 좋지 않은 거 아닐까요?"

혁민은 민감한 시기라 문제가 되지 않겠느냐고 말했다. 지금은 상대를 잡는 데 집중해도 어떻게 될지 모르는 판국인데, 신경을 분산하는 게 걸린다면서.

게다가 혁민은 그쪽에 협조하는 모양새를 보여주고 있는데, 윤 팀장의 문제를 뒤지고 다니는 걸 들키면 의심을 받을 수도 있는 일이다. 장중범도 이야기를 듣더니 정 어려우면 지금은 하지 말라고 말했다.

—내가 천천히 알아보지 뭐. 다른 건 몰라도 팀장님 일은 모른 척할 수가 없거든.

끝까지 자신을 믿어주고 어떻게든 누명이라는 걸 밝히기 위해서 애썼던 사람이다. 그런데 어떻게 모른 척할 수가 있겠는

가. 장중범은 어떻게든 자신이 알아보겠다고 했다.

"흐음… 저도 조심스럽게 좀 알아볼게요."

—위험한데 군이 그럴 것 있나. 그러지 않아도 돼.

"아니요, 꼭 그렇게만 볼 수도 없을 것 같아요. 위험이라는 게 예상한 곳에만 있는 건 아닌 것 같더라고요."

완전하다고 생각했는데 의외의 변수가 생겨서 위험에 빠지기도 하고, 무척 위험한 일이라고 예상했는데 그것으로 인해서 기회를 얻기도 하는 게 세상일이다. 혁민은 반드시 해야 하는 일이면 지체하지 않는 게 좋다고 대답했다.

"상대가 눈치채지 못하게 접근하면 되죠. 뭐. 사건을 맡아 조사하는 것처럼 보이게 하면서 움직여 볼게요."

—고맙네. 그리고 조심해. 자네한테 무슨 일 생기면 큰일이니까.

"알았어요. 항상 조심할 테니 걱정하지 마세요."

혁민은 기왕 조사하는 거 제대로 해보겠다면서 혹시 도움을 받을 만한 사람이 있는지 물었다. 가족과 만나는 것도 방법이었지만, 혹시 윤 팀장을 잘 아는 다른 사람이 있을까 싶어서 물어본 거였다.

—잘 아는 사람이라… 한 명 있기는 한데…….

장중범은 망설이다가 한 명의 이름을 이야기했다. 윤 팀장과는 오랜 시간 같이 일했던 요원이었는데, 자신과 민주엽을 제외하면 아마도 그 사람이 가장 가까운 사이일 것이라는 거였다.

―그러고 보니 그 사람은 왜 생각하지 못했지?

장중범은 지금까지 그 요원 생각은 하지 못했다면서 안타까워했다. 하지만 바로 말을 바꾸었다. 가까운 건 사실이었지만, 확실하게 믿을 수 있는지는 모르겠다면서.

"그러면 만나보는 것도 위험할 수 있겠는데요?"

―그렇지. 아⋯ 그 문제라면 주엽이하고 한번 상의해 보는 게 좋을 것 같은데?

장중범은 그래도 자신보다는 연락을 했어도 더 오래 했을 테니 이야기해 보라고 말했다. 혁민은 알았다고 하고는 율희에게 연락해서 다음 날 집으로 찾아가기로 약속을 잡았다.

다음 날 저녁. 민주엽의 집에 도착한 혁민은 손에는 과일 바구니와 술이 들려 있었다. 율희가 웃으면서 받아주었는데, 둘의 다정한 모습을 보는 민주엽의 표정이 묘했다. 혁민이 몇 차례 본 표정이었다.

민주엽은 저런 표정을 하고 나면 항상 퉁명스럽게 딸 키워봐야 소용없다는 말을 했다. 하지만 오늘은 다른 날과는 달랐다. 민주엽은 살짝 굳은 표정으로 혁민에게 빨리 오라고 손짓했다.

"둘이 할 얘기가 있으니 너는 잠깐 들어가 있어라."

"왜요? 저도 같이 들으면 안 돼요?"

율희가 애교를 부리면서 같이 있겠다고 했지만, 민주엽은 잠깐이면 되니 둘이 얘기할 수 있게 시간을 달라고 했다.

"얘기만 마치면 나는 잠깐 산책하러 나갔다 올 테니까 지금은 나한테 양보를 좀 해라."

"오늘 좀 이상하세요. 무슨 일 있는 건 아니죠?"

"무슨 일은… 그냥 남자들끼리 할 얘기가 좀 있어서 그런 거야."

"알았어요. 나중에 어떤 일인지 알려주실 거죠?"

율희는 평소와는 다른 아버지의 표정에 불안함을 느낀 듯했다. 민주엽은 때가 되면 알려주겠다고 하고는 율희를 방에 들여보냈다.

"그래, 무슨 이야기인가?"

"윤 팀장과 친했던 박 팀장님이라는 분 이야기를 좀 들었으면 해서요."

"박 팀장님?"

민주엽은 뜻밖의 이야기를 들었다는 듯 놀라워했다. 혁민은 장중범에게서 들었던 이야기를 전부 풀어놓았다. 그러자 민주엽은 심각한 표정이 되었다.

"아주 가끔 연락을 하기는 했지. 일 년에 한두 번 정도?"

특별한 건 아니고 그나마 요원 중에서는 가까웠던 사이라서 안부 전하는 정도로 연락해서 어떻게 사는지 이야기했다고 말했다. 그나마도 최근에는 연락이 서로 더 뜸해졌고.

"만난 적도 거의 없었으니까 멀어지는 건 당연한 일이겠지."

"그런데 믿을 수 있는 사람인가요? 그걸 가장 걱정하던데."

민주엽은 잠시 생각을 하더니 잘 모르겠다고 이야기했다.

"예전 같았으면 믿을 수 있겠다고 말했겠지만, 지금이야 알 수가 없지."

"그렇군요. 그러면 윤 팀장님 일을 조사하는 건 쉽지 않겠네요."

"음… 믿을 수 있는지 없는지 알 수 없기는 한데……."

민주엽은 말을 끊고 깊은 고민을 하다가 입을 열었다.

"적어도 윤 팀장님 일과 관련해서는 물어볼 수는 있을 것 같네."

"예? 그게 무슨 말씀이세요? 어떨지 모른다면서요."

민주엽은 윤 팀장과 박 팀장은 예전부터 각별한 사이였다면서, 적어도 윤 팀장의 일과 관련해서는 이야기를 해볼 수 있을 것 같다고 했다.

"내가 연락을 해보지. 안 그래도 한 번 정도는 만나고 싶었는데 잘됐네."

"정말 괜찮으시겠어요? 잘못하면 위험해지는 거 아닌가 싶어서……."

민주엽은 이미 결심한 듯 괜찮다고 말했다.

"그래도 한때 동료였는데 박하게 나오지는 않을 거야. 더군다나 윤 팀장님 일 때문인데 다른 마음을 먹지는 않을 테지."

혁민은 자신이 같이 가겠다고 말했지만, 단박에 거절당했다.

"다른 사람하고 같이 가면 오히려 상대가 의심할 거야. 그러니 나 혼자 갔다 오지."

"그러면 제가 모시고 가서 그 근처에 있겠습니다. 차 안에만 있으면 되니까요. 그 정도면 괜찮겠죠?"

혁민은 나름대로 절충안이라고 생각해서 이야기했지만, 그것도 거절당했다. 하면 제대로 하고 안 하면 아예 하지 않는 게 좋다면서.

"어설픈 게 가장 좋지 않아. 내가 다녀와서 전부 이야기를 해줄 테니 걱정하지 말라고."

그렇게 이야기를 하더니 민주엽은 자리에서 일어나서 핸드폰과 옷을 챙겨 입었다. 그는 율희에게 이야기 다 끝났으니 둘이서 오붓한 시간을 보내라고 했고, 밖으로 나가면서 연락처를 뒤졌다. 박 팀장에게 전화를 하기 위해서였다.

민주엽은 박 팀장과 통화를 했고, 약속을 잡았다.

그리고 다음 날.

"오랜만이야."

박 팀장은 환하게 웃으면서 손을 내밀었다. 민주엽도 웃으면서 손을 뻗어 큼직한 손을 움켜쥐었다. 조용한 카페 구석 자리에 앉은 두 사람은 바로 이야기를 시작했다.

"윤 팀장 일 때문이라고?"

"예, 소식을 들은 지가 너무 오래된 것 같아서요. 혹시나 무슨 일이 있나 싶어서……."

박 팀장은 무척이나 망설이다가 입을 열었다.

"사실 자네한테 이런 얘기를 해도 되는지는 모르겠지만, 그래도 한때 요원이었으니까 믿고 이야기를 하지. 윤 팀장과는 특별한 사이기도 하고."

박 팀장은 얼굴을 조금 앞으로 밀면서 나지막하게 이야기했다. 윤 팀장은 다시 복직되어서 외국에 나가 있다고 말했다.

"예? 복직이요? 그런 이야기는 전혀 듣지 못했는데……."

"허허. 그런 이야기를 여기저기 떠들고 다닐 건 아니지 않나."

박 팀장은 웃으면서 이야기했다. 사실 그렇긴 했다. 다른 사람에게 알리지 않는 게 옳았다. 그렇지만 적어도 자신에게는 이야기할 줄 알았는데 그렇지 않아서 민주엽은 조금은 섭섭하다는 생각이 들었다.

"그랬군요. 그럼 지금 어디로 나가 계신 거죠?"

박 팀장은 살짝 고민하다가 지금 중국에 있다고 말해주었다. 민주엽은 중국이라는 말을 듣는 순간 조금 불길한 생각이 들었다. 장중범의 일이 떠올랐기 때문이었다.

민주엽은 혹시 회색 요원으로 들어가 있는 것이냐고 물었다. 박 팀장은 대답하지는 않았는데, 표정이나 행동으로 보아 추측이 맞는 듯했다. 그러자 불안감이 더욱 커졌다.

"혹시 최근에 연락이 온 적 있습니까?"

"그것까지는 나도 알 수가 없지. 내가 맡은 팀에서 진행하는 것도 아니니까."

민주엽은 그것만 어떻게 알아봐 줄 수 없느냐고 이야기했다.

"연락되고 있는지만 좀 부탁드립니다. 좀 불안해서요."

"흐음… 알았네. 나도 그 친구 본 지도 오래되었으니 한번 알아보지."

민주엽은 꼭 부탁한다고 이야기하고는 윤 팀장이 무사하기만 바랐다.

＊　　　＊　　　＊

혁민은 언론에 터뜨리는 걸 조금 앞당겼으면 좋겠다고 생각하고 있었는데, 마침 준비가 다 되었다는 연락을 받았다. 한 실장이 갑자기 조건을 순순히 받아들이는 바람에 난처했었는데 잘되었다는 생각이 들었다.

"이제 언론에 터뜨릴 준비는 된 것 같은데요?"

"그래? 그러면 나는 그때까지 계속해서 좀 목소리를 키우면서 시선을 끌어야겠어."

"한 실장이 너무 적극적으로 나와서 좀 골치가 아팠는데 잘됐네요."

"그래? 그동안은 줄다리기 중이라고 하더니 뭔가 급했나 보지?"

혁민은 차동출의 말을 듣다가 흠칫했다. 뭔가 이상하다는 생각이 떠올라서 그런 거였다.

'가만, 그러고 보니 너무 순순하게 모든 조건을 다 해준다고 한 것 같은데? 그동안에는 곤란하다고 했던 것까지 전부.'

처음에는 백 선생을 빨리 잡기 위해서 그런 것이라고 생각했는데, 가만히 따져 보니 무언가 석연치 않은 구석이 있었다.

'맞아, 갑자기 그렇게 서두를 건 없는데… 그리고 제안을 한 것도 그래. 정보는 조금 천천히 넘겨도 되니까 배후에 있는 인물에 대한 정보를 알려주고 그와 연락을 하라고 했어."

지금까진 그게 다 백 선생을 빨리 잡으려고 해서 그렇다고 생각했다. 하지만 다른 식으로 생각할 수도 있을 것 같았다.

'뭐가 그렇게 급한 거지? 왜 정보는 천천히 넘겨도 된다고 한 거지?

차동출은 무슨 생각을 그리 하느냐고 타박을 주었지만, 혁민은 잠깐 생각할 게 있다고 하면서 계속 생각을 했다.

'그러고 보니 내가 가지고 있는 자료를 넘겨받는 건 그리 중요하지 않게 생각하는 눈치였어. 내가 가지고 있는 자료가 중요하지 않다?

그럴 리가 없었다. 혁민이 가지고 있는 자료가 어떤 자료인가. 이게 터지면 나라 전체가 폭탄을 맞은 것처럼 흔들릴 만한 일이다. 그리고 상대는 이걸 어떻게든 막고 싶어 하는 자들이고. 그런데 자료가 중요하지 않다?

'백 선생을 잡는 것도 중요하지. 정말 꼭 그러고 싶어 하는 게 당연해. 하지만 이걸 막으려는 것도 그것에 못지않아.'

그렇지 않다면 왜 지 대표와 서 기자를 죽이면서까지 덮으려고 했겠는가. 게다가 차동출까지 사건에서 손을 떼게 만들었다. 상대가 얼마나 이 사건에 신경을 쓰는지 알 수 있는 대목이었다.

그러니 어떻게든 혁민이 가진 자료를 없애려고 해야 정상이다. 그러려면 어디다가 자료를 숨겨놓았는지도 알아야 하고, 미리 입수해서 대비도 해야 한다.

'그런데 중요하게 생각하지 않는다?

혁민은 둘 중 하나라고 생각했다. 이미 자료를 입수했거나, 아니면 입수할 방법이 있거나.

'아울러 사건을 덮을 방법도 있다는 거겠지. 그러니까 그건 중요하지 않게 여기는 거야. 그런 상황이라면 백 선생 잡는 데 집중하는 것도 이해가 되지.'

어떤 방법인지는 모르겠지만, 무슨 꿍꿍이가 있다고 혁민은 생각했다. 그리고 그 꿍꿍이 중 하나가 무엇인지 바로 알게 되었다.

"뭐야? 슬기가 갑자기 왜 전화를 했지?"

혁민은 오랜만에 동기인 송슬기의 이름을 듣고 반가운 마음이 들었다. 슬기는 차동출 검사실에서 일하고 있어서 갈 때마다 보긴 했지만, 길게 이야기를 나누지는 못했다.

'언제 한번 모이자고 해야겠네. 성만이 형하고 슬기하고 다른 동기나 선후배들하고.'

혁민이 그렇게 생각하고 있을 때, 차동출의 표정이 상당히 심각해졌다.

"뭐? 내가 여자를 건드렸다고? 어떤 미친 새끼가 그래?"

차동출의 고함에 혁민도 깜짝 놀랐다. 사람 일이란 모르는 거라지만 차동출은 함부로 여자를 건드리고 다닐 사람이 아니었다. 그런 거야 혁민이 잘 알고 있다. 게다가 차동출의 반응만 봐도 알 수 있었다.

그는 그게 무슨 소리냐면서 펄펄 뛰고 있었는데, 그 모습을 지켜보는 혁민의 머리에 퍼뜩 떠오른 생각이 있었다.

'이거, 누군가 벌써 손을 쓰기 시작한 거 아냐?'

혁민은 아무래도 그럴 것 같다는 생각이 들었다. 지금과 같은 미묘한 시기에 이런 일이 벌어지는 게 우연일 확률은 거의 없었다. 분명히 누군가가 수작을 부리는 것으로 보였다.

"뭐? 성추행인데 사무실은 왜 뒤져? 뭐라고? 마약? 이것들이 진짜 미쳤나."

혁민은 그걸 듣고 확신했다. 적이 본격적으로 움직이기 시작했다는 사실을.

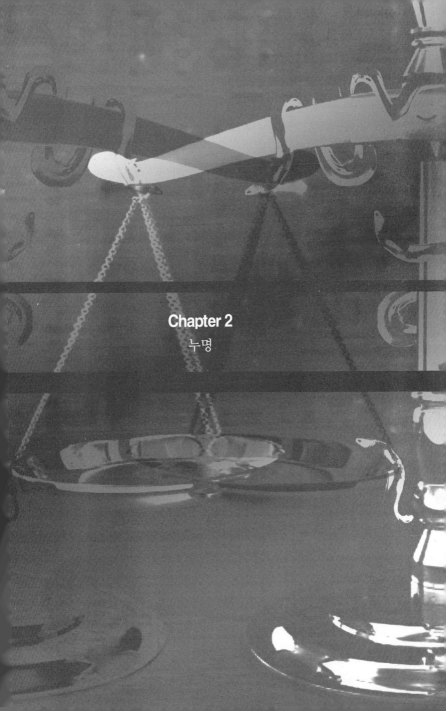

Chapter 2
누명

누명. 정말 당하는 사람 입장에서는 미쳐 버릴 일이다. 차동출은 불같이 화를 내며 펄펄 뛰었다. 절대로 그런 일은 없었다고. 하지만 소용없었다. 상대가 차동출을 엮기 위해서 단단히 준비했기 때문이었다.

결국, 차동출은 조사를 받아야 했고, 차동출의 집과 사무실에 사람들이 들이닥쳐 싹 뒤졌다. 그 와중에 차동출이 가지고 있던 자료가 사라졌다. 사무실에도 없었고 증거 목록에도 찾을 수 없었다.

하지만 누군가가 자료를 가져갔다는 걸 증명할 방법이 없었다. 그렇게 애초부터 없었던 것처럼 자료는 감쪽같이 사라졌다. 혁민은 그런 차동출의 상황을 듣고는 혀를 찼는데, 차동출

의 소식을 들은 사람들은 모두 놀랐다. 위지원 변호사도 그중
한 사람이었다.

"정말요? 어머, 차 검사님이 그럴 분이 아닌데..."

"누명이야. 좋아, 백번 양보해서 고소한 여자 진술대로 술
취해서 성추행했다는 건 그럴 수 있다고 치자고. 그것도 말도
되지 않는 소리지만 말이야."

혁민은 마약은 있을 수도 없는 일이라고 말했다. 마약을 다
루는 경찰이나 검찰에서 간혹 마약에 중독되는 사람이 나오기
도 한다. 쉬쉬하는 이야기지만, 사실이 그렇다. 하지만 차동출
은 마약과 관련된 수사를 하지도 않았고, 접할 기회도 없었다.

혁민은 마약은 수색할 명분을 얻기 위한 것이라고 생각했
다. 그 정도 혐의가 아니면 현직 검사의 집과 사무실을 압수
수색하기란 쉽지 않을 테니까.

"거기서 나온 마약도 누군가 심어놓은 거지. 내가 걱정스러
운 건 혹시라도 약을 몰래 먹이거나 검사 결과를 조작할지도
모른다는 거야."

"에이, 약을 몰래 먹이는 거야 그렇다고 해도 검사 결과를
조작하는 건 좀 오버 아니에요?"

위지원 변호사는 설마 그럴 리가 있겠느냐면서 웃었다. 하
지만 혁민은 한숨을 내쉬면서 이야기했다. 아직 세상 무서운
거 잘 모른다면서.

"그런 일이 빈번하게 벌어질 수는 없겠지. 그렇게까지 이 사
회가 막장은 아니니까. 하지만 정말 강한 힘이 작용하면 그런

것도 불가능한 것만은 아니야."

"정말요? 그러면 차 검사님은 어떻게 되는 거예요?"

혁민은 일단 마약 검사가 어떻게 나오는지를 보아야 한다고 말했다.

"양성반응이 나오면 정말 문제가 심각해지는 거지. 음성이면 그나마 훨씬 나을 테고."

"마약은 그렇다 치고, 성추행 건은 어떻게 되는데요?"

"성추행 건도 골치가 아픈 건 마찬가지지. 당사자 진술밖에는 증거가 없으니까."

여자는 한 술집에서 차동출이 만취해서 자신을 강제로 추행했다며 고소했다. 문제는 그 술집에 CCTV가 없다는 거였다. 그래서 진술에만 의존해야 했다.

"이게 아주 고약한 게 고소를 한 여자가 차동출 검사에 대해서 너무 잘 알고 있다는 거야."

여자는 차동출이 검사의 신분을 들먹이면서 자신을 협박하고 강제로 추행을 했다고 말했는데, 그 와중에 여러 가지 이야기를 들었다고 진술했다. 차동출이 어디에서 근무하고 있으며, 어떤 사건을 맡았다는 그런 시시콜콜한 이야기였다.

"그런 이야기를 하면서 자신에게 잘못 보이면 바로 감옥에 집어넣겠다고 협박을 했다는 거지. 당시 차동출 검사는 만취한 상태였다. 강하게 저항을 했지만, 협박을 하고 힘으로 밀어붙여서 어쩔 수가 없었다. 이게 그 여자 주장이야."

그렇게 되면 강제 추행이 된다. 죄질이 더 안 좋아지는 거다. 게다가 여자는 거기서 추행을 한 후에 같이 나가서 모텔에 가자고 했다는 거였다. 가서 마약을 하면서 같이 즐기자고 말했다고 주장했다.

위지원 변호사는 고개를 저었다. 자신이 알고 있는 차동출 검사라면 아무리 만취했다고 해도 그런 말을 할 사람이 아니었기 때문이었다.

"그런데요. 그래도 술집이면 사람도 많이 있었을 텐데 좀 이상한 것 같은데요?"

위지원 변호사는 그 여자가 분명히 소리를 지르면서 반항을 했다고 했는데, 술집에서 누구라도 보지 않았겠냐며 의문점을 제기했다.

"워낙 음악이 시끄러웠고, 화장실 쪽이 외진 곳이라 소리가 잘 들리지 않았을 거라는 거야. 게다가 목격자도 한 명 있고."

"목격자가요? 어머, 어머, 그러면 정말로 검사님이?"

"아니야, 아니야, 목격자는 그 술집 주인인데 아무래도 좀 이상한 것 같더라고."

술집 주인은 그 광경을 목격했다고 이야기했는데 혁민이 알아보니 진술이 좀 왔다 갔다 했다. 혁민은 분명히 누군가의 사주를 받고 그러는 것 같다고 말했다.

"보니까 마약은 그 술집 주인이라는 인간이 하는 것 같더만. 눈도 퀭하고 말하는 것도 이상하고 말이야."

"그런데 그렇게 되면 정말 곤란한 거 아니에요? 차 검사님은 그러지 않았다고 하겠지만, 본인 주장 말고는 증거가 없잖아요. 상대방은 목격자까지 있는데."

"불리한 건 사실이지. 만약 다른 증거가 나오지 않으면 누명을 벗지 못할 가능성도 있어."

혁민은 아무래도 자신이 이 사건을 맡아서 누명을 벗겨야겠다고 말했다.

"내 생각에는 저번에 맡은 사건 있잖아. 그것 때문에 누가 손을 쓰고 있는 것 같아. 일종의 복수이기도 하고 경고이기도 한 거지."

혁민은 우리는 현직 검사도 이 꼴로 만들 수 있다. 그러니까 우리에게 덤벼들었다가는 인생 망가진다. 그러니 앞으로 우리에게 덤빌 생각도 하지 마라. 이런 걸 보여주려고 하는 것 같다고 말했다. 그러자 위지원 변호사는 발끈했다.

"저도 도와드릴게요. 아무래도 조사할 것도 많고 손이 많이 필요할 거잖아요. 그리고 차 검사님 일인데 제가 가만히 있을 수 없죠."

위지원 변호사는 자그마한 주먹을 꼭 쥐더니 누명을 씌운 인간들을 가만히 두지 않겠다며 앙칼지게 소리쳤다.

"안 그래도 부탁하려고 했어. 술집에 있었던 사람들, 마약 관련해서 조사할 게 엄청나게 많을 거거든. 그러니까 잘 좀 부탁해."

"걱정하지 마세요. 이제 저도 이런 조사하고 그러는 거 잘하거든요. 선배님 밑에서 배운 게 얼만데요."

혁민은 가능하면 빨리 누명을 벗겨야 한다고 이야기했다.

"어차피 검사 일을 계속할 수는 없을 거야. 무죄로 밝혀진다고 해도 말이야."

"무죄로 밝혀지면 상관없는 거 아니에요? 왜 검사 옷을 벗어야 해요?"

"무죄로 밝혀지면 강제로 쫓아낼 수는 없겠지. 그런데 그렇다 해도 주변에서 가만히 두질 않아. 주변에서 성추행 검사라느니, 마약 검사라느니 하면서 손가락질할 텐데 그걸 견딜 수 있겠어? 쉽지 않지."

"우아~ 그건 아니다. 무죄로 밝혀졌는데 왜 그런데요?"

혁민은 자신도 왜 그러는지는 모르겠는데, 사람들이 그런다고 이야기했다. 그래서 한번 낙인이 찍히면 정상적인 사회생활은 끝장나는 거라고 했다.

"그걸 노리고 꽃뱀들이 돈을 뜯어내는 거야. 무죄가 되든 아니든 남자는 끝장이거든. 회사라면 그 회사에서 나와야 할 거고, 공무원도 마찬가지로 그만둬야 하고."

어디 그것뿐이랴. 이사도 가야 한다. 본인이야 어떻게든 견딘다고 해도 가족들이, 특히 애들이 사람들에게 손가락질당하는 걸 어떻게 참겠는가. 그래서 어지간하면 합의를 하려고 한다.

"맞다. 그런 사람 꼭 있더라고요. 무죄를 받아도 끝까지 안 믿는 사람."

"자기 생각에 갇혀서 사는 사람이 얼마나 많은데. 자기가 아는 것만 진실이라고 믿는 사람이 얼마나 많은지 알면 아마 깜

짝 놀랄걸?'

누가 어떤 말을 해도 통하지 않는 사람. 누구나 주변에서 본 적이 있을 것이다.

"평소에는 드러내 놓고 자기 의견을 이야기하지 않는 사람 중에서도 그런 사람들이 있거든. 그런 사람들까지 합치면 어마어마할 거야. 그런데 그 수가 점점 많아지는 느낌이 들어."

혁민은 왜 그런지는 모르겠지만, 사회가 각박하고 살기 어려워질수록 그런 사람들이 많아지는 것 같다고 했다.

"무언가를 간절하게 믿고 싶은 건지도 모르죠. 살기 어려울수록 기댈 데가 필요하잖아요. 그러니까 자신이 믿는 것이 절대적으로 옳다고 믿고, 거기에 기대는 걸 수도 있을 것 같아요."

"그런가? 그거 상당히 슬픈 이야기네."

혁민은 위지원 변호사의 이야기가 그럴듯하다고 생각했다. 그래서 더욱 슬퍼졌다. 가면 갈수록 이런 성향의 사람들이 늘어나는 걸 알고 있었으니까.

'점점 살기는 어려워지고 그래서 그런 꽉 막힌 생각을 하는 사람들이 갈수록 많아지는 건가?'

혁민은 한숨을 내쉬었다. 그리고 그렇게 되지 않게 세상이 좀 바뀌었으면 좋겠다는 생각을 했다. 그러나 지금은 무엇보다 차동출의 누명을 벗기는 게 우선이었다.

*　　　*　　　*

혁민은 갑자기 민주엽으로부터 온 전화를 받고 그의 집으로 향했다. 집에 도착하자 민주엽은 굳은 얼굴로 혁민에게 말했다.

"뭔가 잘못되고 있는 것 같아."

"무슨 일인데 그러세요? 저번에 윤 팀장님에 대해서 알아본다고 한 게 무슨 문제라도 있는 건가요?"

민주엽은 심각한 얼굴로 이야기했다.

"박 팀장님이 알아봤는데, 소식이 끊어진 지가 조금 되었다는 거야."

"아니, 그러면 중국에서 변을 당했다는 거 아닌가요?"

민주엽은 꼭 그렇게 볼 수는 없다고 했다. 간혹 특별한 사정이 생겨서 상당 기간 연락이 두절되는 경우도 있으니까. 특히 회색 요원의 경우에는 그런 경우가 더 많은 편이다.

"문제는 장중범과 윤 팀장이 배신자라는 이야기를 한다는 거야. 요원들에게도 거의 알려지지 않은 내용인데, 윗선에서는 그 둘을 국가 기밀을 외국에 넘긴 이중간첩으로 알고 있다는 거야. 이거 정말 통탄할 노릇이지."

민주엽은 절대로 그럴 리가 없다고 격분해서 이야기했다. 정말 목숨을 걸고 국가를 위해서 일한 사람들에게 그런 누명을 씌우는 게 말이 되느냐면서.

"씁쓸하네요. 예나 지금이나 변한 게 별로 없는 것 같아서요."

"그게 무슨 말이지? 변한 게 없다니?"

"아니, 그냥 해방되었을 때 생각이 나서요. 얼마 전에 관련된 글을 읽은 적이 있었거든요."

독립운동가나 그 후손이 어떻게 살고 있고, 친일파나 그 후손이 어떻게 살고 있는지를 알면 정말 기가 막힐 노릇이었다.

"친일파가 오히려 떵떵거리면서 잘살고 있고, 독립운동하시던 분들이나 그 후손은 정말 비참하게 살고. 그런 게 정상은 아니잖아요. 그런데 아직도 그러는 것 같아서요."

정말 국가를 위해서 일한 사람은 배신자로 낙인찍혀서 비참하게 살아가고, 온갖 비리를 저지르는 부패한 인간들은 떵떵거리며 살아가고. 잘못되어도 한참 잘못된 세상이라는 생각이 들었다.

"이렇게 되면 안 되는 거잖아요. 사실 그런 일이 일어나면 경악을 하고 다시 정상으로 돌려놓으려고 해야 정상 아닌가요? 그런데 그런 일이 일어나도 이제는 아무렇지도 않게 받아들이는 것 같아서 더 기운이 처지네요."

"흐음… 다들 너무 익숙해져서 그런 거겠지. 그런 걸 어디 하루 이틀 봐야 말이지."

비리와 부정부패가 쉴 새 없이 터진다. 처음 접하는 사람이야 격분하고 통탄할 일이라고 하겠지만, 자주 접하다 보면 무뎌지게 마련이다.

"그래서 이제는 사람들이 그냥 '에휴, 또? 그래, 원래 그렇지. 뭐' 이렇게 받아들이는 것 같아요. 아예 고쳐질 수 있다는 생각을 하지 않는 것 같네요."

"참, 자네 이야기를 듣고 보니 이거 보통 심각한 일이 아닌 것 같아. 나도 지금까지 그런 것 같거든. 화가 나지. 그런데 곧 잊어먹는 것 같아. 왜 그런지 생각을 해보니까, 그 인간들은 원래 그런 인간들이라고 생각해서 그런 것 같아."

민주엽은 고개를 내저었다. 그런 상황에 익숙해지고 싶지 않았지만, 어느새 그렇게 되어버린 자신을 발견하자 한숨을 내쉴 수밖에 없었다.

"왜 이렇게 되었는지 모르겠어. 그래도 세상 바르게 살려고 나름대로 노력했다고 생각했었는데, 이제 보니까 그냥 세파에 휘둘리면서 되는대로 산 것 같군."

"아닙니다. 아버님께서는 그래도 바르게 사셨잖아요. 바른 걸 바르다고 하고, 그른 걸 그르다고 말하고. 억울한 일 당한 사람들을 돕고."

혁민은 그런 일을 했으니 충분히 존경받을 만하다고 말했다.

"그런 게 정말 어려운 일이거든요. 모두가 다 해야 하는 거라고 말하는 그런 거. 실제로 하면서 살아가는 건 어렵죠."

민주엽은 혁민의 말에 쑥스러워하면서 갑자기 화제를 돌렸다.

"그것보다 문제가 좀 있는 것 같더라."

"무슨 문제요? 배신자로 낙인찍힌 것보다 더 큰 문제가 있는 건가요?"

"그것보다야 크지는 않겠지. 그런데 이것도 간단한 건 아니야."

민주엽이 계속 감시를 당하고 그랬던 건 배신자들과 한패라는 의심을 받았기 때문이었다. 그런데 최근에 상황이 조금 바뀌었다는 거였다.

"이게 상황이 바뀐 게 얼마 되지 않았다는 거야. 내 생각인데 나하고 율희가 습격을 받은 게 그 때문이 아닐까 싶어. 시기적으로 얼추 들어맞거든."

"그런 일이? 그러면 지금도 위험한 거 아닌가요? 이사라도 하셔야 하는 게 아닌지."

민주엽은 고개를 저었다.

"외국으로 나가지 않는 이상 똑같아. 그런데 윤 팀장님도 자세한 것까지는 알아볼 수가 없었다고 해. 이 정도 알아낸 것도 꽤 위험했다고 하더라고."

윤 팀장이 정말 친한 사람 통해서 들을 수 있었던 것인데, 무언가 빼돌린 게 있다는 말이 있다고 했다.

"그래서 좀 걱정이야. 그래서 율희를 자네하고 빨리 결혼을 시켰으면 하는데……."

"예? 결혼이요?"

*   *   *

혁민은 갑작스러운 결혼 이야기에 화들짝 놀랐다. 물론 율희와 결혼을 할 생각이었다. 하지만 그런 이야기를 갑자기 들으니 조금 당황스러웠다.

"왜? 내 딸과 결혼하지 않을 생각이었나?"

"예? 아니요, 아닙니다. 그게 아니라······."

민주엽은 씩 웃더니 어차피 그 사람들이 노리는 건 자신이니 시집을 보내면 조금 마음이 놓일 거라고 했다. 자신과 같이 있다가는 전처럼 사고를 당할 수도 있으니 말이다.

하지만 혁민도 걱정되기는 마찬가지였다. 자신이 상대하고 있는 자들은 어떻게 보면 더 무서운 자들이었다. 그러니 자신과 결혼을 하더라도 그다지 안전할 것 같지 않았다. 그 녀석들을 제거하기 전에는.

"사실 저도 지금 그렇게 안전한 상황은 아니라서요······."

혁민은 지금까지 알게 된 이야기를 차분하게 이야기했다. 최상위 권력자들을 위해서 일하는 자들이 있으며, 납치나 살인까지도 서슴지 않는 자들이라고. 처음에는 민주엽도 쉽게 믿지 못하는 눈치였다.

"그런 자들이 존재한다는 거야 그럴 수 있다고 봐. 그런 지저분한 일의 뒤처리를 해줄 인간들이 필요할 테니까. 하지만 살인까지 그렇게 쉽게 한다는 건 좀······."

"너도 처음에는 그랬습니다. 그런데 이놈들이 수는 많지는 않은 것 같은데, 여러 군데서 비호를 받는 것 같더라고요. 그러면 가능하죠."

혁민은 지 대표와 서 기자의 죽음에 관해 이야기했다. 그 두 사건이 정체불명의 조직을 설명하기 가장 좋을 것 같아서였다.

"지 대표는 절대로 자살을 할 사람이 아닙니다. 게다가 의심스러운 구석도 좀 있어요. 특히 유족들이 타살 의혹을 제기하면서 상당히 반발을 했단 말입니다."

"그래? 그래서 어떻게 되었는데?"

예를 들어서 설명하니 훨씬 피부에 와 닿는 느낌이 든 모양이었다. 민주엽도 흥미를 느끼면서 이야기에 빠져들었다.

"경찰이나 검찰, 모두 똑같은 소리예요. 타살로 볼 이유가 전혀 없다. 그러고는 후다닥 사건을 종결하려고 하더라고요. 당연히 유족들이 난리를 쳤는데, 그것도 어느 순간 싹 조용해졌고 말이에요."

"흐음… 확실히 정상적인 일은 아닌 것 같긴 한데……."

혁민은 멀쩡하던 CCTV가 지 대표가 죽은 시각 즈음에만 고장이 난 것도 그렇고 이상한 점이 좀 있었는데 그런 건 완전히 무시했다고 했다. 게다가 유족들이 갑자기 조용해진 것도 좀 이상했고.

"서 기자 사고도 마찬가지거든요. 아니, 만나기로 약속을 한 사람이 나타나지 않고 있다가 산에서 죽은 채로 발견되었는데… 허어……."

혁민은 당시 생각이 떠올라서 헛웃음이 나왔다. 사건을 담당한 경찰이나 검찰은 아예 조사할 의지가 없어 보였다. 그런 이야기를 하자 민주엽은 그제야 고개를 끄덕이며 혁민의 말을 완전히 믿었다.

"그렇다면 정말 무서운 놈들 아닌가. 무슨 짓을 해도 전부 무마시킬 수 있다는 거니까."

"저는 아마도 그놈들이 정보기관까지 연결되어 있는 게 아닐까 싶던데요."

"무슨, 거기는 그런 데가 아니야."

정보기관 이야기가 나오자 민주엽은 그렇지 않을 것이라며 고개를 저었다. 그 모습을 본 혁민은 실소가 나올 수밖에 없었다. 그렇게 좋지 않은 일을 당했으면서도 자신이 몸담았던 조직에 대한 애정이 느껴졌기 때문이었다.

"아마도 맞을 겁니다. 지금 제가 만나본 한 실장이라는 사람이 아마도 그쪽 사람인 것 같더라고요. 확실한 증거는 없지만."

"한 실장?"

한 실장이라는 말에 민주엽의 미간에 주름이 생겼다. 그는 다급하게 혁민에게 물었다.

"어떻게 생겼던가? 혹시 콧수염을 기르지 않았어? 체격은 음… 나하고 비슷한데, 조금 작은 정도?"

"어? 콧수염은 맞고 체격도 비슷한 것 같은데요?"

혁민은 아는 사람이냐고 물었다. 민주엽은 대답 대신에 생김새를 더 자세히 물어보더니 한숨을 내쉬었다.

"중범이 상사였던 사람이야. 윤 팀장과 나를 내보낸 사람이기도 하고."

"그렇다면 더 확실하네요. 그쪽하고 연결되어 있는 게 맞아요."

혁민은 그렇게 생각하면 모든 게 맞아떨어진다고 이야기했다.

"차 검사님한테는 요직으로 갈 수 있게 해준다고 했거든요. 그리고 저한테는 이런저런 조건을 제시했고요."

"그런 일이 있었어? 하긴 그 정도면 좀 오버기는 하네. 아무리 거기 파워가 좋다고는 해도 그렇게까지 힘을 쓰기는 쉽지 않거든."

마음먹고 작정하면 불가능하지는 않을 거라고 했다. 하지만 정말로 중대한 사건이 아닌 다음에야 그 정도의 조건을 제시하는 건 있을 수 없는 일이다. 게다가 설사 그런 사건이라고 하더라도 이런 식으로 일하지는 않을 거라고 민주엽은 생각했다.

"그런데 차 검사님이 거절하자마자 바로 위에서 찍어 눌렀거든요. 검사장을 움직여서 말이에요. 그러니 뒷배가 보통이 아니라는 거죠."

"흐음… 그런 식으로 보는 게 더 맞을 것 같군. 내가 보기에 스타일이 달라. 거기는 이런 식으로 움직이지는 않거든."

민주엽은 오히려 한 팀장이 배신자라며 이를 갈았다. 민주엽이 있었을 때는 팀장의 직함을 가지고 있었던 모양이었다. 민주엽은 화를 참기 어려웠는지 자리에서 벌떡 일어나서는 이리저리 서성거렸다.

"그 자식이란 말이지? 그 자식이……."

큰 소리는 아니었지만 적개심이 듬뿍 묻어 있었다. 민주엽은 주먹을 쥐었다가 펴기를 반복했는데, 만약 한 실장이 눈앞에 있었으면 다짜고짜로 주먹을 날릴 것 같은 기세였다.

민주엽은 잘못된 정보가 전달되었거나, 정보 해석을 잘못해서 오해가 생긴 거라고 생각했었다. 그런데 혁민의 말을 듣고 보니 고의적으로 일을 벌였을 수도 있겠다는 의심이 들었다. 아니, 그럴 것이라고 확신했다.

'그래. 그렇게 생각하면 모든 게 딱 들어맞아.'

왜 그렇게 이해할 수 없는 일이 벌어졌는지 궁금했었는데, 한 실장이 어떤 목적을 가지고 그렇게 행동했다면 모든 의문이 풀린다. 아예 처음부터 자신과 윤 팀장을 쳐낼 생각이었던 것이다.

"그러니까 그렇게 움직였겠지. 어쩐지 이상했어… 이상했어……."

민주엽은 설마하니 다른 목적 때문에 동료를 핍박하고 내쫓았을 것이라고는 생각지도 않았다. 그래서 충격이 컸다. 한 실장을 싫어하기는 했지만, 증오하지는 않았는데 이제는 증오 같은 감정을 훨씬 뛰어넘는 뜨거운 걸 느꼈다.

'가만, 그런데 왜? 굳이 그래야 하는 이유가 있나?'

조직에 이 사실이 드러나면 엄청난 파장이 생길 것이다. 그만큼 위험 부담도 큰일. 그런데 이런 일을 해서 한 실장이 얻는 게 없어 보였다.

"뭘 얻겠다고 그 난리를 친 거지? 가만히 보니까 중범이 건 도 일부러 그렇게 한 것 같은데."

혁민은 민주엽이 중얼거리는 걸 듣고는 말을 받았다.

"저도 그게 좀 이상하더라고요. 그렇게 할 만한 이유가 뭔 지……."

"그래. 그런 위험을 무릅썼을 때는 무언가 대단한 게 걸려 있다는 건데……."

민주엽은 서성거리는 걸 멈추고 다시 혁민 앞에 앉았다.

"지금 생각해 보니 협력자가 적어도 한 명은 더 있는 게 확 실해. 이 정도 일을 꾸미려면 한 팀장 정도로는 어림도 없는 일이지."

"그렇겠죠? 아마도 가장 고위직 중에서 한 명 정도는 연관 되어 있는 것 같은데요."

민주엽은 고개를 저었다. 정말 썩어도 너무 썩었다는 생각 이 들어서였다. 명칭은 모르겠지만, 정체불명의 그 조직에 가 담하거나 협조하는 자들의 목적이 무엇 때문이겠는가. 자기 이익을 위해서다.

"자기 이익을 위해서는 어떤 짓이라도 상관없다… 거참, 이 해할 수 없는 사람들이네."

"세상에는 다양한 사람들이 있으니까 그런 사람도 있을 수 는 있겠죠. 문제는 그런 사람들이 잘살고 권력을 틀어쥐고 있 다는 거 아닐까요?"

민주엽은 힘없이 웃었다. 혁민의 이야기가 맞는 말이었기 때문이었다. 민주엽은 천장을 올려다보았다. 오늘은 정말 기분이 울적했다. 지금까지 이야기한 그런 세상에서 살고 있다는 것이 슬펐고, 그런 세상에서 살고 있으면서도 잘못되었다는 걸 크게 느끼지 못했다는 게 더 슬펐다.

"자신의 이익을 위해서는 어떤 짓을 해도 괜찮다는 인간들의 모임이라… 소시오패스들의 모임인가?"

민주엽은 그렇게 중얼거리면서 혁민을 쳐다보았다. 오늘은 나눌 이야기가 꽤 많을 듯싶었다. 그는 자리에서 일어나면서 말했다.

"자네, 시간 괜찮으면 술이나 한잔하지."

*　　　*　　　*

"백 선생이 자료 참 정리 잘해놨는데?"

백발의 선생님은 자료를 보면서 감탄했다. 어떤 식으로 자금이 오가고 어떤 방식으로 자금을 빼돌렸는지가 아주 잘 정리되었다. 비전문가라고 하더라도 쉽게 알아볼 수 있을 정도로 말이다.

"일목요연하다는 말이 딱 어울리겠어."

"게다가 사람이 그렇게 많을 줄은… 저도 보고는 깜짝 놀랐습니다."

한 실장은 낄낄대면서 너스레를 떨었다. 둘은 차동출이 가지고 있던 자료를 보면서 이야기를 나누고 있었다.

"이 정도면 알고 있어도 대비를 하는 게 쉽지 않겠는데?"

"저야, 뭐 그쪽으로 잘 알지는 못하지만, 이렇게 디테일한 자료라면 그럴 테죠."

"이런 걸 가지고 있었으니 그렇게 자신만만했던 거구만."

선생님은 차동출이 그렇게 날뛴 것도 다 이해가 된다고 말했다.

"그러면 뭡니까. 수사를 할 수 없는데 말이에요. 세상이 어디 그렇게 만만한 곳입니까."

"차 검사도 이번에 잘 알았겠지. 뭐. 어차피 검사를 계속하지는 못하겠지만 말이야."

"그런데 약간 문제가 있습니다."

한 실장은 마약 검사에서 음성이 나왔다고 이야기했다.

"그게 무슨 소리지? 약을 타서 먹이지 않았었나? 그렇게 알고 있었는데……."

"저도 그렇게 알고 있었는데, 아마도 그 술을 다른 사람이 마신 모양입니다."

한 실장은 차동출 검사를 완벽하게 낚으려고 함정을 팠다. 차 검사가 술집에서 술을 마실 때 거기다가 마약을 조금 탄 것이다. 그런데 그걸 차동출이 마시지 않고 다른 사람이 마신 모양이었다.

"그래? 그러면 검사 결과를 손을 대야 하는 건가?"

"아… 그게 좀… 아예 처음부터 손을 썼으면 좋았을 텐데, 이미 아는 사람이 너무 많아져서……."

선생님은 인상을 찡그렸다. 자신의 생각대로 일이 진행되지 않아서 심기가 불편한 거였다.

"그러니까 만약의 경우도 생각해서 아예 미리 언질을 주었어야지. 자네 말만 믿고 있다가 이게 지금 뭐야? 이렇게 되면 골치가 아파지지."

차동출은 현직 검사인 데다가 혁민이 변호사로 붙어서 어떻게 될지 모른다고 했다. 담당 판사가 누구일지는 모르겠지만 얘기가 통하는 사람일 수도, 아닐 수도 있는 일이다. 그러니 마약 반응이 양성으로 나오는 게 가장 확실한 방법이었다.

그렇다면 성추행은 작은 일이 된다. 현직 검사가 마약을 복용했다? 그렇게 되면 검찰에서도 옹호할 수 없다. 검사 옷을 벗어야 하는 건 물론이고, 당연히 실형도 받을 것이다.

"아쉽네… 이 기회에 확실하게 보낼 수 있었는데 말이야……."

"그렇긴 하지만 큰 지장은 없지 않겠습니까? 그리고 정 변호사가 좀 움직이고는 있지만, 정 귀찮으면 그쪽도 손을 쓰면 됩니다."

한 실장은 너무 심각하게 생각하지 말라면서 웃었다.

"자네는 다 좋은데 상황을 지나치게 낙관적으로 보는 경향이 있어. 그런 긍정적인 힘이 좋기는 한데, 자칫하다가는 크게 실수를 할 수도 있으니 항상 조심하게."

"알겠습니다. 다시 한 번 검토하고 챙겨보도록 하죠."

선생님은 마뜩잖은 눈초리로 한 실장을 쳐다보았다. 말은 저렇게 했지만, 고쳐지지 않을 것이라는 걸 알기 때문이었다.

이번 일만 봐도 그렇다. 애초에 마약 반응이 음성으로 나올 경우도 가정해서 대비했다면 아무런 문제가 없었을 것이다. 그리고 결정적으로 예전에 그 자료를 잘못 보관하지만 않았더라면 지금처럼 문제가 복잡해지지는 않았을 것이고.

'멍청하게 그 자료를 빼내서는 제대로 간수하지 못하는 바람에 지금처럼 일이 커진 건데……'

어지간한 자였다면 바로 제거했을 것이다. 하지만 그래도 한 실장은 쓸모가 많은 자였다. 욕심도 많고. 그래서 아직까지 데리고 있는 거였다.

"그래도 이번에 이 자료를 얻어서 도움이 많이 될 것 같습니다."

"그나마 다행이지. 그러니까 다른 잡음이 생기지 않게 잘하라고. 그렇다고 우격다짐으로 하지는 말고. 그랬다가는 오히려 일이 더 커질 수도 있으니까."

선생님은 자신의 밑에 있는 자들은 일을 좀 밀어붙이려는 성향이 있다고 생각했다. 전에야 그렇게 해도 문제 될 게 없었다. 하지만 이제는 다르다. 선생님은 일을 깔끔하고 적당한 선에서 처리할 수 있는 사람이 있었으면 좋겠다고 생각했다.

"정 변호사도 손을 볼 방법을 강구해 봐. 아예 싹을 잘라 버리는 게 좋으니까."

"알겠습니다. 그런 거야 또 제 전문 아니겠습니까."

"이번처럼 실수하지 말고. 티가 안 나게 적당한 정도를 유지하되 확실하게 정리할 수 있는 그런 방법을 찾아보라고."

선생님은 가장 조심해야 할 건 카운터펀치이니 각별히 조심하라고 누누이 당부했다.

＊　　　＊　　　＊

"이런 데는 자주 와보지 않아서 영 어색한 느낌이……."

혁민은 이리저리 몸을 뒤척였다. 푹신한 소파에 앉아 있기는 했지만, 몸에 맞지 않는 옷을 입고 있는 것같이 불편한 느낌이 들어서였다. 아무래도 거의 오지 않는 장소라서 그런 듯했다.

안전하게 이야기를 하기 위해서라고는 하지만 룸살롱은 혁민의 체질이 아니었다. 하지만 서로 만나는 것이 드러나서는 안 된다. 그런 조건을 만족하는 장소는 많지 않았다.

─남들은 공짜라고 하면 얼씨구나 하고 했을 텐데 뭘 그러나. 그냥 즐기라고.

백 선생은 낄낄대면서 말했다. 그래도 이곳만큼 자연스럽게 이야기를 나눌 수 있는 곳이 없다면서. 어차피 되었다고 이야기할 때까지 여자가 들어오지 않을 것이다. 하지만 왔다가 그냥 가면 의심을 받을 수도 있는 일.

그래서 이곳에서 장중범이나 백 선생과 대화를 하고 난 후에 여자를 부르고 대충 한 시간 정도 때우다가 나갔다. 오늘은 차동출의 자료가 털렸다는 사실을 알자 백 선생이 먼저 이야기를 좀 하자고 연락해 와서 혁민과 만나는 중이었다.

혁민은 그나마 얼굴이 알려지지 않은 배 실장이 있어서 다행이라는 생각이 들었다. 그가 아니었다면 이런 식으로 만나는 일도 쉽지 않았을 테니까. 모든 통화는 도청의 위험이 있어서 항상 조심해야 했다.

—어차피 원만하게 해결될 수 있는 그런 지점을 지났어. 이제는 정말 살아남을 수 있는지, 없는지의 싸움이라고.

백 선생은 둘 중에 한쪽은 완전히 끝장나야 일이 끝나게 되었다면서 이제는 수단과 방법을 가릴 처지가 아니라고 이야기했다. 처음부터도 그랬지만, 지금은 싸움이 더 격렬해진 상태. 삐끗하면 정말로 죽을 수도 있다.

"그런데 정말 어떤 인간들입니까? 그래도 현직 검사라고 하면 쉽게 건드릴 수 있는 상대는 아닌데 그런 사람에게 저 정도 누명을 씌울 수 있을 정도라니……."

—무서운 인간들이지… 하긴 자네는 저들에 대해서 잘은 모르겠구만.

혁민은 그렇다고 이야기했다. 저들이 어떤 짓을 했는지는 대충 알고 있지만 다른 건 아는 게 아무것도 없었다. 백 선생은 차분하게 이야기를 해주었다.

—본격적으로 활동을 시작하게 된 건 80년대 후반 정도일 거야. 정확한 거야 나도 잘은 모르지. 기록을 잘 남겨놓는 데는 아니니까.

백 선생은 이전까지는 강한 무력을 바탕으로 한 권력자들이

나라를 지배했는데, 80년대 중반부터 조금씩 변화가 일어났다고 했다.

―그전까지야 찍어 누르면 됐는데, 그럴 수 없게 되었다는 걸 권력자들이 알았지. 시대적으로 보나 국가의 발전 상황으로 보나 그렇게 될 수밖에 없었거든. 그런데 권력자들이 자기 권력을 놓고 싶겠어?

그래서 그중에는 외국에서는 어떻게 하는지를 유심히 살펴본 사람들이 있었다고 했다. 거기서는 어떤 식으로 권력을 유지하고 관리하는지 살펴본 것이다. 그리고 어떤 식으로 돌아가는지 알게 되었다.

외국의 경우에는 자본의 힘이 권력을 장악하고 있었다. 그리고 앞으로는 이 나라도 그렇게 흘러갈 것이라는 걸 깨달은 사람들이 있었다고 했다.

―그래서 거대 자본을 가진 몇 명이 뭉치게 되었지. 그걸 관리하면서 자신들의 권력을 계속해서 유지해야겠다고 생각을 한 거야.

백 선생은 그들의 계획은 처음에는 조금 삐걱거렸다고 했다. 외국이야 오랜 시간을 거치면서 자연스럽게 이루어진 시스템이지만, 한국에서는 아직 낯설었으니까.

―갑자기 그렇게 하는 게 어디 쉬운 일인가. 뻣뻣하게 나오는 사람도 있었고, 협조를 하지 않는 사람도 있었고.

"하긴 그렇겠네요. 예전에는 힘으로 눌러서 일을 해결했는데, 그럴 수 없게 되니까 반발하는 사람도 있었겠어요."

—그렇지. 원래 자본의 힘이라는 게 무력과는 달리 바로 와 닿지 않는 경우가 많거든. 그래서 무력을 좀 동원할 필요도 생긴 거야.

결국에는 자신들의 뜻대로 될 것이라고 그들은 생각했다. 하지만 문제는 시간과 그사이에 생기는 잡음이었다.

자본을 계속해서 키우고 권력을 유지하려면 다양한 방면으로 세력이 넓어져야 하는 건 필수적이다. 돈만 있다고 모든 게 모든 게 해결되는 게 아니니까. 여러 방면에 사람을 키우거나 심어야 했고, 그러려면 시간이 걸렸다.

그런데 어디 말만 하면 고분고분 듣는 사람만 있는 게 아니다. 반발하고 저항하는 사람도 있게 마련이라서 그들을 잘 요리할 사람들이 필요했다. 그래서 선택한 것이 지금의 조직이었다.

—거친 방법으로 처리한 거지. 그러니까 효과가 아주 좋았어. 그렇잖아. 돈으로 하는 거야 당장 피부로 느껴지지 않을 수도 있지만, 주먹이나 칼은 느낌이 바로 오잖아.

"그렇긴 하죠. 그런데 생각한 것보다 상당히 오래된 조직이군요?"

—원래는 그전부터도 비슷한 일을 했던 조직이니까. 예전에도 그런 일을 은밀하게 처리할 필요는 있었거든. 그런 자들을 권력을 잡으려는 자들이 자기 쪽으로 끌어들인 거지.

백 선생은 혁민이 생각하는 것보다 훨씬 오래된 조직이라고 말했다. 그런데 사회가 변하면서 완전히 죽어가고 있었는데,

새롭게 권력을 유지하려는 자들의 눈에 들어 되살아난 거라고
말했다.

—써보니까 효과가 만점이었거든. 생각해 보라고. 권력을
노리는 인간들도 무지하게 많을 거 아냐. 게다가 이익이 걸렸
는데 순순히 말을 듣겠어? 그런데 그걸 다 찍어 누르려니까 일
이 넘쳐 나는 거지. 그래서 계속 일을 하게 되었고, 지금까지도
지저분한 뒤처리를 하고 있는 거야.

"허… 그러니까 암중에 숨어서 자본의 힘으로 권력을 휘두
르려는 자들이 배후라는 거네요?"

—그렇지. 우리나라야 지금 이런 움직임이 있지만, 외국은
훨씬 전부터 그렇게 되어 있다고.

백 선생은 이미 세계는 자본의 힘이 지배하고 있다고 말했
다.

—달러를 찍어내는 미국 연방준비은행이 민간은행이라는
거 알아? 미국의 연방준비은행이라고 하면 세계 경제에 미치
는 영향이 막대한 곳이야.

혁민도 경제에 관해서 해박한 건 아니었지만, 연방준비은행
이 막강한 영향력을 미치는 곳이라는 사실은 알고 있었다. 하
지만 그곳이 민간은행이라고 생각해 본 적은 없어서 무척이나
놀랐다.

"민간은행이요? 정말 그래요?"

—그렇다니까. 쉽게 비유하면 한국은행이 민간은행인 것과
같은 셈이지.

백 선생은 자본 권력자들의 힘이 그렇게 대단한 것이라고 이야기했다. 백 선생은 케네디도 거기에 맞서다 암살당했을 것이라고 이야기해서 혁민을 다시 한 번 놀라게 했다.

　—지금 배후에 있는 자들이 모델로 삼은 게 바로 그거야. 그런데 그러려면 정치 쪽으로도 손을 뻗어야 하거든. 법을 좀 손대야 하니까.

　"그렇겠죠. 입법이 아주 중요하겠죠. 그래야 뭘 해도 할 수 있으니까."

　—그렇지. 자기들 유리하게 판을 움직이려면 정치인들이 필요하지. 그런데 그 인간들 뒤를 봐주려고 하다 보니까 자본하고 사법 쪽 힘도 좀 필요하게 되었어.

　원래 세력을 가지고 있었던 자들이다. 하지만 조직을 개편할 필요성을 느껴서 정말 믿을 수 있는 사람만을 남겨 다시 세력을 모았다고 했다. 그런데 원래 힘을 가지고 있던 사람 중에서는 합류하는 사람도 있었지만, 맞서는 걸 선택하는 사람도 많았다고 했다.

　"권력은 나눌 수 있는 게 아니잖아요. 그러니까 아버지하고 아들도 서로 죽일 듯이 싸우는 거죠."

　—그렇지. 북한만 봐도 알 수 있지.

　"북한이요?"

　혁민은 무슨 이야기냐며 되물었다. 쉽게 이해가 되지 않았기 때문이었다.

　—잘 모르고 있었나? 김일성이 죽기 직전까지 거의 유배 생

활 비슷하게 했는데… 아들에게 권력이 넘어가고 난 후에는 완전히 밀렸다고. 그래서 거의 갇혀 지냈지.

백 선생은 김일성이 사망한 것에도 상당한 의문이 있다고 이야기했다. 혁민은 정말 섬뜩한 느낌이 들었다. 권력 때문에 부자 사이에 그런 일이 있었다니 믿을 수가 없었다.

─일반 사람들의 상식으로는 생각할 수 없는 세계가 바로 권력을 둘러싼 곳이야. 거기는 더할 수 없이 비정하고 참혹한 곳이지.

"그런데 배후에 있는 그 사람들은 누굽니까? 그런 짓을 하는 사람들이 누군지 정말 알고 싶네요."

─뭐, 다양해. 정치 쪽으로 최상층에 있던 사람도 있고, 재벌도 있고, 잘 알려지지 않은 사람도 있고.

백 선생은 자신도 배후에 있는 사람들을 전부 아는 건 아니라고 이야기했다. 그는 자신이 일한 건 90년대 초반이라면서 말을 이었다.

─금융실명제 때 정말 난리도 아니었지. 무시무시한 전쟁이었거든. 그때 망해서 흡수당한 자들도 꽤 많아. 지하경제의 큰손 중에서 살아남은 사람은 다 그들에게 협조하기로 한 사람들이야.

그들은 원래 가지고 있던 자본에 지하경제의 자금을 흡수하고, 결정적으로 IMF 사태 때 엄청난 이득을 보았다고 했다.

─사실 막고자 했으면 어떻게든 막을 수도 있었어. 하지만 그러지 않았지. 왜냐하면, 그래야 기회가 생기는 거니까.

IMF 사태와 같은 일은 주기적으로 벌어질 수밖에 없는 일이라고 강조하면서 그때 그들의 자본이 얼마나 거대해졌는지를 이야기해 주었다.

"무슨 소설을 보는 것 같네요. 사람들에게 이야기하면 다들 그런 반응일 것 같아요. 황당한 이야기를 들은 것 같은 반응."

─그러는 것도 무리는 아니지. 그만큼 믿기 어려운 일이니까.

백 선생은 그 이후로는 자금을 세탁하는 일에 주력했다고 이야기했다. 그런데 백 선생이 그들의 자금 흐름이나 내부 사정을 너무 잘 알게 되자 부담스러워했고, 결국 백 선생 자신은 도망칠 수밖에 없었다고 했다.

─가만히 있다가는 죽겠더라고. 그쪽에서 항상 이야기하는 말이 있거든. 시체는 말을 할 수 없다. 내가 알고 있는 게 어디 보통 정보여야지. 그래서 아무리 머리를 굴려봐도 살아날 방법이 없더라고.

그래서 자료를 카피해서 도망을 친 거라고 했다. 백 선생은 이런 사실을 이야기해 주는 건 알고 있어야 상대하는 데 도움이 될 것 같아서라고 말했다.

─현직 검사한테 누명을 씌우는 것 정도는 그 사람들에게는 일도 아니야. 그보다도 훨씬 위에 있는 사람에게도 그러는 자들이니까.

지금 상대하는 놈들은 그들의 비호를 받는 조직이라서 현직 검사보다 훨씬 고위층 인물에게 더한 것도 할 수 있다고 말했다. 초창기에는 그들에게 보고하고 협조를 구해야 했지만, 조직의 힘이 갈수록 강해져서 자신이 있을 때에 이미 사회 유력 인사들과 다 선이 닿아 있었다고 했다.

─그러니 보통 수단으로는 그들을 정리하기 어려워. 하지만 이제는 그들을 깨지 못하면 우리가 죽게 생겼으니 방법이 없지.

"불가능한 일이 어디 있습니까. 할 수 있다고 생각하고 진행해야죠. 그리고 누명부터 빨리 벗겨야겠어요. 다행인 건 마약 관련해서는 무죄가 가능할 것 같은데, 추행 관련해서는 좀 골치가 아프네요."

여자가 추행을 당했다고 우기고 있고, 당시 정황이나 차동출 검사에 관해서 자세하게 이야기를 하고 있었다. 차동출에게는 굉장히 불리한 상황. 거기다가 그 광경을 목격했다는 술집 주인의 진술도 있었다.

혁민은 이 사건을 어떻게 처리해야 할까 생각했는데, 백 선생은 조금 다른 이야기를 했다. 어차피 판사가 작정하고 있으면 어떻게 하더라도 판결은 뻔하다면서 길게 싸울 생각을 하라고 했다.

─항소하고 끝까지 싸울 생각을 해야지. 그리고 그러면서 상대를 치는 거야. 지금 문제는 상대가 힘을 써서 그런 거 아니냐. 그러니까 원인이 되는 요소를 제거하면 모든 일이 순조롭게 풀리겠지.

"흠… 그렇기는 하겠네요. 그들을 처리하면 다른 문제야 저절로 해결될 테니까."

하지만 어떻게 하느냐가 문제였다. 혁민은 백 선생과 그 문제에 관해서 이야기를 나누었는데, 백 선생이 생각하고 있는 방법이 두어 가지 있었다.

혁민은 역시 백 선생이 꼼수나 편법 쪽으로는 일가견이 있다는 생각을 했다. 상당히 효과가 좋을 법한 방법이었으니까. 하지만 백 선생은 본인이 이야기는 해놓고 그다지 마음에 들지 않는 듯했다.

"왜 그러세요? 저는 좋은 방법 같은데."

—방법 자체가 나쁜 건 아니지. 하지만 내가 걱정하는 건 이런 생각을 상대도 하고 있을 거라는 거야.

그는 상대가 대비하고 있지 않은 방법이어야 성공 가능성이 큰데 그렇지 못하다는 거였다.

—지금 힘으로는 차이가 난단 말이야. 그러니까 우리는 쉽게 접근하면 오히려 당한다고. 상대를 기만하면서 예상치 못했던 방법으로 들이밀어야 가능성이 높아.

"그렇긴 하네요. 아무리 좋은 방법이라도 상대가 대비하고 있으면 소용없는 거니까……."

혁민은 그래도 시도해 보는 편이 좋지 않겠느냐고 말했다. 상대가 모를 수도 있으니까. 하지만 백 선생은 그건 아니라고 말했다.

—오히려 딸려 들어갈 수가 있어서 위험해. 그리고 그것보다 자네 조심해야 해. 이제 자료가 자네한테만 있는 거잖아.

이쪽에 있는 거 제외하면 말이야.

"안 그래도 검사 사무실까지 싹 뒤지는 거 보고 안 되겠다 싶어서 안전한 곳에 뒀어요."

—안전한 곳이 어디 있나. 사실 그런 데 숨겨두었다고 하면 그쪽에서는 더 좋다구나 할 수도 있지. 자네만 어떻게 처리하면 없는 거나 마찬가지가 될 거니까.

혁민은 그런 것도 대비를 해두었으니 염려하지 말라고 이야기했다. 그런데 둘의 이야기는 거기서 멈추었다. 갑자기 전화가 왔기 때문이었다.

*　　　*　　　*

연락을 받고 달려온 혁민의 눈앞에 펼쳐져 있는 건 거의 폐허처럼 변한 사무실의 모습이었다. 전혀 예상하지 못한 건 아니었지만, 실제로 엉망진창이 된 사무실을 보게 되니 기가 막혔다.

"선배님……."

위지원 변호사가 잔뜩 움츠러든 표정으로 혁민에게 다가왔다. 외부에서 일을 보고 사무실에 들렀다가 이런 광경을 목격하게 되었으니 얼마나 놀랐겠는가. 혁민은 얼른 다가가서 그녀를 잘 다독여 주었다.

"어디 다치거나 그런 데는 없지?"

"예, 왔을 때 벌써 이랬어요. 사람은 아무도 없었고요."

위지원 변호사는 밤이 늦었는데 문이 열려서 이상하다고 생각했단다. 분명히 불은 모두 꺼져 있었는데 사무실의 문이 조금 열려 있었으니까.

"그래서 이상하다고 생각하고 불을 켰거든요. 그랬더니⋯⋯."

불이 켜지자 위지원 변호사는 자신의 눈을 믿을 수 없었다고 했다. 멀쩡한 게 하나도 없었으니 그럴 만도 했다. 서랍은 전부 열려 있었고, 사방에 서류가 굴러다니고 있었다. 컴퓨터는 전부 분해가 되어 있었고.

그녀는 처음에는 너무 놀라서 아무런 말도 하지 못하고 동상처럼 굳은 채 있었다고 했다. 잠깐 그렇게 있다가 흠칫 놀라서 주변을 살피고는 밖으로 나갔다고 했다. 누가 안에 있을지 모른다는 생각이 들자 두려웠던 것이다.

"정말 머리가 하얘지는 것 같았어요. 아무 말도 안 나오고 그냥 멍하더라고요."

"다행이네. 누가 있었으면 다칠 수도 있었는데. 경찰에 신고는 했고?"

"예, 밖으로 나가면서 바로 신고했어요. 그리고 선배님께 연락한 거구요."

혁민은 잘했다고 이야기하고는 안을 살펴보았다. 진짜 이런 걸 뭐라고 표현해야 할지 모를 정도로 사무실 안은 난장판이었다. 혁민은 혹시라도 자신이 들어갔다가 현장이 엉망이 될까 싶어서 일단 경찰이 올 때까지 기다리기로 했다.

자신의 짐작대로라면 이런 짓을 한 건 그놈들일 것이다. 자료를 찾기 위해서 뒤졌을 건데 그렇다면 증거는 남아 있지 않을 확률이 높았다. 하지만 그렇다고 해도 일부러 현장을 어지럽힐 필요는 없다. 혹시라도 증거가 있을 수 있으니까.

"가만. 경찰에도 신고했다고 했지? 그러면 내가 오기 전에 경찰이 먼저 와 있어야 하는 거 아닌가?"

혁민은 고개를 갸웃거렸다. 자신이 있던 장소가 사무실에서 거리가 그리 멀지 않아 제법 빨리 올 수 있었지만, 그래도 시간상으로 보면 신고를 받은 경찰이 먼저 와 있어야 정상으로 보였다.

위지원 변호사도 그건 미처 생각하지 못했는지 좀 이상한 것 같다고 중얼거렸다. 혁민은 무언가 찝찝한 느낌이 들었다. 그리고 문득 사무실이 이렇게 되었다면 자신의 집도 멀쩡하지 않을 것 같다는 생각이 떠올랐다.

자신이 살고 있는 원룸으로 달려가려던 혁민은 일단은 이곳에 있기로 했다. 밤중에 위지원 변호사를 혼자 두고 가기가 좀 그래서였다. 평소라면 그럴 수도 있겠지만, 오늘 같은 일이 벌어진 후인데 그녀를 혼자 두고 갈 수는 없었다.

'그래, 그들이 한 짓이 맞는다면 분명히 집도 뒤졌을 테지.'

당연히 그랬을 것이다. 자료를 찾는 게 목적일 테니 사무실 뿐만 아니라 자신의 원룸까지도 싹 털었을 것이다. 그러니 지금 원룸으로 가봐야 소용없겠다고 판단했다.

'어차피 지금 가도 난장판이 된 모습만 보게 되겠지. 그러니

여기 일부터 해결하고 가는 게 좋겠어. 일단 이 녀석은 놀랐을 테니 집으로 보내고······.'

혁민은 위지원 변호사에게 먼저 집으로 가라고 했다.

"놀랐을 텐데 들어가서 쉬어. 여기는 내가 처리하고 들어갈 테니까."

"아니에요, 선배님. 저도 이 사무실 사람인데요. 그리고 저 괜찮아요."

위지원 변호사는 끝까지 남아 있겠다고 이야기했다. 혁민은 말로는 그럴 필요 없다고 하면서도 기특하다는 생각을 했다. 상당히 놀랐을 텐데 끝까지 책임감 있는 모습을 보여서 그런 거였다. 자신이 생각한 것보다 훨씬 강단도 있고 침착한 모습이기도 했고.

혁민은 경찰이 도착하기 전까지 그녀와 이야기를 나누면서 여러 가지 생각을 해보았다. 이 건물이나 원룸이 있는 건물의 CCTV에도 손을 댔을 것 같았다. 그런데 그렇게 생각하니 경찰이 늦게 오는 것까지도 신경이 쓰였다.

경찰 쪽으로도 이미 손을 써서 그렇게 된 것 같다는 생각이 들어서였다. 야간에 업무도 많고 인원이 달려서 그럴 수도 있지만, 의심을 하게 되니 생각이 부정적인 방향으로 끝도 없이 이어졌다. 그리고 그래서인지는 모르겠지만, 잠시 후 도착한 경찰의 행동도 마음에 들지 않았다.

"선배님, 너무 대충대충 하는 것 같지 않아요?"

위지원 변호사가 불만족스럽다는 듯 이야기했다. 경찰이 도착했는데, 대충 훑어보더니 몇 가지 질문만 하고는 바로 돌아갔기 때문이었다.

미드에 나오는 식으로 CSI가 와서 정밀하게 수색하는 것까지는 아니더라도 자세하게 조사를 할 줄 알았는데 기대했던 것과는 너무나도 달라서 실망감이 컸다. 혁민도 비슷한 생각이었지만, 티를 내지는 않았다.

"알아서 하겠지. 그보다 어서 들어가서 쉬어. 여기는 내일 치우자고."

"어휴, 이거 정리하려면 하루 가지고는 어림도 없겠어요. 망가진 물건 같은 거 내놓고 다시 살 것도 있고……."

혁민은 고개를 끄덕였다. 사무실이 예전처럼 되려면 시간이 좀 걸릴 것 같았다.

"이거 내일 보람이 출근하면 까무러칠지도 모르겠는데?"

"제가 연락해 놓을게요. 아침에 와서 놀라지 않게요."

혁민은 그러라고 하고는 자신의 집으로 향했다. 가면서 여러 생각이 들었다. 상대는 어떻게든 자료를 빨리 회수하기를 원하는 듯했다.

'나를 믿지 않는 거지. 하기야 나 같아도 그럴 것 같다.'

혁민은 앞으로도 그들을 상대하면서 각별히 조심해야겠다고 생각했다. 언제 어디서 무슨 짓을 할지 모르는 인간들이었으니까. 그런 생각을 하면서 집에 도착했고, 문을 열자 그가 예상했던 광경이 펼쳐져 있었다.

방은 악마견이라고 불리는 비글이 어질러놓은 것처럼 엉망진창이었다. 혁민은 그저 한숨만 나왔다. 여길 정리하려면 며칠은 걸리겠다는 푸념이 저절로 나왔다. 그래도 혹시 모르니 경찰에 신고를 했다. 그리고 경찰은 아주 늦게 도착했다.

* * *

"어지간한 건 버리고 이 기회에 새로 사자고."

"그래도 아까워요. 아직 다 쓸 만한 건데……."

"맞아요. 어휴… 어떤 놈들인지 그냥 걸리기만 하면 콱 그냥……."

혁민은 이 기회에 사무실 분위기를 바꿔보자고 했는데, 위지원 변호사와 보람은 그것보다는 사무실이 이렇게 된 것이 분한 듯했다. 하지만 혁민은 사람들이 무사한 것만 해도 다행이라고 생각했다.

'분명히 감시하고 미행했을 거야. 어제 사무실에 왔을 때 너무 어수선하다는 생각이 들었었는데 그게 다 미행하고 있어서 그랬을 테지.'

혁민은 위지원 변호사도 감시당하고 있는 것 같다는 생각을 했다. 그녀는 원래 사무실에 돌아올 예정이 없었다. 그래서 상대는 마음 놓고 사무실을 뒤지고 있었을 것이다. 혁민은 룸살롱에 있었고, 다음 날 아침까지 사무실은 빈 거나 다름없었으니까.

그런데 위지원 변호사가 갑자기 사무실로 향하자 급히 마무리하고 떠난 듯했다. 미행이 붙지 않으면 불가능한 일.

혁민은 그런 생각을 하면서 사무실을 치웠다. 워낙 아수라장같이 변해 있어서 치워도 치워도 끝이 나지 않는 느낌이었다.

"법원 가야지? 나도 약속 있으니까 같이 나가자고."

혁민의 말에 위지원 변호사는 시계를 보더니 준비하겠다고 이야기했다. 그녀는 사건 관련 서류를 주섬주섬 챙겼다. 다른 것보다 사건 관련 서류나 자료들이 문제였는데, 다행스럽게도 주변에 흩뿌려진 정도였다. 개중에는 서류 봉투에 그대로 있는 것도 있었고.

둘이 외출 준비를 하자 보람의 표정이 울상이 되었다. 이 많은 걸 혼자 치우려고 하니 막막해서 그런 거였다. 혁민은 그녀를 보면서 웃었다.

"정리하다가 시간 되면 퇴근해. 어차피 오늘 끝낼 수 있는 게 아니니까."

혁민은 내일 같이 마무리하자고 잘 다독이고는 밖으로 나왔다. 위지원 변호사는 곧장 법원으로 향했고, 혁민은 한 실장을 만나기 위해 움직였다.

"이야~ 이거 만난 지 얼마 되지 않는데 굉장히 오랜만에 보는 것 같은 느낌이 드는군요."

한 실장은 천연덕스럽게 인사를 했다. 혁민은 약속을 잡아 놓고서 바로 전날 사무실과 집을 뒤졌다는 사실에 짜증이 났지만, 겉으로는 아무렇지도 않은 듯 태연하게 인사를 받았다.

"그동안 일이 많으셨나 보네요. 일이 많으면 그런 생각이 들
때가 있죠."

"그런가요? 이야기를 듣고 보니까 그런 것 같네요. 변호사
님은 어떠셨습니까?"

한 실장은 슬며시 웃으면서 물었다. 마치 어제 일이 어땠느
냐고 묻는 것처럼. 혁민은 무척 거슬렸지만 애써 참으면서 이
야기했다.

"세상 사는 게 다 거기서 거기 아닙니까. 항상 비슷하죠."

혁민은 평소와 크게 다르지 않았다고 했다. 사무실과 집이
털리는 사건이 있었지만, 잘 생각해 보면 그리 큰일도 아니었
다. 어느 정도 예상을 하기도 했고.

'내가 겪은 다른 일에 비하면 이 정도는 일도 아니지.'

태연하게 대답하는 혁민을 한 실장은 실실 웃으면서 쳐다보
았다. 무슨 일을 겪었는지 다 아니까 그런 거짓말을 하지 않아
도 된다는 듯한 표정으로. 하지만 혁민은 정말로 별일 없었다
는 듯 행동했고, 한 실장은 그런 혁민을 야릇한 표정으로 바라
보다가 입을 열었다.

"그렇군요. 별일 없는 게 좋은 일이긴 하죠."

"그럼요. 특별한 일 없는 게 가장 좋은 거 아니겠습니까. 그
래서 예전부터 무소식이 희소식이라는 말도 있는 거겠죠."

혁민의 말에 한 실장이 맞는 말이라면서 허허 웃으면서 묘
한 눈빛으로 혁민을 쳐다보았다.

'이상하단 말이야. 저 나이에 저런 분위기를 풍길 수가 있는 건가?'

아주 노련하고 의뭉스러운 데가 있다고 한 실장은 생각했다. 오십 대 이상이고 이런 식으로 사람을 상대하는 경험이 아주 풍부한 그런 사람에게서 느낄 수 있는 분위기. 그래서 이상하다는 생각을 하고 있었다.

만약 혁민이 검사라고 한다면 상황이 조금 다를 수도 있다. 검사라고 하면 수많은 사람을 상대해야 하니 나이보다 사람 다루는 게 노련할 수도 있으니까. 하지만 혁민은 변호사였다.

'피곤하군. 어리다고 상대하는 게 쉬울 줄 알았는데, 어떻게 알면 알수록 깊은 수렁에 빠지는 것 같은 기분이 들어.'

그는 혁민을 지금까지 보았던 어떤 사람보다 신기하고 위험한 인물이라고 판단했다. 자신이 나중에 반드시 제거할 생각을 하고 있는 선생님이라는 존재보다도 더.

하지만 지금은 일을 잘 처리하는 게 더 급했다. 이번 일이 터지면 권력층에 지각변동이 생길 것이다. 쓰나미가 덮친 것처럼 모든 것을 쓸고 지나갈 수도 있다. 그렇게 되면 자신의 안전도 장담할 수 없는 일. 한 실장은 마침내 용건을 꺼냈다.

"자료도 그렇고 사람과 만나는 일도 그렇고 좀 속도를 내야겠습니다. 마냥 지체할 수는 없는 일이라서 말입니다."

"그러시겠죠. 그러면 어떻게 하는 게 좋을까요?"

혁민이 순순히 협조하겠다고 나오자 한 실장은 조금 의아한 생각이 들었다. 지금까지는 계속해서 슬슬 빼면서 시간을 끌었는데, 갑자기 협조적으로 나오니 뭔가 이상하다는 느낌을 받은 거였다.

하지만 협조하겠다고 나오면 좋은 일이다. 백 선생과 장중범을 잡아들이고 나중에는 혁민까지 처리해 버리면 그만이니까.

'그래. 어차피 이쪽이 가지고 있는 힘을 보았으니 협조적으로 나올 수밖에 없겠지.'

한 실장은 좋은 쪽으로 생각하자고 마음먹으면서 이야기를 계속 이어갔다. 일단은 어떤 식으로든 상대와 연락을 해서 만날 장소와 시간을 정하라고 말했다.

"연락은 어떻게 합니까?"

"그쪽에서 먼저 연락이 옵니다. 전화로 올 때도 있고, 사람을 통해서 연락할 때도 있고요."

혁민의 말을 듣자마자 한 실장은 고개를 갸웃거렸다. 혁민을 계속해서 감시하고 있었는데, 딱히 수상한 사람과 접촉을 하는 건 본 적이 없었기 때문이었다.

"연락을 전달해 주는 사람은 누굽니까?"

"글쎄요? 이름이나 그런 건 잘 모르겠고, 키는 185 정도 되려나?"

혁민은 배 실장의 외모를 설명했다. 자세하게는 아니고 모호하게 이야기해서 감을 제대로 잡기는 어렵게 했다. 이야기를 들은 한 실장은 여전히 의문을 품었다. 혁민이 만나는 사람은 전부 촬영을 하거나 사진을 찍었는데, 혁민이 설명한 사람은 잘 생각나지 않았기 때문이었다.

"최근에는 언제 만났는지 알 수 있을까요?"

"최근이라… 아… 맞다… 바로 며칠 전이네요."

혁민은 핸드폰으로 달력을 보면서 언제 만났는지를 이야기했다. 사무실이 털리기 바로 전날 만났으니 날짜가 헷갈릴 일은 없었다.

한 실장은 그 남자와 사무실에서 만났다는 이야기를 듣고는 정말 이상한 일이라고 생각했다. 그래서 감시하면서 촬영하거나 사진 찍은 것과 그날 건물 주변 CCTV를 살펴봐야겠다고 생각했다.

그리고 만약 혁민이 거짓말을 하는 거라면 어차피 협조할 마음이 없는 것이니 계속 말로만 할 게 아니라 다른 방법을 써야겠다고 마음먹었다.

"혹시나 말입니다, 뭔가 숨기는 게 있거나 하면 변호사 일을 못 하게 될 겁니다."

한 실장은 그 정도 일은 식은 죽 먹기보다도 쉽다고 말했다. 혁민도 알고 있었다. 현직 검사에게 얼토당토않은 누명을 씌울 수 있는 놈들이었다. 변호사 협회에서 제명당할 일을 만들어서 뒤집어씌우는 건 저들에게는 어렵지 않을 것이다.

"그럴 리가요. 확실합니다."

분명히 여러 자료를 뒤지다 보면 배 실장의 모습을 찾을 수 있을 것이다. 그러면 자신을 감시하는 자들을 의심하게 될 것이고, 그런 작은 균열이 자신에게는 기회를 가져다줄 것이다. 혁민과 한 실장은 서로 다른 마음을 한 채 악수하며 웃었다.

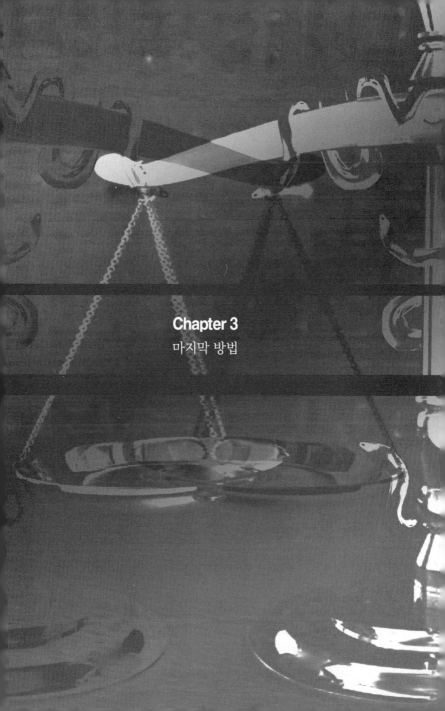

Chapter 3

마지막 방법

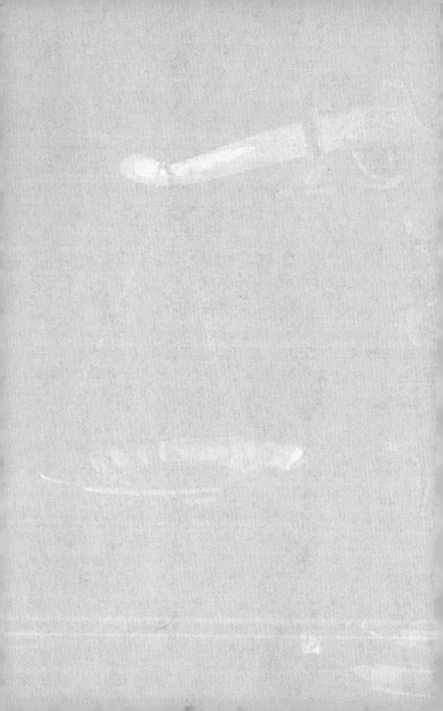

혁민은 일이 아주 순탄하게 진행될 것이라고는 생각하지 않았다. 상대가 어떤 놈들인데 자기들이 당할 수도 있다는 걸 알면서 넋 놓고 기다리겠는가. 그래서 상당히 조심하면서 일을 진행했고, 만일의 경우도 항상 염두에 두고 있었다.

 하지만 이런 정도까지 문제가 생기리라고는 생각지 않았다. 가장 먼저 신호가 온 것은 기자들로부터였다.

 "아니, 그게 무슨 말씀이세요. 기사를 내보낼 수가 없게 되었다니요."

 얼마 전까지만 해도 데스크는 물론이고 사장까지도 찬성했으니 문제없다고 말한 기자였다. 그는 무척이나 난처한 표정을 한 채 혁민에게 이야기했다.

"사장이 갑자기 마음을 바꿔서… 사장이 할 수 없다는데 내가 어쩌겠나. 나도 이대로 주저앉는 건 아니라고 생각하지만……."

눈치를 보아하니 기자는 아직 의욕이 있지만, 윗선에서 어떤 거래가 있었던 모양이었다. 뻔한 일 아니겠는가. 회사를 운영하는 사장 입장에서야 회사를 유지하는 게 우선이다.

'압력을 넣었나? 아니야, 그동안 회사가 망할 것 같아서 해보자고 했으니 압력이 가해졌다기보다는 당근을 던져 줬나 보군.'

망하게 생겼으면 뒤돌아볼 게 없다. 어차피 망할 거 소리라도 질러보고 망하자고 막무가내로 덤벼들 수 있는 거다. 하지만 회생 가능성이 생기면 마음이 또 달라진다. 혁민은 아무래도 저들이 사장에게 회사를 살려주겠다면서 거래를 한 것으로 생각되었다.

혁민은 힘없이 웃을 수밖에 없었다. 저 기자가 한 말이 생각났기 때문이었다. 사장이 죽을 때 죽더라도 신념은 잃지 말자고 했다는 거였다. 그러면서 마지막으로 불꽃을 태우자고 했다는 거다.

'이제는 죽든지 아니면 다시 불꽃이 타오르든지. 운명의 기로에 섰다고 말했다지? 어차피 망할 것 같으니까 승부수를 던지겠다는 거였겠지.'

그런데 살길이 생기니 마음이 확 바뀌었을 터. 안전하게 살아날 방법이 있는데 굳이 위험을 감수할 이유가 없었을 것이다. 혁민은 이렇게 바뀔 거면서 신념 같은 걸 이야기했다는 것 자체가 웃기면서도 서글펐다.

'신념? 지금 이 나라에 그런 거에 목매는 사람이 있을까?'

있을 수도 있겠지만, 극히 보기 어려운 게 현실이라고 혁민은 생각했다. 더구나 가진 게 많을수록 그런 사람을 볼 확률은 줄어들 것이고.

"내가 다른 데 알아볼 테니까 조금만 기다려 봐. 어떻게든 내가 시간을 맞춰서……."

"야! 야! 헛소리하지 마. 게임은 이미 끝난 거야."

옆에서 술을 계속 마시고 있던 기자가 퉁명스럽게 말을 가로챘다. 그는 이미 상당히 술을 마신 듯 얼굴이 붉어져 있었고, 눈의 초점도 약간 흐릿했다.

혁민이 이 자리에 왔을 때 이미 기자 세 명이 도착해 있었는데, 한 명만 술을 마시고 있었다. 혁민은 그가 이번에 기사를 한꺼번에 올리자고 했을 때 가장 의욕적이었던 기자 중 한 명이라는 걸 알 수 있었다.

희망과 의욕이 컸던 만큼 그것이 좌절되었을 때의 절망감도 큰 법이다. 그 기자는 픽 하고 웃더니 말을 이었다.

"야. 이렇게 드럽기도 힘들지 않냐? 어쩌면 세상이 이따구냐."

"왜 이래? 세상 이런 거 오늘 처음 알았어? 그리고 그런 게 술 마신다고 해결이 되냐?"

옆에 있던 기자가 그를 말렸지만, 그는 오히려 술을 퍼부었다. 그러면서 투덜거렸다.

"그러면 술 마시는 거 말고 할 수 있는 게 있어? 어차피 뭘 해도 안 돼."

"방법이 있겠지. 포기하면 거기서 끝나는 거야. 니가 계속 했던 말이잖아. 포기하지 않는 이상 아직 끝난 건 아니라고."

"그랬지. 그렇게 이야기했었지. 그리고 그런 줄 알았지!!"

그는 술에 취해서인지 목소리가 상당히 컸다. 음식점의 방에서 모이고 있으니 다행이지 만약 밖이었다면 주변에 있는 사람들이 전부 쳐다볼 정도로 큰 목소리였다.

"어쩔 수 없는 것도 있는 거야. 지금 봐라. 그런 거 빨리 깨닫고 힘 있는 쪽에 딱 하고 달라붙은 놈들은 잘 먹고 잘살잖아. 우리같이 눈치 없어가지고 정의 같은 걸 세울 수 있다고 생각하는 멍청이들만 이 모양 이 꼴이지."

기자의 말에 자리에 있는 사람들은 대꾸하지 못했다. 인정하기 싫었지만, 현실이었기 때문이었다. 그걸 바꿀 수 있다고 생각해서 지금까지 계속해서 맞서왔다. 하지만 권력의 벽이라는 건 너무나도 높았다.

특히나 이번에는 그런 좌절감을 더욱 크게 느끼고 있었다. 저들은 분명히 자신들을 감시하고 사찰하고 있었다. 그렇지 않았다면 이렇게 기사를 내보내기로 했던 모든 루트가 한꺼번에 막히는 일은 없었을 테니까.

"어떻게 인터넷에 올릴 수 있는 방법이 있지 않을까? 요즘은 SNS도 많이 하니까 그걸 활용하면 가능할 수도 있을 것 같은데……."

SNS의 경우 외국에 서버가 있어서 분명히 제약이 적긴 했다. 하지만 파급력이 문제였다. 자신의 계정에 글을 올린다고 해도 몇 명이나 보겠는가. 유명하지도 않은 기자들 계정인데 말이다. 계정에 올린다 한들 그런 내용이 퍼지려면 한 세월이 걸릴 것이다.

예의 주시하고 있는 자들이 그런 낌새를 먼저 알아채고 방비를 할 것이고, 사람들은 그런 일이 있었다는 사실도 모른 채 사건은 흐지부지될 게 뻔하다.

"다른 분들도 마찬가지겠군요."

혁민은 씁쓸하게 이야기했다. 그나마 여기 나온 기자들은 본인의 의지는 있지만, 윗선에 가로막힌 기자들일 것이다. 여기 나오지 않은 기자들은 이런저런 협박과 회유에 넘어간 사람일 테고.

개중에는 그렇지 않은 사람도 있을 수 있겠지만, 어차피 상관없는 일이었다. 기사가 나갈 수 없다는 사실에는 변함이 없으니까.

"아쉬워. 이번에는 뭔가 될 줄 알았는데 말이야."

"그러니까. 나도 이번에는 다를 거라고 생각했는데……."

기자들은 모두 진한 아쉬움을 내비쳤다. 무언가 할 수 있었는데 바로 직전에 좌절당해서 더욱 아까운 모양이었다. 그런 안타까움이야 혁민이라고 없겠는가. 하지만 현실은 부정해 봐야 자신에게 손해다. 인정할 건 인정하고 방법을 찾는 편이 더 옳았다.

"당분간은 연락할 일이 없을 수도 있겠네요. 일이 생기면 그때 다시 연락드리겠습니다."

혁민이 자리에서 일어나자 기자들이 걱정스럽다는 표정으로 이야기했다.

"저기… 정 변호사… 조심해……."

"그래, 저놈들 보통 놈들이 아니라고. 무슨 짓을 할지 몰라."

"그래야죠. 여러분도 다들 조심하세요. 일이 이렇게 된 거 일단 좀 참으시면서 계속 그 자리에 계세요. 그래야 나중에 기회가 되면 다시 뭐라도 할 수 있으니까요."

혁민의 말에 기자들의 표정이 처연해졌다. 이런 구질구질하고 더러운 현실이 슬펐고, 그런 현실에서 아무것도 하지 못하고 참아야 하는 처지가 처량하다는 생각이 들어서였다.

혁민은 밖으로 나와서 다른 기자들에게 전화를 걸었다. 어차피 뻔한 것이긴 했지만, 그래도 확실하게 확인을 하기 위해서였다. 그리고 기사를 올리기로 한 모든 루트가 막혔다는 걸 확인하게 되었다.

"생각은 했지만, 정말 대단하네."

혁민은 권력이란 게 정말 좋기는 좋은가 보다고 생각했다. 이런 짓을 해서까지 지키려는 걸 보니 말이다.

그런데 그날따라 그런 것인지 다른 일이 더 생겼다. 상대의 움직임이 동시에 이루어져서 그런지는 모르겠지만, 혁민은 행운은 혼자 다니고 불행은 몰려다닌다는 이야기를 떠올릴 수밖에 없었다.

"그게… 미안하게 됐어. 어떻게 알았는지 위에서 바로 찍어 버리네."

윤종연 PD는 진행하던 걸 중단할 수밖에 없게 되었다는 말을 어렵게 꺼냈다. 다른 사람에게는 전혀 알리지 않고 취재를 하고 있었는데 어떻게 내용까지 알게 되었는지 모르겠다면서 말이다.

혁민은 상대가 이것도 알아내서 손을 썼다는 걸 알 수 있었다. 자신을 계속해서 감시하고 있으니 어떤 사람이랑 만나는지도 알았을 것이고, 그 사람도 감시해서 뭘 하는지 알아냈을 것이다.

'내가 생각했던 것보다 훨씬 감시가 심했던 것 같은데?'

그래도 나름대로는 조심하면서 만난다고 생각했었는데, 상대는 모든 걸 전부 알고 있었다. 혁민은 주변을 한번 쓱 둘러보았다. 하지만 특별한 건 발견할 수 없었다.

적어도 자신에게 도청기나 위치 추적기 같은 게 붙어 있는 건 아니었다. 그런 장비도 점점 좋아지기는 했지만, 그런 장비를 찾아내는 기계도 마찬가지로 발전했다. 게다가 구하기도 쉬워졌고.

언제 어떻게 설치했는지는 모르겠지만, 혁민의 사무실이나 집에도 그런 장비가 설치되어 있었다. 그래서 최근에는 자주 검사를 했는데, 눈치를 챘다는 걸 알아서인지 한두 번 더 설치되었다가 그 이후로는 발견되지 않았다.

'핸드폰도 감청이 된다고 해서 조심하기는 하는데……'

그래서 장중범이나 백 선생과 만나는 연락은 배 실장을 통해서 이야기를 전달받는다. 혁민은 갑자기 한 실장이 지금 어떻게 하고 있을까 궁금했다. 아마도 무척 혼란스러워할 듯했다. 전혀 예상치 못한 인물을 통해서 연락을 주고받고 있었으니까.

그리고 그런 인물을 만나고 있었다는 사실도 확인하지 못하고 있었으니 당혹스러워하고 있을 것이다. 혁민을 완전히 밀착 감시하고 있어서 완전히 통제하고 있다고 생각했을 것인데, 생각지도 못한 구멍을 알게 되었으니까.

아마도 혹시나 감시 시스템에 무슨 문제가 있거나 감시를 맡은 인력 중에 무슨 문제가 있는 건 아닐까 하고 생각할 것이다. 그런 건 고소한 일이긴 하지만, 지금 혁민에게는 그건 사소한 일이었다.

"그러면 내보낼 수 있는 가능성이 없는 거군요."

"방송이 문제가 아니라 취재도 모두 접어야 하고 자료도 폐기하라고 하더군. 물론 자료를 폐기하라는 건 비공식적인 이야기이긴 하지만."

윤종연 PD는 아주 윗선에서 자료까지 몽땅 폐기하라는 지시가 내려왔다고 했다. 물론 순순히 그럴 생각은 없었지만, 적어도 방송국에 계속 붙어 있으려면 그러는 시늉이라도 해야 한다.

"그런데 정말 이 소스는 확실하기는 한 모양이야. 이 정도까지 신경을 쓰는 건 내가 이쪽에서 일하면서도 처음 보거든."

"확실하니까 이런 난리가 일어나는 거 아니겠어요? 지금 기사 내보내려고 준비하던 것도 다 막혀서 큰일이네요."

"그래? 하기야 그 내용이 나가면 발칵 뒤집힐 테니 그럴 만도 하지."

그러면서 PD는 이번 건 꼭 나갔으면 좋겠다는 생각을 했다고 이야기했다. 그래야 태풍이 불 테고, 그래야 대폭 물갈이가 일어날 테니까.

"변화가 없다는 게 문제거든. 요즘 가게나 일반인들 만나거나 취재하면 정말 말이 아니야."

그는 작업하다가 우연히 예전에 취재했던 영상을 보게 되었는데, 사람들의 표정이나 말투가 완전히 다르다는 걸 느꼈다고 했다. 그때도 먹고살기가 어렵다는 이야기를 했는데 그래도 지금처럼 절망적으로 보이지는 않았다고 했다.

"예전에는 약간 엄살 부린다는 느낌? 그래도 앞으로는 나아지겠지. 희망이 있다는 그런 느낌이었는데, 지금 사람들하고 이야기하면 그런 게 하나도 안 보여."

그는 화면을 비교하고는 섬뜩한 기분이 들었다고 했다. 자신도 모르는 사이에 세상이 점점 이상하게 변했는데 전혀 그렇다고 느끼지 못하고 있었으니까.

"아마 그렇게 생각하는 사람은 없을 거야. 변화라는 게 아주 천천히 일어나니까. 하지만 비교를 해보니까 확실하게 알겠더라고. 지금이 얼마나 절망적이고 비참한 시기인지. 더 아래로 떨어질 게 없는 때인 것 같아. 헤유……."

PD는 그렇게 말하고는 한숨을 내쉬었다. 속에 있는 깊은 절망감을 토해내기라도 하는 듯이. 그 말을 들은 혁민은 동의를 하면서도 다른 생각을 했다.

'더 떨어져요. 더 힘들어지고 더 살기 팍팍해집니다. 그리고 더 개 같은 꼴 봐야 하고 희망은 아예 보이지도 않아요. 그게 미랩니다.'

미래를 알고 있는 혁민은 더 깊은 한숨을 내쉴 수밖에 없었다. 그리고 윤종연 PD와 헤어져 돌아오면서 여러 생각이 들었다.

'이제는 검찰 쪽에서 어떻게 해봐야 하는 건가? 아니면 다른 방법으로?'

감찰 쪽도 쉽지 않았다. 차동출이 누명을 쓰고 저렇게 된 이상 사건을 맡길 사람도 찾기 어려웠다. 맡을 적임자를 찾는다고 해도 제대로 수사가 이루어질지도 의문이고.

'당연히 중간에 엎어지거나 다른 검사로 교체되겠지. 그러고는 사건 자체가 없었던 일처럼 될 거고. 아니면 잔챙이한테 전부 덮어씌우고 몸통은 유유히 빠져나가거나.'

이제는 그런 일이 너무 익숙했다. 그래서 또 그러려니 하고 넘어가게 된다. 기대도 없고 희망도 보이지 않는 그런 세상.

그리고 그런 세상이 앞으로도 계속될 것이라는 걸 혁민은 알고 있다.

예전에는 몰랐었다. 그런 상황을 겪었지만, 당연하다고 생각했다. 잘못되었다고 생각은 했지만, 그걸 바꾸거나 고치려고 하지 않았다. 어차피 바꿀 수 없다고 생각했으니까. 바뀌지지 않는다고 생각했으니까.

'이건 아니야. 이런 세상이 계속된다는 건 정말 아니야.'

혁민은 문득 그런 생각이 들었다. 이런 일을 하지 않아도 돈 제법 만지면서 잘살 수 있다. 예전 생과는 달리 이번에는 잘살 수 있는 능력이 있으니까. 하지만 그렇게 살면 과연 마음이 편할까? 대답은 정해져 있었다.

'내가 다시 돌아온 건 그만한 이유가 있어서겠지. 그래, 율희를 구하고 행복하게 해주는 것도 이유 중 하나겠지만……'

다른 이유가 있다고 느껴졌다. 그리고 그 이유가 어떤 것인지는 알 것 같았다. 실제로 그런 이유가 있어서 자신이 과거로 돌아온 것인지 아닌지는 알 수 없다. 하지만 혁민이 이대로 풍족한 생활을 누리면서 살더라도 행복하지 않을 것이라는 걸 알 수 있었다.

"뭐, 어차피 가만히 있어도 저놈들이 내버려 두지도 않겠지만."

혁민은 이런 게 운명인가 싶었다. 그래서 마지막까지 아껴두었던 패를 써먹어야겠다는 생각을 했다. 더 시간을 끌었다

가는 그 패를 쓰기도 전에 모든 것이 끝나 버릴 수도 있었으니
까.

＊　　　＊　　　＊

혁민은 먼저 차동출을 만나서 상의했다. 혹시라도 다른 해
결 방법이 없을까 싶어서였는데, 역시나 특별한 방법은 없었
다.

"별다른 방법이 있겠냐. 검찰총장이 마음먹고 움직여도 어
떻게든 막아버릴 것 같은 놈들인데 우리가 뭘 하겠어."

차동출은 생각보다 충격을 많이 받은 듯했다. 그래도 지금
까지는 꿋꿋하게 버텼는데, 상황이 여의치 않게 돌아가자 심
적으로 많이 지치고 괴로운 탓일 것이다.

"재판은 걱정하지 마요. 제가 어떻게든 무죄라는 거 밝힐 테
니까요."

"진짜 웃기지 않냐? 이렇게 죄인이 되는 게 쉽다는 거 말이
야."

차동출은 어처구니가 없다는 듯 픽픽 거리면서 헛웃음을 지
었다. 혁민도 이해는 되었다. 자신이 그 입장이라고 하더라도
정말 어처구니가 없고 미쳐 버릴 것 같을 테니까. 자신이 무고
하다는 증거나 증인은 아무도 없었고, 불리한 증거와 증인만
가득했다.

"그래도 마약은 잘 해결될 거예요. 나머지도 지금 조사하고

있으니까 기다려요. 내 실력 알잖아요. 아직까지 한 번도 진적이 없다는 거."

혁민은 그렇게 위로하면서 사법개혁 모임 사람들이 구명 운동을 하고 있으니 어느 정도는 효과가 있을 거라고 했다. 그런데 차동출은 그 이야기를 처음 듣는지 상당히 놀란 표정이 되었다. 그는 골똘히 생각에 빠지더니 그건 좋지 않을 것 같다고 이야기했다.

"하지 말라고 해. 공연히 모임에 누가 되기는 싫다. 너도 생각해 봐라. 깨끗하고 올바른 길로 개혁하자는 모임에서 성범죄자가 나오면 사람들이 그 모임을 어떻게 생각하겠어?"

그는 이전과는 표정이 사뭇 달랐다. 지금까지는 기운도 없고 고민하고 있는 것처럼 보였는데, 모임의 이야기가 나오고 나서부터는 눈빛이 형형해지고 말투도 예전같이 다부지고 굳건해졌다.

"하지 않았잖아요. 그리고 무죄판결 받아내면 돼요."

혁민은 안타까운 마음에 자신을 믿으라고 이야기했지만, 차동출은 고개를 저었다.

"어차피 그런 혐의를 받았다는 것만으로도 손가락질 받을거다. 세상이 그래. 무언가 흠잡을 거에 더 관심을 보이잖아."

혁민은 아니라고 할 수 없었다. 사실이 그랬으니까. 아무리 선행을 하고 올바르게 살았다고 해도 잠깐 누명을 쓰면 그 사람은 쓰레기가 되어버린다. 그것이 누명이고 무죄라는 게 밝혀진다고 하더라도 별반 달라지지 않는다.

그 사람이 하지도 않은 일이 평생 그 사람의 뒤를 따라다닌다. 아닌 땐 굴뚝에 연기가 나겠느냐는 말과 함께. 혁민도 그런 현실을 잘 알고 있어서 쉽게 입을 열지 못했다. 하지만 차동출을 구명하기 위해 나선 사람들에게 생각이 미치자 가만히 있을 수 없었다.

"모임 분들도 그걸 몰라서 구명하겠다고 나섰겠어요? 그분들도 이런 현실을 너무나도 잘 알고 있겠죠. 그런데도 나선 거예요. 왜 그랬을 것 같습니까? 결백하다는 걸 확신했기 때문이에요."

혁민은 손가락질 받을 수도 있다는 걸 알면서 나선 사람들의 심정이 이해가 되었다. 이런 억울한 일에 나서지 않고 몸을 사린다면 사법개혁을 외쳐 봐야 뭐하겠는가. 그건 단순히 말로만 하는 공허한 외침에 불과한 것이다.

그렇게 행동한다면 지금까지 정의를 외치며 개혁을 부르짖은 목소리를 누가 진정성이 있다고 믿어주겠는가. 오히려 그것이 더 수치스러운 일일 것이다. 하지만 차동출의 생각은 여전히 달랐다.

"그랬겠지. 그런 분들이니까. 나 같아도 돕겠다고 나섰을 거야. 하지만 좋지 않은 방법이라는 건 변함없어."

차동출은 직접 이야기해서 만류하겠다고 이야기했다. 혁민은 그 정도는 도움을 받아도 되지 않느냐고 말했다. 지금까지 검사로서 성실하게 일한 만큼, 그걸 알아주는 사람들의 도움 정도는 받아도 되지 않겠느냐면서.

"나도 이야기를 듣자마자 기분 좋더라. 솔직하게 왜 그렇지 않겠어. 나를 위해서 사람들이 나서준다는데. 그런데 생각을 하니까 뭔가 찜찜하더라고."

차동출은 사법개혁 모임을 싫어하는 자들의 얼굴이 불현듯 떠올랐다고 했다. 회심의 미소를 지으면서 웃고 있는 그런 표정이 말이다.

"내가 만약 그 사람들 입장이라면 이런 기회는 절대로 놓치지 않을 거다. 지금까지 오죽 꼴 보기 싫었겠어. 말도 안 듣지 사사건건 물고 늘어지지. 그러니까 이 기회에 아주 모임 자체를 박살을 내버릴 생각으로 공격할 거다."

혁민도 가능성이 꽤 높은 시나리오라고 생각했다. 사실 진흙탕에서 뒹구는 자들은 구정물 좀 뒤집어썼다고 해도 크게 티 나지 않는다. 하지만 먼지 하나 묻지 않은 깨끗한 사람은 지저분한 게 조금만 묻어도 완전히 이전과는 달라 보이는 법.

"너무 오버하는 거 아니에요? 상대가 꼭 그렇게 나온다는 법도 없잖아요. 그리고 분명히 도움이 될 거라는 거 잘 알잖아요."

그래도 법조계에서 나름 강직한 걸로 이름 있는 사람들이 나선 거다. 당연히 도움이 될 것이다. 하지만 차동출은 처연하게 웃으면서 혁민의 어깨를 잡았다. 그리고 천천히 고개를 저었다.

"아니야. 이건 구명 운동이 아니라 재판에서 무죄를 증명하면 되는 거다. 공연히 받지 않아도 될 오해를 받을 필요는 없어."

"그래도 분명히 도움이 될 거예요. 안 그래도 불리한 재판이 잖아요. 상대방이 작정하고 함정을 판 거라서 재판에서 어떻게 될지 몰라요."

혁민이 안타까워하면서 내뱉은 말에 차동출이 한결 차분해진 목소리로 대답했다.

"너를 믿으라면서? 니가 내 무죄를 증명해라. 그러면 되잖아. 모임은 내 무죄를 믿는다는 성명 정도만 내면 충분해. 그렇게 하고 내가 무죄를 받고 풀려나면 만사 오케이."

혁민은 피식 웃었다. 차동출도 보통 사람은 아니라는 생각이 들어서였다. 사람은 위기를 맞이했을 때 그 사람의 진가가 나온다. 고결한 것처럼 보이고 깨끗한 인격자인 것 같던 사람이 위기 앞에서 진면목이 드러나는 경우가 허다하다.

특히나 이렇게 불리한 상황에 처하면 자그마한 희망이라도 부여잡기 위해서 발버둥 치는 게 보통 사람이다. 그런데 차동출은 자신의 구명 운동을 하지 말라고 하고 있었다. 혁민을 믿고 그러는 것이든, 자신이 옳다고 생각하는 신념이 더 중요하다고 생각해서 그러는 것이든 어쨌든 대단한 일인 건 분명했다.

"모임이 그렇게 중요합니까? 자신의 위험을 감수할 만큼?"

혁민의 질문에 차동출은 조금은 장난스럽게 대답했다.

"가끔은 자기 안위보다 신념이 중요하다고 생각하는 사람 하나쯤은 있어도 괜찮지 않냐? 니 생각은 어때?"

"좋네요. 그런 사람도 있어야 재미있지 않겠어요? 다들 있는 사람들 눈치만 보면서 설설 기면 항상 세상은 똑같을 거니까."

혁민도 조금은 장난스럽게 대꾸했다. 하지만 마음은 차분하게 가라앉아 있었고, 피부에 와 닿는 느낌은 어느 때보다도 진지하고 무거웠다.

"검사님 무죄! 제가 밝힙니다. 그리고 그것만으로 끝내지 않을 겁니다. 따로 생각 중인 선물이 있는데, 아마도 상당히 마음에 들어 할 겁니다."

혁민은 동의를 얻어야 할 사람들이 있기는 하지만, 가능할 것이라고 이야기했다. 차동출은 지금 이렇게 된 상황에서도 남은 카드가 있느냐면서 놀라워했다.

"여기서도 내밀 카드가 남아 있나? 저쪽에서 전부 막아버린 거 아니야?"

"얼마 전에 갑자기 생각난 게 있어서 그냥 준비만 하고 있었거든요. 이게 정말 마지막에나 사용할 법한 거라서요. 그런데 이제는 딱 그 타이밍이 된 것 같네요."

혁민은 차동출의 귀에다 대고 나지막이 이야기를 해주었다. 혁민의 말을 들으면서 차동출은 시시각각 표정이 변했다. 그러더니 마지막에 약간 고개를 갸웃거렸다.

"가능은 한 거야? 아니, 가능한 걸 둘째 치고 입증하는 것 자체가 엄청나게 힘들 것 같은데… 아닌가? 의외로 역으로 치고 들어갈 수도 있나?"

차동출도 이런 케이스는 들어본 적이 없어서 어떤 식으로 진행될지 가늠이 되지 않는 듯했다. 하지만 혁민은 자신 있게 이야기했다.

"불가능할 거야 없죠. 오히려 상대가 더 곤란해할걸요?"

같은 케이스는 아니었지만, 혁민은 미래에 비슷한 경우의 재판이 진행되는 걸 경험한 적이 있었다. 상당히 민감한 사건이었었는데, 그걸 참조해서 진행하면 가능성이 있다고 판단했다. 그리고 지금은 달리 방법이 없었다.

"어차피 승부를 걸 수밖에 없는 타이밍이에요. 막판까지 몰렸는데, 여기서 승부하지 않으면 그냥 말라죽는 것밖에 남지 않아요. 그러니 무조건 지금은 승부를 해야 합니다. 모든 것을 전부 걸고 말이에요."

혁민은 지금까지는 승산이 없는 게임은 하지 않았지만, 승패를 떠나서 무조건 승부를 해야 하는 시기도 있다고 말했다. 그 말에 차동출도 고개를 끄덕였다. 지금 이대로 있다가는 한 명씩 차례로 제거되는 일만 남은 것 같았으니까.

차동출은 재판에서 무죄를 받을 수도 있고 받지 못할 수도 있다. 1심에서는 어떤 증거를 들이밀어도 유죄가 나올 확률이 높았다. 상대가 그 정도 힘을 쓰는 건 일도 아닐 테니까. 그러면 항소하고 2심에서 무죄로 풀려난들 차동출 인생은 거의 끝난 거나 다름없다.

무얼 하든 상대가 가만히 두겠는가. 두고두고 잘근잘근 짓밟을 것이다. 자신들에게 대항하면 어떻게 된다는 본보기로

말이다. 혁민도 비슷한 처지가 될 것이고 장중범이나 백 선생
은 목숨이나 부지하면 다행일 것이다.

"그러니까 더 몰리기 전에 승부를 거는 겁니다. 올인!"

혁민은 손을 앞으로 쭉 밀었다. 마치 자신이 가진 모든 것을
더 밀어 넣는 것처럼.

*　　　*　　　*

"정 변호사의 말이 사실이더군요. 솔직히 놀랐습니다. 그
남자, 정말 유능한 요원인 것 같더군요. 그런데 저희 쪽 데이터
에는 없는 걸 보니……."

한 실장은 선생님에게 남자의 모습이 찍힌 CCTV를 보여주
면서 이야기했다. 정혁민이 만났다고 주장하는 그 남자, 바로
배 실장이었다.

"사실 처음에는 믿지 않았습니다. 이 녀석이 얕은수를 부리
는구나. 이렇게 시간을 벌고 또 무슨 수작을 부리려는 건가?
싶었거든요."

자신들의 감시망을 피해서 사람을 만난다? 그런 건 있을 수
없다고 생각했기 때문이었다. 그런데 그렇지 않았다. 혁민이
남자와 접촉한 건 사실이었다. 한 실장은 혁민의 사무실 근처
CCTV를 싹 뒤지고 나서야 그 사실을 확인할 수 있었다.

"요즘 일하는 게 왜 그런가? 이러면 정말 곤란한데……."

선생님은 눈을 게슴츠레하게 만들면서 한 실장을 노려보았

다. 하지만 한 실장은 별거 아니라는 듯 어깨를 으쓱하면서 이야기했다.

"일반인의 접근을 파악하지 못했다면야 문제가 심각한 거죠. 하지만 이렇게 고도의 훈련을 받은 요원이라고 하면 파악한다는 게 무립니다."

한 실장은 극소수의 인원으로 감시하는데 어떻게 그런 요원의 접근까지 알 수가 있겠느냐면서 오히려 항변했다. 그러니까 아예 사람들 더 많이 쓸 수 있게 해달라고 이야기하지 않았느냐면서.

"그 인원으로 할 수 있는 건 여기까지가 한겝니다. 미리 이야기를 드린 걸로 아는데요."

한 실장은 히죽 웃으면서 말했다. 그렇게 자신을 노려봐야 어쩔 수 없다는 거 다 안다는 듯이. 선생님은 그렇게 여유를 부리는 한 실장을 날카롭게 쏘아보다가 입을 열었다.

"좋아, 그건 그렇다고 치지. 그러면 앞으로는 어떻게 할 건가?"

"몰랐으면 모르겠지만, 알게 되었으니… 그리고 정 변호사가 협조적이라는 걸 알게 되었으니 최대한 이용해서 조만간 성과를 보여 드리죠."

한 실장은 자신감 있게 이야기했다. 조금만 기다리면 아예 원하는 사람들을 싹 잡아다가 대령하겠다는 식으로 말을 던졌다.

"그렇게만 된다면 지금까지 있었던 사소한 실수는 없던 걸로 하지."

"여부가 있겠습니까. 조만간 마무리하고 파티나 하시죠. 그 문제만 해결되면 거칠 게 있겠습니까. 탄탄대로지요."

한 실장의 말에 선생님은 약간은 기분이 풀어진 듯 표정이 부드러워졌다. 그러더니 오늘 혁민과 만나서 일을 잘 진행하라고 이야기했다.

"알겠습니다. 좋은 소식 전해 드리죠."

한 실장은 우렁차게 대답하고는 냉큼 밖으로 나왔다. 그러고는 혁민을 만나러 이동하면서 속으로 중얼거렸다.

'하여간 조금만 띄워주면 금방 좋아서 헤벌쭉한다니까. 아무리 웃어봐라. 니가 생각한 것처럼 권력을 틀어쥘 수 있는지.'

한 실장은 뱀같이 야비한 표정으로 혀를 날름거리면서 입술을 축였다.

*   *   *

"아이고, 그래 어떻게 좋은 방법은 좀 생각을 해보셨고?"

활짝 웃는 표정으로 카페에 앉아 있는 혁민에게 다가간 한 실장은 소파에 털썩 앉으면서 바로 물었다. 어차피 자신에게 붙기로 했으니 존대를 할 필요도 없다는 듯이.

지금까지 일해오면서 한 실장은 그런 사람을 여럿 보았다. 처음에는 뻣뻣하게 나오다가도 자신의 힘을 보여주면 납작 엎

드리는 그런 사람들을. 사실 그렇지 않은 사람을 보지 못했다. 누구나 권력과 무력 앞에서는 한없이 작아졌다.

"둘 다 한꺼번에 부를 수 있을 것 같은데……."

"그래? 어떻게?"

장중범과 백 선생을 한꺼번에 잡을 수 있겠다는 사실에 흥분했는지, 한 실장은 아예 반말 투로 이야기했다. 하지만 혁민은 표정 변화 없이 부드러운 낯빛으로 말을 이어나갔다.

"어제 만나자는 연락이 있었거든요. 그래서 제안을 했습니다. 상황이 여의치 않으니 같이 보고 상의를 좀 하자고 말이에요."

"어제? 그게 정말인가?"

한 실장은 인상을 구겼다. 혁민이 남자를 만났다는 보고를 듣지 못해서였다. 한 실장은 요원들 교육을 다시 시키고 제대로 된 놈들을 붙여야겠다고 생각하면서 입술을 깨물었다. 그리고 혁민은 그런 한 실장을 그저 담담하게 물끄러미 바라보기만 했다.

*　　　*　　　*

한 실장은 대단히 만족스러워했다. 한 방에 골칫거리 두 명을 모두 정리할 수 있게 되었으니 당연히 그럴 수밖에. 그는 혁민과 이야기를 하면서 생각했던 것보다도 일이 잘 풀리고 있다고 생각했다.

'이거 일이 너무 술술 진행되니까 오히려 찜찜한데?

계속해서 속을 썩이던 일이 갑자기 해결될 기미가 보이니 오히려 부자연스럽게 느껴졌다. 지금까지 장중범을 잡기 위해서 얼마나 노력을 했던가. 그런데 이상하게도 일이 잘 풀리지 않았다.

그를 꼭 잡아서 자료를 회수해야 했다. 민주엽이나 윤 팀장에게 맡긴 물건 중에는 없는 것으로 보아 본인이 가지고 있을 것인데, 그걸 회수하지 않고서는 마음 편히 있을 수가 없었다.

'그러니까 왜 중국에서 죽지 않고 살아나서는 이렇게 골치 아프게 하느냔 말이야.'

사실 이렇게 복잡할 문제가 아니었다. 장중범이 그냥 죽었으면 모든 문제가 해결되었을 테니까. 하지만 장중범이 기적적으로 살아남으면서 문제가 시작되었다. 하지만 이제 그 골칫덩어리도 끝이다. 이번에 잡게 되면 어떻게든 마무리가 될 테니까.

"그러면 그 연락책은 언제 다시 만납니까?"

"그게… 그 사람이 찾아오는 건 정말 대중이 없어서요. 약속을 정해놓고 만나는 게 아니라서… 빠를 때는 바로 다음 날 오는 경우도 있지만, 늦을 때는 보름 이상 걸릴 때도 있고……."

혁민의 대답에 한 실장은 살짝 실망감을 내비쳤다. 하지만 이내 표정을 가다듬었다. 그동안 이 문제를 해결하려고 기다려 온 시간이 얼마이던가. 보름 정도 기다리는 거야 일도 아니었다. 그 전에 그 남자의 꼬리를 잡을 수 있으면 더 좋고.

"그렇군요. 그러면 조만간 문제가 해결되겠습니다그려."

"아무래도 그럴 것 같습니다. 저쪽에서도 시간을 끌거나 하지는 않을 테니 바로 연락이 올 테죠. 일단 모습을 드러내면 일은 거의 해결된 거나 마찬가지 아니겠습니까."

혁민의 말에 한 실장은 크게 만족스러워했다. 일단 자신의 레이더에 포착만 되면 그들을 잡는 건 일도 아니었으니까. 그는 혹시라도 혁민이 무슨 꿍꿍이가 있는 게 아닐까 생각했지만, 이내 그런 마음을 지워 버렸다.

장중범과 백 선생을 끌어내서 보여주겠다는데 문제가 될 게 뭐가 있겠는가. 한 실장은 혁민에게 그들을 잡기만 하면 예전이 이야기했던 대로 지원을 아끼지 않겠다고 말했다.

"로펌에 들어가겠다고 하면 자리를 알아봐 줄 테니 우리하고 긴밀한 관계를 계속 유지할 수 있을 것 같고. 그렇지 않더라도 일감을 줄 테니 기대하라고."

한 실장은 이번 일만 잘 해결되면 앞으로 승승장구하게 될 것이라고 누차 강조했다.

"어차피 밀어주는 데 없으면 크기 어렵다는 거 다 알잖아. 사업을 하든 뭐 운동을 하든 빽이 있어야 한다고. 그거 없으면 우리나라에서는 성공 못 해."

그는 아예 단정하듯 이야기했다. 혁민은 순간적으로 저 말을 반박할 수 있는 사람이 몇이나 될까 하는 생각이 들었다.

실력이나 능력으로 성공할 수 있다고 말하는 사람도 있을 수 있다. 실제로 그렇게 성공한 사람도 있을 것이다. 하지만 그 퍼센트가 얼마나 될까. 정말 모든 분야에서 순수하게 실력과 자신의 능력만으로 성공한 사람은 거의 없을 것이다.

그건 사람의 문제가 아니었다. 시스템 자체가 그렇게 되어 있어서 어떻게 할 수가 없다. 그럼에도 불구하고 성공한 사람이 있지 않으냐고 반문하는 사람도 있을 것이다. 그런 사례를 들면서 노력하면 성공할 수 있다고 말하는 사람도 있을 것이고.

'웃기는 소리지. 그런 사람은 애초에 공정한 경쟁이었고 실력으로 성공할 수 있는 사회였으면 훨씬 더 쉽고 크게 성공했을 거야.'

그런 사람은 정말 뛰어난 실력으로 온갖 방해와 협잡질을 이겨내고 성공한 거다. 실력이 있어도 기회를 잡지 못하고, 능력이 있어도 위에 찍혀서 꿈을 접어야 하는 그런 사례가 어디 한두 건인가.

혁민은 한 실장의 말에 맞장구는 치고 있었지만, 그런 사실 자체는 인정하기 싫었다. 그래서 지금처럼 개인 변호사 사무실을 내서 일하는 것 아니었던가.

예전에 정말 숱하게 겪었다. 그래서 이번에는 그런 일은 당하지 않겠노라. 실력으로 모든 걸 뛰어넘어 보겠노라고 개인으로 일하는 거다. 만약에 정말 돈만 벌자고 생각했다면 지금보다도 훨씬 더 많은 돈을 벌 수도 있었다.

"저는 로펌 체질은 아닌 것 같아서요. 아무래도 혼자 일하는 게 편하더라고요."

"그런가? 하기야 사람마다 스타일이라는 게 있으니까. 그래도 걱정하지 말라고. 이쪽에 들어오는 일감을 몰아주면 수입이 지금의 몇 배는 될 테니까."

한 실장은 상상하는 것보다 많은 돈이 몰릴 것이라고 말했다.

"일도 어려울 것 없어. 재판이라는 형식을 갖추어야 하는 거라서 재판을 하는 것뿐이지 결론은 난 거나 다름없는 사건들이니까."

그는 예전에는 그렇지 않았는데, 세상이 점점 이상해지는 것 같다고 말했다.

"그렇긴 하죠. 세상은 점점 이상해지는 것 같습니다. 그럼요."

혁민은 묘한 뉘앙스를 풍기면서 대답했지만, 한 실장은 장중범과 백 선생을 잡게 되었다는 승리감에 도취되어서인지 이상하다는 느낌을 받지 못한 듯했다.

"그러면 저는 이만 가보겠습니다. 처리해야 할 일도 있고 해서."

"어, 그래. 가보라고. 나도 바빠 해야 할 일이 있으니 일어나야겠어."

둘은 거의 동시에 자리에서 일어났고, 웃으면서 헤어졌다. 하지만 둘 다 속으로는 다른 생각을 하고 있었다.

한 실장은 이번 일만 잘 해결되면 혁민도 어떻게든 처리를 해야겠다고 생각하고 있었다. 너무 많은 걸 알고 있는 사람은 시한폭탄이나 마찬가지다. 게다가 한번 배신한 사람은 언제든 배신할 수 있는 여지가 있다.

그런 위험을 안고서 계속해서 갈 수는 없는 일. 한 실장은 일이 끝나면 혁민도 함께 처리하리라 생각하면서 어떻게 한꺼번에 처리할 수 있을지 머리를 굴리고 있었다.

"겉으로야 저러지만 당연히 다른 생각을 하고 있겠지. 그나저나 일을 빨리 진행해야겠는데?"

혁민도 순순히 협조할 생각은 없었다. 그가 염두에 두고 있는 건 따로 있었다.

'원래 거짓이라는 건 진실 속에 숨길 때 가장 효과가 큰 법이니까. 90%의 진실로 위장하면 10% 정도를 숨기는 건 어렵지 않은 일이지.'

더구나 상대는 욕심 때문에 시야가 좁아진다. 장중범과 백 선생을 잡을 생각에 온통 그리로 신경이 몰려 있으니 그게 자신에게는 기회로 작용할 것이라고 혁민은 생각했다.

*   *   *

"혹시나 윤 팀장이란 분의 소식을 더 알 수는 없을까요?"

"글쎄… 이게 그렇게 간단한 문제가 아니라서……."

혁민은 민주엽과 만나서 지금 상황에 관해 이야기를 나누었다. 자신은 운신의 폭이 훨씬 좁아졌다. 한 실장의 집중적인 감시를 받고 있으니까. 그래서 편하게 이야기를 나눌 사람도 그리 많지 않았다.

그나마 민주엽은 특수한 관계라서 의심을 덜 받을 터이니 집에 찾아와서 이런 말도 나눌 수 있는 거였다.

"그런데 자네 생각은 정면 승부를 하겠다는 거라고?"

"그것 말고는 방법이 없습니다. 상대 힘이 너무 강해요. 꼼수로 상대해서 어떻게 해볼 수 있는 작자들이 아닙니다."

민주엽이 끄응 하고 신음 소리를 냈다. 혁민에게 들어서 상대가 어떤 자들이라는 걸 그도 알았으니까. 하지만 혁민의 방법은 정말 위험할 수도 있는 방법이었다.

"솔직히 말하자면, 지금 같은 상황이 아니면 나는 무조건 반대했을 거야. 하지만 상황이 이 지경이니 어쩔 수 없겠지."

"이제는 올인하는 것 말고는 방법이 없으니까요. 계속 도망치고 끌려다니다가는 언제 어떻게 되었는지도 모르게 당하고 말겁니다."

혁민은 민주엽에게 최대한 자료를 구해달라고 말했다. 그리고 윤 팀장의 가족도 만나서 설득해 달라고 부탁했다.

"내가 어떻게든 해보지. 그게 율희를 위하는 길이기도 하니까."

"맞습니다. 우리가 가만히 있어도 곱게 내버려 둘 놈들이 아니에요. 그러니 승부를 보는 것 말고는 이 상황을 타개할 방법은 없습니다."

"알겠네. 내가 움직이지. 걱정은 말라고. 그래도 나도 요원이었어. 어떤 식으로 움직여야 하는지 잘 알아. 물론 그렇게 움직여도 의심이야 받긴 하겠지만."

　민주엽은 자신이 알아서 하겠다고 이야기했다.

　혁민은 민주엽과 헤어지고 나서 장중범과 대화를 나누기 위해서 늘 가던 그 장소로 향했다. 룸살롱 1층으로 간 혁민은 안내를 받고 방으로 들어가 잠시 기다리다 인터폰이 울리자 바로 들었다.

　"어떻게, 생각은 해보셨습니까?"

　─자네는 사람을 놀라게 하는 재주가 있군. 생각지도 못한 일이라서 조금 당황했어.

　장중범은 배 실장으로부터 이야기를 전해 듣고는 상당히 놀랐다고 말했다. 워낙 생각지도 못한 방법이어서 과연 그 방법이 통할지도 의문이었다고 하면서.

　"정상적인 방법으로는 어떻게 해볼 수가 없으니까 상대가 예상치 못한 방법을 동원하는 수밖에 없는 거 아니겠어요."

　─그렇긴 한데 솔직히 말해서 잘 모르겠어. 도무지 어떻게 될 건지가 그려지지를 않아서…….

　장중범은 확신이 서지 않는다고 이야기했다.

　"지금은 확신을 가지고 움직일 때가 아니라는 거 잘 아시지 않습니까. 그런 건 배부른 소립니다. 확신할 수 있는 기회? 그런 걸 잡을 확률은 없어요."

　─그렇긴 하지. 백 선생하고 상의를 해봤는데, 자네 생각에 따르기로 했네.

장중범은 기왕 이렇게 된 거 혁민을 믿고 한번 가보기로 했다고 말했다.

―이제는 도망 다니는 것도 지겨우니까. 어떻게 되든 자네 말대로 하면 가족은 볼 수 있지 않겠나.

"예. 그리고 오히려 더 안전할 수도 있어요. 크게 잘못될 가능성도 있긴 하지만."

승산보다는 패배할 확률이 더 높은 게 현실이다. 상대는 어마어마한 힘을 가지고 있지만, 이쪽은 거의 맨몸이었으니까. 하지만 지금 시도하려고 하는 방법이 그나마 나은 방법이라고 혁민은 생각했다.

―그러면 언제 시작할 생각인가?

"약간의 준비가 필요해서 시간이 좀 걸릴 것 같습니다. 한 실장 쪽에는 미리 약을 쳐 두었으니까 시간 버는 건 크게 어렵지는 않고요."

그래서 연락을 언제 받을지 모른다고 해둔 것이다. 이곳에서 장중범과 몰래 이야기를 나눌 수 있다는 걸 상대는 모르니까.

"그나저나 좀 이상하게 보지는 않을까요? 갑자기 이런 데 드나드는 걸 의심할 수도 있을 것 같은데… 그전에는 거의 드나들지 않다가 갑자기 이래서……."

―글쎄? 룸살롱에 오는 걸 저들이 의심할까? 그것도 매일 뻔질나게 드나드는 것도 아니지 않나. 기껏해야 한 달에 한 번 정도인데 그 정도면 양호한 거지.

장중범은 특별히 의심을 사지는 않을 것이라고 했다. 게다가 요즘 여러모로 상황도 좋지 않고 하니 이런 데 와서 스트레스 푸는 걸로 생각할 거라면서. 그리고 마담이 알아서 잘 처리할 것이라고 했다.

실제로 가게에 와서 이것저것 물어보기도 했었는데, 무난한 답변을 해서 돌려보냈다는 거였다. 얌전히 술만 들이켰는데, 무언가 고민이 많아 보였다. 고민이 뭐냐고 물어봐도 별다른 말은 하지 않다는 식으로 대답했다고 했다.

―그런 것보다는 우리를 어떻게 잡아서 처리할 것인지를 고민하겠지.

"그렇긴 하겠네요. 아무튼, 가지고 있는 정보나 자료 같은 거 잘 정리하세요. 앞으로 요긴하게 쓰일 테니까."

―그러지. 조만간 보게 되겠군. 자네도 그렇고 보고 가족들 얼굴도…….

장중범은 다른 것보다 가족과 만날 수 있다는 것에 더 감격하는 것 같았다. 하지만 그만큼 걱정도 되는 모양이었다. 가족이 곤경에 빠질 수도 있으니까.

"그럼 준비가 되는 대로 제가 연락을 드리죠."

―그렇게 하게. 이쪽은 특별히 준비라고 할 게 없으니까. 이미 정리할 건 다 정리했어.

혁민은 알았다고 하고는 통화를 마쳤다. 그리고 한 시간가량 적당히 술을 마시면서 시간을 보내고는 집으로 돌아왔다.

혁민은 집에 도착하자마자 메신저를 했다.

외국에 서버를 두고 있어서 보안에 유리한 메신저. 혁민이 이 메신저로 이야기하자고 하자 허 대리가 놀라던 게 생각났다. 아는 사람이 그리 많지 않은 메신저였기 때문이었다.

―허 대리, 잘 지냈지?
―그럼요, 변호사님. 저야 뭐 항상 잘 지냅니다.

허 대리는 이번에 루프리 공연에 갔었는데 회사에서 좋은 좌석표를 주어서 정말 좋았다고 주절주절 적어댔다. 가만히 두었다가는 몇 시간이라도 이야기할 것 같아서 혁민은 이야기를 듣다가 중간에 끊고 들어갔다.

―저기, 저번에 내가 알아봐 달라고 한 거 있잖아?
―아, 그거요? 예, 그거야 뭐 어려울 거 없는 일인데요. 알아봤죠.
―거기, 그쪽에서 가장 유명한 사람들이 누구야?

허 대리는 혁민은 처음 들어보는 이름을 죽 나열했다. 생전 처음 듣는 낯선 이름들. 하지만 혁민에게 낯설다는 건 그리 중요한 게 아니었다.

―그렇다 이거지? 그거 좀 정리해서 여기다가 올려줘. 참고 좀 하게.

혁민은 거기에 나온 사람들과 접촉을 해볼 생각이었다. 거절하거나 만나주지도 않는 사람도 있을 것이지만, 이번 일을 진행하는 데 있어서 꼭 필요한 사람들이었다. 잠시 후 메신저에 대리가 보낸 글자들이 주르륵 올라오기 시작했다.

＊　　　＊　　　＊

"그래. 어떻던가? 특별한 움직임은 없고?"

"별다른 건 없습니다. 정 변호사는 자기 일 하면서 잘 협조하고 있거든요."

한 실장은 그렇게 대답하면서 선생님의 눈치를 살폈다. 사실 그와 선생님은 아주 특별한 사이였다. 누구보다도 같이 오래 일했고, 누구보다도 서로에 대해서 잘 안다고 할 수 있었으니까.

"다행이군. 자네도 잘 알겠지만, 이번 사건만 잘 처리되면 우리에게는 지금까지와는 다른 길이 열리는 거야."

"여부가 있겠습니까. 저도 그걸 아니 이렇게 백방으로 뛰어다니죠."

한 실장은 이빨을 드러내 보이며 웃었다. 당연히 알고 있다. 이제 음지에서 양지로 올라갈 수 있다는 사실을. 그래서 이 사건에 더 공을 쏟고 있었다. 탈 나지 않게 어떻게든 잘 마무리하려고 말이다.

탈이 나지 않게 한다는 건 참 미묘한 개념이다. 무조건 강하게 밀어붙인다고 되는 것도 아니고, 그렇다고 신사적으로만 한다고 되는 것도 아니다. 외부에 알려지지 않게 하는 것이 가장 우선이라 여러모로 신경을 많이 써야 한다.

"잠시 방심하면 바로 나락이지. 떨어지고 나서 후회해 봐야 소용없는 일이야, 한 실장."

"그래서 지금 제가 동원할 수 있는 인력은 모두 동원하고 있습니다. 여기 조직뿐 아니라 제가 몸을 담고 있는 곳은 물론이고 사적으로 아는 녀석들까지 몽땅!"

한 실장의 말에 선생님은 인상을 구겼다. 모르고 있지는 않았지만, 마음에 드는 행동은 아니었기 때문이었다.

"입이 많으면 비밀이 유지되기 어려운 법이야."

"그것도 걱정하지 않으셔도 될 겁니다. 대부분은 무슨 일을 하는지도 모르고 있으니까 말입니다. 게다가 일부는 말이죠……."

한 실장은 몸을 살짝 앞으로 내밀더니 목소리를 낮추어 이야기했다.

"이번에 있을 선거 관련해서 작업하는 것으로 알고 있습니다. 그러니 뭐가 문제겠습니까. 다들 알아서 쉬쉬할 텐데요."

한 실장은 낄낄대며 웃었다. 선거와 관련이 있다는 말은 권력자들과 밀접한 일이라는 말이다. 이 계통에서 일하는 사람이라면 그런 일에서 입을 함부로 놀린다거나 처신을 잘못하면 어떻게 된다는 것쯤은 잘 아는 사람들이다.

하지만 한 실장이 이렇게 사람을 많이 쓰는 이유는 다른 곳에 있었다. 기회를 보아 선생님을 끌어내리고 자신이 그 자리에 앉기 위해서였다.

'너만 그 자리에 있으라는 법 있어? 고생은 같이 해놓고 열매는 혼자 따 먹으려 한다니 욕심이 과해, 이 양반아.'

한 실장은 평소에도 불만이 많았다. 자신이 아니었다면 지금까지 자리를 유지하는 것도 불가능했을 사람이 너무 자신을 부려먹는다고 생각해서였다.

물론 자신이 큰 실수를 하기는 했다. 그것 때문에 지금까지도 고생하고 있었다. 하지만 그건 지금까지 한 일로 전부 상쇄하고도 남음이 있었다. 그런데 지금 눈앞에 있는 선생님 혼자만 어마어마한 권력을 손에 넣으려고 하고 있었다.

그런데 한 실장이 가만히 생각해 보니 방법이 없는 게 아니었다. 그 자리에 있는 사람을 밀쳐 내고 자신이 그 자리에 앉으면 되는 것 아니겠는가. 그래서 차근차근 준비를 해오고 있었다. 선생님을 제거하고 자신이 그 자리에 오를 준비를.

'이번이 절호의 기회지. 사건이 깔끔하게 마무리가 되지 않고 계속 터져서 사람들이 실망하고 있으니까.'

선생님의 힘은 그와 연결되어 있는 권력자들로부터 나온다. 그런데 지금 그 연결 고리가 그 어느 때보다 약해져 있었다. 그만큼 그들을 위협하는 문제가 제대로 해결되지 않고 있었으니까.

그러니 지금이야말로 그를 제거하려면 가장 좋은 타이밍이었다. 하지만 선생님은 한 실장을 채근하기만 했다. 그런 사실을 전혀 모른다는 듯이.

"그렇긴 하겠군. 선거와 관련이 되어 있다면 알아서들 조심하겠지. 그리고 어차피 추세로 보아 이번만 조심하면 다음부터는 크게 염려할 일은 없을 테니까. 그래도 잘 챙겨. 지금 어긋나면 그동안 공들인 게 전부 엉망이 되니까."

"알겠습니다. 그렇게 하죠."

한 실장은 자리에서 일어나면서 언론 쪽을 집중해서 살펴보겠다고 이야기했다. 그쪽만 제대로 통제하면 크게 문제가 될 일은 없으니까. 한 실장의 말에 선생님도 동의했다.

"내가 사람들에게 이야기해 둘 테니까 이제부터 본격적으로 움직이자고."

한 실장은 알았다고 하면서 밖으로 나왔다. 밖으로 나온 그의 입가에는 조소가 매달려 있었다. 선생님이 이야기하는 사람들이 누구인지 잘 알고 있었기 때문이었다.

"멍청한 놈들이지."

선생님의 말이라면 다 옳은 거라고 생각하는 멍청이들. 실제로는 작은 이익을 챙겨주면서 세뇌를 시켜서 그가 부려먹는 인간들이다.

"우리나라에 사이비 종교가 많은 게 다 이유가 있다니까."

비웃고는 있었지만, 한 실장은 그 사람들까지도 챙겨서 자신이 써먹어야겠다고 생각하고 있었다. 여러모로 쓸데가 많은 사람들이니까. 그런 광신도들이 돌격대장이나 전사로는 그만이다.

"그건 그렇고 지금이 중요한 시기이기는 해."

이번 선거가 중요했다. 권력을 유지하는 데 있어서 가장 큰 고비가 선거다. 그런데 이번 고비만 넘기면 큰 어려움이 없을 것이다. 왜냐하면, 점점 사회가 고령화되어 가고 있기 때문이다.

노년층이 많아지고 젊은이가 적다는 건 기존의 권력을 가진 집단에게는 좋은 일일 수밖에 없다. 이번만 잘 넘어가면 그다음부터는 아주 미친 짓만 하지 않으면 대권은 유지할 수 있다는 말이 된다.

그리고 그걸 뒤에서 움직이는 세력. 그 세력의 우두머리 자리를 선생님이 차지하려는 거였다. 이미 어느 정도는 완성되어 있는 상태이고.

"잘 접수하겠습니다, 선생님. 노년에 심한 고생은 하지 않게 해드리죠."

한 실장은 씨익 웃으면서 걸어갔다.

*　　　*　　　*

"팀장님, 괜찮으시겠어요?"

민주엽의 말에 박 팀장은 굳은 얼굴로 대답했다.

"이거 심상치 않다. 분명히 뭔가가 있어."

"조심하세요. 잘못하면 큰일 납니다. 이제는 아는 사람 잘못되는 거 보고 싶지 않네요."

민주엽은 걱정스러운 표정으로 말했지만, 박 팀장은 고개를 저었다.

"그래도 이건 아니다. 윤 팀장 일인데 가만히 있을 수야 없지. 게다가 말이 되지를 않잖아. 배신자라니. 있을 수도 없는 일이야."

박 팀장은 흥분해서 이야기했다.

"게다가 내가 중국 쪽에 좀 알아보니까 상황이 안 좋은 것 같아. 나야 윤 팀장이 살아 있기를 바라지만, 아는 사람 이야기로는 확률이 낮다는 거야."

민주엽과 박 팀장은 어두운 표정이 되었다. 지금까지 자신이 믿고 있던 조직에서 이런 일이 벌어졌다는 게 믿어지지 않았다.

"확실한 겁니까? 솔직하게 말씀드려서 어떻게 그런 일이 일어날 수가 있는 건지 이해가 되지 않습니다."

"나도 마찬가지야. 설마 일이 그렇게 될 줄은……."

박 팀장은 윤 팀장을 왜 스파이라고 생각하는지 알 수가 없다고 이야기했다. 그리고 만약 그것이 사실로 밝혀졌다면 내부적으로 이야기가 있었을 것이다. 증거와 함께 적어도 팀장급에게는 알리고 혹시라도 모르니 요원 전체에 대해 대대적으로 점검도 했을 것이고.

그런데 그런 건 하나도 없이 그냥 쉬쉬하고 넘어가는 것도 이상했고, 상황을 처리하는 것도 정말 이상했다. 민주엽은 윤 팀장의 생사를 확인할 수는 없는 것이냐고 물었다.

"확인은 가능한 겁니까?"

"글쎄다. 공식적으로야 당연히 어렵겠지."

하지만 어떻게든 알아보겠다고 이야기했다. 그러면서 박 팀장은 최근 조직 분위기도 그렇고 기류가 좀 이상하다고 이야기했다. 자꾸만 이상한 작전에 투입되고 본래 하던 일에는 조금 느슨해지는 느낌이 든다는 거였다.

둘은 윤 팀장의 일을 어떻게 해야 하는지를 놓고 깊은 이야기를 나누었다. 충격적인 일인 만큼 대화를 나누는 분위기도 무거웠다.

"그거 큰일이군요. 그나저나 이게 사실이면 어떻게 해야 하는 겁니까? 그대로 가만히 있을 수는 없지만, 어떻게 할 수도 없지 않습니까?"

"흐음… 나도 거기까지는 생각해 본 적이 없어서……."

박 팀장도 말을 흐렸다. 국가를 위해서 죽을 수도 있다고 생각했지만, 누명을 쓰고 죽는다는 건 꿈에서조차 생각해 본 적이 없었다. 그러니 동료가 그렇게 되었다는 게 믿어지지도 않았고, 어떻게 해야 하는지도 머리에 떠오르지 않았다.

그런 상황 자체가 아예 입력이 되어 있지 않았기 때문이었다. 요원이란 그런 존재다. 의문을 갖고 흔들릴 수 있는 사람은 요원이 되면 안 된다. 요원이 되면 수많은 유혹에 시달릴 수 있기 때문이다.

정보를 빼내는 가장 쉬운 방법은 사람을 포섭하는 일이다.

그래서 요원들은 정신 무장이 철저하게 된 사람만 선발하고, 급여도 넉넉하게 준다. 그렇지 않으면 유혹에 넘어가기 쉬우니까.

"아무래도 이런 문제는 저희보다는 다른 사람의 조언을 받는 게 좋겠습니다."

"그래? 누구 이야기를 할 만한 사람이라도 있는 건가? 가능하면 이런 이야기는 외부로 나가지 않는 게 좋은데……."

박 팀장은 다른 사람에게 이런 치부를 이야기한다는 게 꺼림칙하다고 말했다. 일반적인 이야기도 외부에 해서는 안 되는 게 요원인데, 이런 치부라면 더욱 그렇다고 하면서. 하지만 가만히 있을 수는 없다고 말했다.

"일단은 내가 먼저 상부에 이야기를 해보겠어. 이건 안에서 해결해야 할 문제야."

"하지만 해결되지 않을 가능성이 높지 않습니까. 지금까지 계속 그래왔다는 건 윗선에서 이 문제를 이미 알고 있다는 겁니다. 그럼에도 계속 통제하고 관여하고 있고 말입니다."

민주엽의 말에 박 팀장은 한숨을 내쉬었다. 그 말이 맞다고 생각되었기 때문이었다. 하지만 박 팀장은 순서라는 게 있다고 다시 말했다.

"일단은 내가 상부에 보고하지. 만약 그래도 문제가 해결되지 않으면 그때 다른 방법을 찾아보자고."

"알겠습니다. 하지만 조심하시는 게 좋을 것 같습니다. 이 일을 언급한다는 게 영……."

민주엽은 설마 그럴 일은 없겠지만, 아무래도 마음이 놓이지 않는다고 했다. 장중범과 윤 팀장의 일에 자꾸 관여하면 좋지 않은 일을 당하게 된다면서 말이다.

"설마하니 무슨 일이야 있으려고. 나보다는 자네나 조심하라고. 나야 현역이지만 자네는 그만둔 몸이지 않나."

윤 팀장은 민주엽의 어깨를 잡으면서 그래도 자네 같은 동료는 흔치 않다고 이야기했다. 장중범의 식구나 윤 팀장의 식구도 계속해서 신경을 써주는 걸 말하는 거였다.

"당연한 일 아닙니까. 남은 사람이 아니면 누가 하겠습니까. 제가 힘이 되는 한 보살펴야죠."

그러면서 조용히 혁민의 이야기를 꺼냈다. 이 일과 관련이 있는 데다가 변호사를 하고 있으니 만약 상부에 보고한 게 틀어지면 상의를 해보자고 말이다.

"흐음… 그렇게 되지 않기를 바라야지. 그런데 정말 믿을 만한 사람인가?"

민주엽은 말 대신 조용히 고개를 끄덕였다.

같은 시각, 둘의 입에 오르내리고 있는 혁민은 앞으로 진행할 상황을 점검하고 있었다.

"이렇게 하실 거란 말이죠? 좋기는 한데……."

"왜? 무슨 이상한 점이라도 있어?"

위지원 변호사가 고개를 갸웃거리자 혁민은 의아하다는 듯 물었다.

"아니요. 처음 보는 방법이라서요. 제가 잘 모르는 것도 많고 해서……."

"나도 잘 아는 건 아니야. 그런데 한 가지 확실한 건 효과는 좋을 거라는 거지."

위지원 변호사는 그렇다고 해도 비밀 유지가 되겠느냐면서 의문을 제기했다.

"이게 보안이 생명이잖아요. 그런데 이렇게 사람이 많으면……."

"그 사람들도 자세한 건 잘 몰라. 그런 거에 신경 쓰지 않는 사람들로만 모았지."

"아니, 내용도 제대로 이야기해 주지 않았는데도 이렇게 모였다고요?"

혁민은 고개를 끄덕였다. 사실 이 사람들을 섭외하는 게 쉽지는 않았다. 하지만 혁민의 장기인 말발로 사람들을 꼬드겼다.

"그런데 왜 이렇게까지 하시는 거예요? 어떨 때는 이해가 되었다가도 어떨 때는 이해가 안 되고 그래요. 너무 위험하기도 하고……."

위지원 변호사는 혁민이 걱정된다는 듯 이야기했다.

"나도 처음에는 그런 생각을 했어. 세상 돌아가는 게 뭔 상관이냐고. 그냥 나만 잘 먹고 잘사는 것도 힘든데 말이야."

혁민은 차분하게 말을 이었다.

"그런데 그게 아니더라고. 운명 같은 게 있나 봐. 지금 커다란 무언가가 움직이려고 하고 있거든. 음… 움직일 준비를 하는 큰 기관차 같은 거?"

혁민은 그 기관차가 움직이기 시작하면 모든 게 달라질 것이라고 이야기했다. 그리고 그 기관차가 움직이게 하기 위해서 물을 끓게 만드는 게 자신이 할 일 같다고 했다.

"물이 끓어서 증기가 되기 전까지는 절대로 움직이지 않아. 누군가는 불을 붙여서 거기까지 해야 하지. 하지만 일단 기관차가 움직이기 시작하면 그때는 누구도 막을 수 없어."

혁민은 불을 붙이려고 하면 자꾸만 찬물을 끼얹는 사람들이 있는데, 이번에는 제대로 물을 끓일 것이라고 이야기했다.

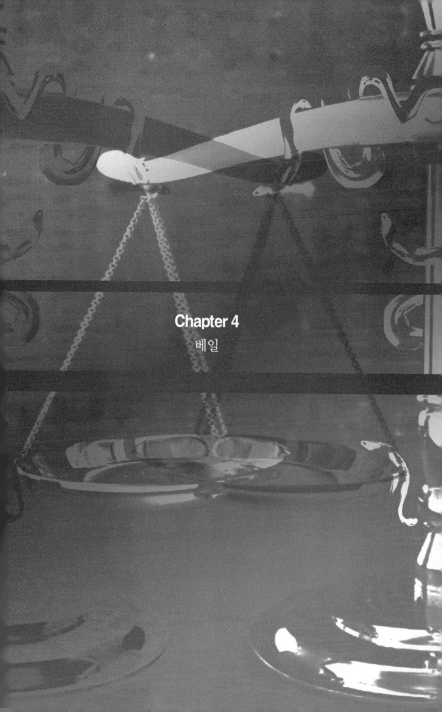

Chapter 4
베일

혁민은 바쁘게 움직였다. 하지만 외부적으로는 전혀 그런 눈치를 챌 수 없었다. 모든 대화는 메신저를 통해서 나누었고, 실제로 움직이는 건 대부분 허 대리였으니까. 간혹 직접 사람을 대면해야 하는 경우도 있었는데, 대부분 혁민의 사무실에서 만났다.

그래서 한 실장도 특별한 의심을 하지는 않았다. 혁민의 사무실에 드나드는 사람은 전부 조사를 했지만, 딱히 의심할 만한 인물은 없었으니까.

"특별한 사람은 없구만. 그건 그렇고 조사하는 건 어때?"

"매칭되는 인물이 없습니다. 알려지지 않은 흑색 요원이 아닐까요?"

한 실장의 부하는 중국이나 일본 쪽 요원이 아니겠느냐고 이야기했다.

"실장님. 그런데 그놈이 어디로 넘어간 겁니까? 중국 아니면 일본일 것 같은데… 그걸 알면 조사를 하는 게 조금 더 쉽지 않을까 합니다만."

요원은 장중범이 어느 나라에 포섭이 된 것이냐고 물었다. 배신자라는 이야기를 듣기는 했는데, 자세한 내용은 모르고 있어서 물은 거였다. 그걸 알면 정혁민에게 정보를 전달하는 의문의 남자를 조사하는 데도 도움이 될 거라고 생각하면서.

한 실장은 순간적으로 말문이 막혔다. 조사하는 데 필요하다면서 물어오니 대답은 해야겠는데, 딱히 뭐라고 할 만한 말이 없었기 때문이었다. 하지만 대답을 안 하고 있을 수는 없는 일. 그는 머리를 굴리다가 겨우 쓸 만한 대답을 내뱉었다.

"한 곳이 아니야. 그래서 더 골치가 아픈 거다."

"아, 그렇습니까. 이거 정말 밑바닥을 알 수 없는 인간이로군요. 기밀을 한 곳도 아니고 여러 곳에 팔아넘기는 요원이라니."

한 실장의 말에 요원은 이를 갈면서 이야기했다. 요원으로서는 도저히 있을 수 없는 일이라고 생각했기 때문이었다.

"국가를 특정할 수 없으면 곤란한데… 그래도 선을 넣어서 알아볼까요?"

"일단은 알아볼 수 있는 데까지는 알아보자고."

공식적인 건 아니지만, 정보기관끼리 네트워크를 가지고 있다. 자국의 정보만 가지고서는 문제를 해결하기 어려운 경우도 많다. 게다가 정보기관의 업무 특성상 비공식적으로 처리해야 하는 일도 있어서 정보를 공유하고 협조한다.

주로 동맹국 사이에 존재하는데, 국가 간의 사정에 따라서 네트워크가 다소 약해지기도 하고 강화되기도 한다.

영국 연방 국가 사이의 네트워크가 대표적이고 그 외에서 무수한 비공식적인 선들이 존재한다. 그리고 국가의 힘이 강할수록 그런 네트워크의 수도 많고 관계도 끈끈한 편이다.

"그런데 정말 신기하지 않나? 어떻게 이렇게 감시망을 피해서 접근을 할 수가 있지?"

한 실장은 고개를 갸웃거렸다. 사각도 별로 없고 건물이 다닥다닥 붙어 있어서 오히려 감시하기가 쉽다고 생각했는데, 그게 아니었다. 상대는 어떻게 했는지는 모르겠지만, 감시망을 절묘하게 피해서 목표물에 접근했다.

한 실장은 장중범이 정말로 다른 국가의 정보기관과 협조하고 있을지도 모르겠다는 생각이 들었다. 지금까지는 그냥 도망자라고 생각했었는데, 최근 움직임을 보니 문득 그런 생각이 든 거였다.

'그래, 그러고 보니 좀 이상하긴 해. 선생님이 관리하는 조직이 소수라고는 해도 거기 모여 있는 인간들이 그렇게 만만한 자들이 아닌데 말이야.'

그는 의자에 몸을 기대면서 장중범이 안가를 습격해서 백 선생을 구출해 갔다는 사실을 떠올렸다. 그 당시에는 안가에 남아 있던 사람의 수가 워낙 적어서 그런가 보다 했는데, 잘 생각해 보니 그렇게 쉽게 생각할 문제가 아니었다.

'그래… 나와는 어차피 상관이 없는 일이라서 깊게 생각을 안 했었는데 따져 보면 조금 이상한 구석이 있기는 해. 내가 아무리 그 자식들을 머저리라고 부르기는 하지만 실력이 없는 놈들은 아니거든.'

어떤 조직의 본거지를 습격해서 잡혀 있던 인물을 탈출시키는 일은 결코 간단한 게 아니다. 더구나 장중범은 유리한 구석이라고는 찾아보려고 해도 찾을 수가 없었다. 그런 상황에서는 습격하는 것만 해도 쉽지 않은 일이다.

그런데 인원이 가장 적을 때 습격을 한 걸 보면 내부 정보도 알고 있었을 가능성이 높았다. 이건 일개 개인이 할 수 있는 범위가 아니라는 게 한 실장의 생각이었다. 게다가 습격이 다가 아니라 잡혀 있는 사람을 구해서 흔적도 남기지 않고 탈출했다.

한 실장은 갑자기 선생님이 자신을 속이고 있는 건 아닌가 싶었다. 무언가 이상했다. 자신에게 전달된 정보를 종합해서 생각하면 장중범은 그저 단순한 도망자에 불과했다. 그런데 그런 자가 습격을 해서 조직원을 모두 제압하고 백 선생을 구해서 달아났다?

'뭔가 숨기는 게 있는 거겠지?'

그는 혹시 자신이 배신하려고 준비 중인 걸 들킨 게 아닌가 생각되었다. 그렇다면 자신에게 잘못된 정보를 준 것이 이해가 되니까. 하지만 그게 아니더라도 그 음흉한 새끼는 그러고도 남을 놈이라고 한 실장은 생각했다.

그렇게 생각하니 이번에 사건이 커지고 자신에게 일거리가 온 것도 조금 의아하게 생각되었다. 그 음흉한 새끼가 관리하는 조직에서도 처리할 수 있을 것 같은데 말이다.

'같이 엮어서 처리를 하려고? 맞아. 그럴 수도 있겠어.'

어떤 식으로든 엮어서 한꺼번에 처리하려는 속셈이라는 생각이 가장 먼저 들었다. 그러면 적도 처리하고 내부의 잠재적인 경쟁자도 처리하는 것이니까. 한 실장은 선생님이라고 불리는 그 인간의 성향으로 볼 때 충분히 가능한 일이라고 판단했다.

하지만 한 실장은 화를 내기보다 오히려 잘됐다는 생각을 했다. 어차피 이렇게 된 거 끝장을 내야겠다는 생각을 해서였다.

"하기야 나도 그런 생각을 했는데 그 인간이 못 했을 리가 없지."

엄청난 권력을 손에 쥐는 순간을 앞두고 있다. 자신은 그 순간에 기존에 있던 인간을 밀쳐 내고 자신이 거기에 앉을 생각이었다. 하지만 그 인간이라고 그런 걸 염두에 두지 않고 있을까.

만약 그렇게 방심하고 멍청하게 행동하는 자였으면 지금까지 그 자리를 유지하지도 못했을 것이다. 그러니 자신에게 가장 위협이 되는 인물이 누구인지 잘 알 것이고, 경계를 게을리 하지 않았을 것이다. 그리고 가장 위협이 되는 바로 그 인물이 바로 한 실장, 자신이다.

"오히려 잘됐어. 이 기회에 장중범과 같이 잡아들여 서……."

"예? 누구 말씀하시는 건지?"

한 실장이 중얼거리는 걸 들은 요원이 물었다. 한 실장은 슬쩍 그를 보고는 장중범과 같이 있는 인물이라고 대답했다. 백선생이라는 자인데 아주 죄질이 고약한 자라고 하면서.

"초록은 동색이라고 하는 말이 맞나 보군요. 끼리끼리 어울리는 걸 보면 말입니다."

"그렇지. 비슷한 사람끼리 어울리게 되어 있는 법이야. 암, 그렇고말고."

한 실장은 자신과 함께 오래 일한 한 사람을 생각하면서 고개를 끄덕였다.

*   *   *

"아무래도 윤 팀장님은 변을 당한 것 같아……."

"하유… 어떻게 이런 일이 생길 수가 있는 건지……."

민주엽의 말에 혁민이 한숨을 내쉬었다.

"어떻게 이렇게 하나같이 썩었을 수가 있나 모르겠어요. 돈 좀 있다고 하는 놈들, 한자리 차지하고 있는 것들은 죄다 썩었으니……."

"그러지 않고서는 부를 축적하거나 권력을 잡을 수가 없으
니까 그렇지."

참으로 이상한 일이었다. 분명히 세상은 아름답고 공정하며
인간은 누구나 평등하다고 이야기한다. 그리고 그렇다고 생각
하는 사람도 있었다. 그런데 깊은 내막을 알아가면 갈수록 그
렇지 않았다.

이 세상은 극소수의 사람들이 지배하는 세상이었다. 그렇지
않은 것처럼 위장하는 기술이 나날이 발전하고 있을 뿐이다.

"선사시대 고인돌 생각이 나네요."

"고인돌? 그게 무슨 이야기지?"

혁민의 중얼거림에 민주엽이 그게 무슨 말이냐는 듯이 물었
다.

"그 당시에 엄청난 권력을 가진 사람이 죽었을 때, 고인돌을
세웠다잖아요. 그만한 노동력을 동원하려면 상당한 부와 권력
을 가지고 있어야 했을 거라더군요."

민주엽은 고개를 끄덕였다. 그런 방면으로 조예가 깊은 건
아니었지만, 그 옛날 무덤을 만드는 데 그렇게 커다란 규모로
만들려면 당연히 부와 권력을 가지고 있었을 것이다.

"왜 그런 말도 있잖습니까. 정승 집 개가 죽으면 사람들이
가도 정승이 죽으면 사람들이 가지 않는다는 말."

"허허, 그런 말이 있기는 하지. 그런데 그런 사극에서나 나
올 말은 왜?"

"고인돌 아래 묻힌 그 사람은 죽었잖아요. 그런데도 사람들이 동원되었다는 건 그 힘이 계승되었으니까 그런 거겠죠. 그러니까 그런 생각이 들더라고요."

아들이든 동생이든 권력이 그대로 계승되었으니 고인돌이란 게 만들어졌을 것이다. 왜 그렇지 않겠는가. 권력이 없으면 누가 말을 한들 듣겠는가. 정승이 죽었는데 조문객이 많다면, 그건 누군가가 그 세력을 이어받은 거다.

"그때도 고인돌 만드는 데 동원되는 사람들은 계속해서 고인돌 만드는 데 동원되고, 그 아래 묻힐 만한 사람은 계속해서 힘을 가지고 있고. 그런데 그게 그때부터 지금까지 거의 변한 게 없는 것 같더라고요."

변화가 하나도 없지는 않을 것이다. 권력을 유지하는 힘이 계속해서 변해왔으니까. 하지만 예나 지금이나 자본의 힘이라는 건 항상 권력과 함께했다. 무력이 우선이었던 때도 있었지만, 금력이 뒷받침되지 않으면 오래가지 못한다.

"항상 권력을 가진 자들은 부자였죠. 그리고 계속해서 어떻게 하면 이걸 놓치지 않고 유지할까 고민해서 시스템을 발전시켰다는 생각이 드네요."

그래서 항상 가난한 사람들은 가난하고, 권력을 가진 사람들은 권좌에 앉아서 힘을 휘두른다. 이 세상은 평등하고 공정하다고 말하면서.

"윤 팀장님이라는 분, 정확하게 확인은 된 건가요?"

"아니, 그게 쉽게 확인하기 어려울 것 같아. 국내에서 일어난 일도 아니고 하니까."

민주엽은 장중범처럼 아직 살아 있을 확률도 있다고 하면서 실낱같은 희망을 버리지 않았다. 하지만 장중범의 경우는 정말 천우신조가 따라서 가능했던 일. 백이면 아흔아홉은 죽은 목숨이라고 보아야 한다.

"그러면 윤 팀장님의 가족분도 만나서 이야기를 해봐야겠네요."

"위험하지 않겠나? 요즘에 분위기가 심상치 않다고 하던데……."

"어떻게든 몰래 접촉을 해야죠. 대놓고 만났다가는 무슨 짓을 당할 테니까."

자신들이 권력을 유지하는 데 방해가 되는 자들은 가차 없이 제거하는 게 저들이다. 그러니 적어도 물이 끓어서 증기가 되고 기관차가 움직이기 시작하기 전까지는 조심해야 한다.

혁민은 위지원 변호사에게 부탁을 할 생각이었다. 그래도 이번 일을 하면서 가장 믿고 의지하는 사람 중 한 명이었으니까. 사실 미안한 마음도 있었다. 이런 일에 엮여서 좋을 게 없는데 자신 때문에 끼어들게 된 것 같아서였다.

하지만 그녀는 지금까지 일하면서 가장 보람 있는 일을 하는 것 같다고 이야기했다. 그렇게 이해를 해주는 위지원 변호사가 그저 고마울 따름이었다.

"아무래도 위지원 변호사에게는 감시가 덜하니까요. 그리고 전반적인 사정도 잘 알고 정의감도 강한 친구라서 잘할 거예요."

"나는 박 팀장님을 잘 설득해 보지. 내가 볼 때 이건 내부적으로 해결할 수 없는 일이야. 그런데도 박 팀장님은 미련을 버리지 못하더라고. 저러다가 오히려 위험에 빠질 텐데 말이야."

"그거야 어쩔 수 없는 것 같아요. 요원이란 사람들이 원래 그런 사람들이니까요. 그런 건 아버님이 더 잘 아시지 않습니까."

민주엽은 고개를 끄덕였다. 요원이란 그런 사람이라는 걸 왜 모르겠는가. 자신도 한때 요원이었었는데. 국가를 위해 모든 걸 희생할 수 있는 정신을 가지고 있는 게 요원이다. 하지만 자신은 많은 일을 겪으면서 이미 변했다.

"박 팀장님도 조금은 변하겠지. 중범이만큼은 아니겠지만."

민주엽은 크게 웃으면서 장중범과 만났을 때 들었던 말을 해주었다.

"국익을 위해서는 어쩔 수 없었다는 말, 자기 앞에서 하는 놈 있으면 찢어 죽이겠다고 하더군."

"그분 입장에서야 그럴 만도 하죠. 그렇게 당하고 그 덕분에 가족들까지 힘들었으니까."

"아, 그리고 왜 가족들도 그렇게 힘들었는지 알 것 같더군."

민주엽은 박 팀장에게 들은 이야기를 해주었다.

"원래는 순직하게 되면 보상도 나오고 유가족도 혜택을 받거든. 당연한 거잖아. 그렇지 않으면 누가 국가를 위해서 목숨까지 희생하려고 하겠느냐고."

민주엽은 그걸 바라고 희생하는 건 아니지만, 당연히 국가
를 위해서 희생한 사람과 유가족에게는 최선의 대우를 해주어
야 한다고 말했다.

"거창한 게 아니야. 경찰이나 소방관도 공적인 업무를 하다
가 다치거나 죽게 되면 당연히 보상과 대우를 해주어야 하는
거잖아."

"그렇긴 하죠. 뭐, 그런 것도 아직 제대로 되어 있지 않지
만……."

그런 보상과 혜택이라는 측면에서 대한민국은 형편없다고
혁민은 생각하고 있었다. 민주엽도 동의하면서 계속 말을 이
었다.

"그런데 장중범을 스파이로 찍어서 모든 게 유가족에게 불
리하게 적용되게 만들었다는 거야. 그것도 공식적으로는 힘드
니까 비공식적으로 말이지."

"허… 기가 막힌다는 말도 이제는 안 나오네요."

혁민은 국가가 요원을 죽음으로 내몰고도 그걸 감추기 위해
서 수작을 부렸다고 하면서 이런 걸 가만히 두면 똑같은 일이
계속해서 일어날 거라고 했다. 그리고 맞서 싸울 방법이 있다
고 말했다.

*   *   *

윤 팀장의 가족은 위지원 변호사를 굉장히 경계했다. 아마도 윤 팀장이 주의를 준 모양이었다. 하지만 그녀 특유의 친화력이 발휘되자 이내 이야기가 술술 풀렸다.

"하우우. 사실 남에게 이런 말 하는 거 좀 그렇긴 하지만 속이 속이 아니에요. 그래도 어쩌겠어요. 워낙 연락 같은 거 잘 안 하는 사람이라서 그냥 애만 태우고 있었어요."

윤 팀장의 부인이 한숨을 내쉬면서 말했다. 윤 팀장의 부인은 무척이나 조용하고 차분해 보였고, 체구가 작아서 그런지는 몰라도 나이보다도 상당히 젊어 보였다.

그녀의 푸념은 끝이 없었다. 윤 팀장은 예전부터도 어디에 간다거나 뭘 한다는 말을 한 적도 없었고, 언제 돌아올 거라는 말도 하지 않았다고 했다. 오히려 그런 걸 물으면 화를 내면서 못 하게 했다고 했다.

"왜 그러는지 대충은 알고 있었지만, 그래도 가족 입장에서는 야속할 때가 많았어요."

"아유, 그럼요. 기다리는 사람은 얼마나 마음을 졸이는데요. 왜 회사에서 돌아올 시간이 되었는데 안 와도 걱정돼서 안절부절못하잖아요."

"맞아요. 그런 일만 있어도 그런데 오죽했겠어요. 내가 항상 그랬다니까요. 제발 언제 오는지는 이야기를 좀 해달라고."

하지만 그런 건 이야기하면 안 된다고 하면서 그냥 이번에는 오래 걸릴 거라든지, 아니면 어떻게 될지 잘 모르겠다는 식으로 말했다는 거였다.

"내가 그렇게 중간에 전화라도 좀 하라고 노래를 불렀는데 그 양반은 그런 건 듣지도 않아요. 그저 일밖에 모르는 양반이라서……."

"그런데 중간에 잠깐 있던 데서 나오셨었잖아요. 그때는 별다른 말씀 없으셨어요?"

"뭐 속 시원하게 말해주지는 않았는데 술 마시면서 계속해서 잘못 돌아가고 있는 것 같다는 말은 했어요. 그렇다고 내가 물어보기만 하면 그런 건 몰라도 된다고……."

윤 팀장의 부인은 제발 그이가 살아만 있으면 좋겠다고 이야기했다.

"어떻게 된 건지나 알면 좋겠어요. 그러면 이렇게 매일같이 마음 졸이지 않을 테니까 말이에요. 이제는 초인종 소리만 나도 가슴이 덜컥덜컥 내려앉아요."

실제로도 윤 팀장의 부인은 건강이 안 좋아 보였다. 안색도 약간 파리했고, 말하다가도 갑자기 숨을 몰아쉬면서 가슴을 부여잡곤 했다. 위지원 변호사는 그녀를 자극하지 않기 위해서 최대한 조심스럽게 이야기를 풀어갔다.

그런데 윤 팀장과 연락이 끊어진 시간이 워낙 오래되어서인지 이제는 어느 정도 마음의 정리를 한 모양이었다. 자그마한 희망이야 품고 있지만, 정상적인 경우라면 이렇게 오래 연락이 없을 수 있겠는가.

그래서 직접 말하지는 않았지만, 이미 무슨 일이 있는 것으로 여기고 있는 듯했다. 위지원 변호사는 그런 그녀를 다독이면서 질문을 이어나갔다.

"그러면 혹시 무슨 일이 생기면 어디로 연락하라든지 아니면 누구에게 말을 하라는 그런 말씀은 없으셨어요?"

"그런 얘기도 없었어요. 그런 건 원체 입에 담지 않는 사람이라⋯⋯."

위지원 변호사는 요원으로서는 훌륭한 사람이었을지 모르지만, 가장이나 남편으로서는 좋은 점수를 줄 수 없는 사람이라고 생각했다. 만약 그런 사람이라면 동료로서는 믿음직하겠지만, 절대로 주변에 결혼 상대로 소개하지는 못하겠다는 생각이 떠올랐다.

'하기야 연세도 있으시니 스타일이 그런 것도 있겠지만.'

요즘에야 어디 그런 사람이 있겠나 싶었다. 위지원 변호사는 덕분에 일이 아주 힘들어졌다고 생각했다. 적어도 가족이라면 뭐라도 건질 구석이 있겠다고 생각했는데 도통 말을 하지 않아서 도움이 될 만한 게 아무것도 없었으니까.

그런데 윤 팀장의 부인이 위지원 변호사에게 슬며시 물어왔다. 남편이 이미 죽은 게 맞느냐면서. 위지원 변호사는 그건 자신도 모른다고 손을 내저었다.

"저도 확실하게 알 수는 없어서요. 그쪽 일은 알기 워낙 어려운 곳이라서⋯⋯."

"혹시 그런 걸 알려달라고 할 수는 없나요? 그래도 가족이라면 어느 정도 알 권리가 있잖아요. 그렇잖아요?"

위지원 변호사는 조금 난감했다. 심정적으로야 당연한 일이었지만, 요원들의 업무상 가족들에게도 비밀로 해야 하는 경우가 있었기 때문이었다.

"업무 특성상 알려줄 수 없다고 하면 그만이라서요……."

하지만 문제는 무슨 일이 생겼는데도 알려주지 않는 경우다. 그리고 윤 팀장은 거의 사망한 것이 확실했다. 박 팀장이 중국에다 알아본 결과 죽은 것 같다는 답변을 받았기 때문이었다.

박 팀장이 조금 더 확실하게 알아봐 달라고 부탁을 했으니 며칠 안으로 확실한 답변이 올 것이다. 사실 바로 어떻게 된 것인지 정보가 왔어야 맞는 일인데, 중국이 워낙 인구도 많고 그만큼 죽는 사람도 많았다. 게다가 그런 사건의 처리도 좀 얼렁뚱땅하는 면이 있었고.

그렇지만 확실해질 때까지는 부인에게 이야기하지는 않을 생각이었다. 그리고 가능하면 윤 팀장이라는 분이 살아 있기를 위지원 변호사도 바라고 있었다. 음모에 희생되어서 비참하게 타지에서 죽어가는 요원. 생각만 해도 정말 끔찍했다.

"저기… 다른 분도 비슷한 일을 당했다고 하셨죠?"

"예, 억울하게 스파이로 몰려서 죽을 고비를 넘긴 분이거든요. 윤 팀장님하고도 잘 아는 분이고요."

위지원 변호사는 이번에 소송을 준비하고 있다고 말했다. 부인은 가만히 이야기를 들으면서 손을 가슴에 모은 채 계속 주저했다. 그러다 간신히 용기를 내었는지 입을 열었다.

"만약에… 만약에 말이에요. 그이가 죽었다면 어떻게 되는 거죠?"

"그러지 않기를 저도 바라긴 하지만, 만약 돌아가셨다면 당연히 그 책임을 물으셔야죠."

위지원 변호사는 당연한 일이라고 이야기했다. 하지만 윤 팀장의 부인은 걱정이 앞서는 모양이었다. 남편이 일하는 곳이 워낙 대단한 곳이어서 그런 듯했다.

"그게 가능한가요? 그이는 일하는 곳이나 내용에 대해서는 알려고도 하지 말라고 했거든요. 그리고 쓸데없는 짓을 하면 치도곤을 당할 수도 있다고 해서……."

"그냥 단순하게 생각하세요. 남편분이 억울한 일을 당했으면 누군가는 그 책임을 져야 하는 겁니다. 그게 설사 국가라고 할지라도요."

위지원 변호사는 힘을 주어 이야기했다. 억울한 일을 당해도 좋은 사람은 어디에도 없는 거라면서. 그러면서 법적인 조언도 조금 곁들었다.

"국가나 지방자치단체는 공무원 등의 직무 집행이 고의 또는 과실로 법령을 위반하여 타인에게 손해를 입히는 경우 그 타인에게 손해를 배상할 책임이 있거든요."

"예? 뭐라고요?"

윤 팀장의 부인은 도대체 무슨 이야기를 하느냐는 표정으로 위지원 변호사를 쳐다보았다. 위지원 변호사는 살짝 웃으면서 잘못된 일로 손해를 입었으면 배상을 받을 수 있는 거라고 이야기했다.

"남편분이 다치시거나 돌아가셨으면 당연히 어떻게 된 것인지를 알아내야죠. 그래서 만약 누군가의 고의나 과실이 있었다면 손해배상을 청구할 수 있어요. 국가배상법에 그런 게 다 있거든요."

"그러니까 누군가 남편을 사지로 몰아넣은 거라면 손해배상을 받을 수 있다는 거네요?"

위지원 변호사는 고개를 끄덕였다. 그것이 고의이든 과실이든 간에 받아낼 수 있고, 반드시 받아내야 한다고 강조했다.

"원래는 국가에서 당연히 알아서 보상을 해주어야 하는 거거든요. 당연한 거잖아요. 그런데 지금 다른 분 케이스를 봐도 그렇고 이게 그런 거 없이 넘어가고 있거든요."

위지원 변호사는 그러면 안 되는 거라고 큰소리쳤다.

"정말로 열심히 일하고 고생하는 분들이 인정받는 게 당연한 거 아닌가요? 그리고 그런 분들에게 무슨 일이 생기면 국가가 나서서 위로해 주고 보상해 주고 말이에요."

"어디 세상이 그런가요. 그런 건 바라지도 않아요. 그저 억울한 일만 당하지 않았으면 좋겠어요."

"그렇게 생각하시면 안 됩니다. 그래서 지금 세상이 이런 거라니까요."

위지원 변호사는 사람들이 적극적으로 나서지 않으니까 안 해줘도 되는 분위기가 만들어지는 거라면서 고개를 가로저었다.

"아가씨는 아직 세상 물정 잘 몰라서 그래요. 세상은 그렇게 정의롭지도 않고 올바르지도 않아요. 그리고 생각보다 무서운 곳이 세상이에요."

"제가 나이는 어리지만 그런 거 아예 모르지는 않아요. 어머님, 지금까지 계속해서 사람들이 그래와서 더 상황이 나빠진 거예요."

위지원 변호사는 당당하게 주장할 건 주장해야 한다고 말했다.

"물론 그런다고 당장 모든 게 바뀌지는 않을 거예요. 하지만 그런 시도조차 하지 않으면 절대로 바뀌지 않을 거잖아요."

위지원 변호사는 옳은 길은 항상 힘들고 어려운 것 같다고 말했다. 그 말에 윤 팀장의 부인도 잠시 생각을 하더니 고개를 끄덕였다. 대부분 그런 것 같다는 생각이 들어서였다.

"그래서 사람들이 외면하는 거잖아요. 온갖 핑계를 대면서 말이에요."

그러면 편안하니까. 그러면 안전하니까. 내가 아니어도 다른 사람이 할 것이라고 생각하면서. 내가 나서봐야 아무런 소용이 없을 거라고 생각하면서.

"그래서 저는 그렇게 살지 않으려고요. 뭐, 좀 힘들고 피곤하겠죠. 그래도 그런 거 다 알면서 가만히 있기는 싫어서요."

윤 팀장의 부인은 위지원 변호사의 말을 듣더니 표정이 조금씩 밝아졌다. 흐뭇한 미소를 지은 부인은 위지원 변호사의 손을 잡으면서 이야기했다.

"내가 너무 부끄럽네요. 나이 먹고 더 소심해졌나 봐요."

"아니요. 이러실 거 없는데……."

위지원 변호사는 오히려 당황해서 얼굴을 붉혔다. 부인은 위지원 변호사의 말이 다 옳다면서 자신이 그동안 생각을 잘못 하고 있었다고 이야기했다.

"너무 지쳤나 봐요. 나도 그렇고 계속 주변에서 그런 걸 해도 안 되는 것만 보니까 그렇게 된 것 같아요. 하지만 그게 옳은 건 아니라는 거. 그건 확실한 거네요."

윤 팀장의 부인은 그동안 이런저런 민원도 넣어보고 직접 전화도 해보고 여러 방법을 써봤다고 이야기했다. 하지만 상대는 거대한 철벽이나 다름없었다. 어떤 이야기를 하고 행동을 해도 아무런 소용이 없었다.

그래서 거의 포기하고 있었다. 그런데 위지원 변호사의 이야기를 듣고는 용기를 얻었다면서 한층 밝아진 표정으로 이야기했다.

"내가 사람을 잘 보지는 못하지만, 그래도 아가씨가 좋은 사람이라는 건 알겠어요. 표정이랑 눈이랑 너무 예뻐요. 내 딸이면 좋겠다 싶을 정도로."

"아유, 무슨 말씀을요……."

위지원 변호사는 호호 웃으면서 손짓을 했다. 부끄러워한다는 걸 감추기 위한 어색한 행동이었는데, 그것이 오히려 부인을 더 웃음 짓게 만들었다.

"잠깐만 있어봐요. 내가 이건 아무에게도 주지 않으려고 했는데……."

부인은 잠시 어디론가 가더니 수첩 같은 걸 가지고 왔다. 그녀는 그것이 윤 팀장의 물건이라고 하면서 자신은 잘 모르는 이야기들이 적혀 있다고 했다.

"수첩이자 메모장 같은 거 같은데 나는 봐도 잘 몰라요. 무슨 일이 있었는지를 모르니까. 그런데 날짜도 적혀 있고 그런 거 보니까 도움이 될 것 같아서……."

"아, 이런 게 있었네요? 어? 그런데 아까는 아무것도 없다고……."

위지원 변호사의 말에 부인은 희미하게 웃으면서 말했다.

"사람 그렇게 쉽게 믿으면 안 되는 거니까요. 정말 믿을 만하다고 생각해서 보여주는 거예요. 혹시라도 필요하면 얘기해요."

"아, 감사합니다. 그러면 제가 잠깐 살펴볼게요."

위지원 변호사는 수첩에 적힌 걸 보았는데 대부분은 무슨 이야기인지 알아보기 어려웠다. 그래서 일단 몇 장을 핸드폰으로 찍고 부인에게 다시 돌려주었다.

"나중에 필요하게 되면 말씀드릴게요. 혹시 모르니까 잘 간수하고 계세요."

"그래요. 나도 이게 필요 없었으면 좋겠어요. 그이만 돌아오면……."

부인은 또다시 한숨을 내쉬었다.

위지원 변호사는 부인과 그 후로도 이야기를 조금 더 나누었고 다시 사무실로 돌아왔다. 그녀는 혁민에게 다가가서는 의기양양하게 이야기했다.

"선배님. 제가 오늘 저녁은 살게요."

"좋은 일 있었구나. 갔던 일이 잘되었나 본데? 표정을 보니까 말이야."

"그럼요. 누가 가서 한 일인데요!"

위지원 변호사는 혁민에게 윤 팀장의 부인과 나누었던 이야기를 모두 해주었다. 그리고 핸드폰으로 찍은 수첩도 보여주었고.

"이야, 이거 일 제대로 했는데? 사실 정보나 그런 것도 중요하지만, 사람의 마음을 움직인다는 게 정말 어렵고 대단한 일이거든. 그런 의미에서 오늘 저녁은 내가 사야겠다."

혁민은 정말 잘했다면서 칭찬을 아끼지 않았다.

"그나저나 정말 돌아가시지 않았으면 좋겠는데……."

"그게 최선이지만 그렇지 않을 확률이 훨씬 높으니까……."

혁민은 최대한 이 사건에 관해 알리고 제대로 보상을 받을 수 있게 하는 게 그나마 남은 유족들을 위한 길이 될 것이라고 이야기했다.

"제대로 받아내야지. 적극적 손해, 소극적 손해는 물론이고 위자료까지 왕창."

손해배상은 손해 삼분설에 의해 적극적 손해(치료비나 장례비), 소극적 손해(일실이익), 위자료(정신적 손해)의 세 가지로 나누어 판단하게 된다.

일실이익이란 사건이 발생하지 않았다면 얻을 수 있었다고 생각되는 이익으로 망자의 사망 전 월 임금과 통상적으로 예상되는 임금 인상분을 고려해서 산정한다.

"만약 이 소송을 진행하면 특히 위자료에 중점을 둘 생각이야."

"위자료요? 법원에서 정한 기준 금액이 있지 않나요?"

"있지. 사망자의 경우 8천만 원이 기준인데, 이번 경우는 특별하니까. 그러니까 일반적인 경우와는 다르게 가야지."

혁민은 일단은 윤 팀장이 살아 있기를 기원하면서 장중범의 소송에 집중하자고 이야기했다.

"그런데요, 그 사람들은 도대체 누굴까요?"

"응? 어떤 사람들?"

혁민의 질문에 위지원 변호사는 지금까지 이런 일을 벌인 사람들이 도대체 누구인지 궁금하다고 말했다. 그리고 이렇게까지 사람들 모르게 그런 일을 처리할 수 있다는 게 믿어지지 않는다고 했다.

"사실 사람들이 보고 듣는 세상은 빙산의 일각인지도 몰라."

혁민은 정말 거대한 권력과 암투가 오가는 전장은 사람들은 전혀 모르는 세상일지도 모른다고 말했다. 알더라도 소설이나 영화에 나오는 비현실적인 세상처럼 느껴질 것이라고 생각되었다. 자신과는 전혀 상관없는 그런 세상이라고 느낄 테니까.

보통 사람이라면 자신의 이익을 위해서 어떤 사람을 죽여야 겠다고 쉽게 생각하지는 못한다. 하루에도 몇 번이나 그런 충동이 들기는 하지만 그냥 생각일 뿐.

"'저 인간을 죽이고 싶다. 정말 죽여 버릴 거야' 이런 식으로 생각하거나 말은 하지. 하지만 실행에 옮기는 사람은 없잖아. 그런데 그 사람들은 그런 걸 거리끼지 않는 것 같거든. 한두 번 해서는 그러기 어렵지."

"그러니까 이해가 되지 않아요. 어떻게 그럴 수가 있는지. 그리고 그런 게 이렇게 완벽하게 숨겨질 수도 있는 건지."

혁민도 그 세상에 관해서는 잘은 모른다. 그저 조금 엿본 정도라고나 할까. 하지만 그런 게 불가능하다고 생각되지는 않았다.

"불가능할 것까지는 없어. 자살로 위장하거나 아무도 모르게 처리하는 게 사실 전문가들에게는 그렇게까지 어려운 일은 아닌 것 같거든."

혁민도 그런 일이 이렇게까지 쉬울 것이라고는 생각지 않았다. 하지만 겪어보고 이야기를 들어보니 그렇게까지 어려운 일도 아니라는 생각이 들었다.

물론 몇 가지 조건이 있다. 그중에서 가장 중요한 건 검찰에 강력한 영향력을 미칠 수 있어야 한다는 거다. 대한민국의 수사권은 검찰이 독점하고 있다. 그러니 사건이 일어나도 검찰에서 수사를 종결하면 그걸로 끝나는 거다.

"다소 의혹이 있더라도 검찰이 자살로 결론 내리면 그걸로 끝난다는 거지."

"하긴 그렇겠네요. 그래도 얼토당토않은 걸 그렇게 할 수는 없는 거잖아요."

"그러니까 그 사람들도 전문가들에게 일을 맡기는 거지. 이런 일을 처리하는 전문가들 말이야. 그리고 우리가 보아온 사건 대부분을 그 사람들이 처리한 거고."

살인이나 고문, 각종 사건의 뒤처리에 특화된 인물들을 모아서 조직을 만들어서 사건이 생기면 나선다. 그 와중에 발생하는 사소한 문제는 강력한 배후가 움직여서 덮어버린다.

"이게 내가 파악한 기본적인 구조야. 그리고 배후와 조직을 연결하는 접점에 있는 인물. 그 인물이 가장 핵심적인 인물이지. 그쪽 사람들에게 선생님이라고 불리는 인물 말이야."

"아! 비슷한 경우 본 것 같아요. 문제가 생기더라도 배후가 드러나지 않게 하려고 접점은 최소화하는 거죠?"

"그렇지. 그래서 양쪽은 서로에 관해서 잘 모른다고 하더라고. 사실 알 필요도 없고."

그건 백 선생이 해준 말이었다. 사실 권력자들은 누가 일을 했는지는 전혀 상관하지 않는다고 했다. 자신이 원하는 일만 잡음 없이 처리되면 그걸로 충분하다는 거였다.

"저는 음모론이나 이런 데 나오는 게 다 지어낸 건 줄 알았거든요. 그런데 그 음모론이 오히려 아주 일부분일 수도 있다는 생각이 드네요. 아유, 소름 끼쳐."

위지원 변호사는 말을 하고는 몸을 부르르 떨었고, 그녀의

팔에는 소름이 쫙 돋아 있었다. 혁민도 마찬가지 심정이었다. 더구나 그런 일에 휘말려서 예전에 자신과 율희가 살해당했다는 걸 생각하면 치가 떨렸다.

"그런데 아무도 그런 사실을 모르지. 왜냐하면, 그자들은 뒤에 숨어 있고 전면에 내세우는 사람들이 따로 있으니까. 사람들은 그 사람들만 보고 있는 거야."

"커다란 연극을 보고 있는 느낌이에요. 가끔은 내가 지금 살고 있는 세상도 가짜가 아닌가 하는 생각이 들 때가 있다니까요."

위지원 변호사는 머리를 저었다. 너무나도 큰일을 겪다 보니 혼란스러워져서 그런 거였다. 그녀는 영화 매트릭스가 사실일지도 모른다는 말을 했다. 혁민은 피식 웃고는 이야기를 끊었다. 자꾸만 이상한 방향으로 얘기가 흐르는 것 같아서였다.

"그런 이야기는 그만하고 위 변호사는 내가 이야기한 사람들 좀 만나서 이야기 좀 잘해봐. 내가 얘기해 준 건 알고 있지?"

"예, 걱정하지 마세요. 제가 꼭 설득해서 나오도록 할 테니까요."

상대가 상대인 만큼 엄청난 판을 만들고 있었다. 어중간한 시도는 하나 마나일 테니 겹겹이 싸인 베일에 숨어 있는 상대도 기어 나오지 않고서는 못 배길 정도로 큰 판을 짜고 있었다. 그렇지 않고서는 승산이 없었다.

막말로 무언가 해보려고 깔짝깔짝댔다가는 어느 순간에 사라질지 모르는 일이었다. 그러니 사람들의 이목이 집중되게 만들어서 누구도 손을 대지 못할 정도로 만들어야 했다.

"그래, 수고 좀 해줘. 내가 움직이면 좋겠지만, 알다시피 좀 그래서……."

"알았어요. 저도 법원 가서 변론하는 것보다 이런 일 하는 게 더 즐거워요. 원래 변호사 체질이 아니었나 봐요."

위지원 변호사는 키득대며 웃다가 내일부터 사람들 만나서 잘 이야기하겠다고 말했다.

"그래, 부탁해. 나는 약속 있어서 지금 나가봐야겠어."

"예, 그러세요. 저는 정리할 게 좀 남아서 일 좀 하다가 들어갈게요."

혁민은 사무실에서 나와 민주엽을 만나러 갔다. 하지만 바로 민주엽과 이야기를 나누지는 못했다. 율희가 있었기 때문이었다.

사실 율희는 아무런 이야기도 하지 않았다. 혁민이 바로 민주엽과 이야기를 하더라도 그냥 자리를 피해 있을 것이다. 불만 같은 것도 크게 내색하지 않은 채로. 하지만 혁민이 불편했다.

요즘 그녀에게 신경을 많이 써주지 못한 게 미안했다. 늘 괜찮다고 하면서 자신을 격려해 주고 힘을 북돋워주는 그녀이기에 미안함이 더 컸다.

'예전에는 그런 것도 모르고 오히려 짜증도 부리고 그랬지.'

정말 철없던 시절의 이야기였다. 남자는 나이를 먹는다고 해서 현명해지고 그러는 건 아닌 것 같았다. 자신에게 잘해주는 사람에게는 그 소중함을 모르고 오히려 막 대하는 경우가 많았다.

자신이 맡은 사건에서도 그런 경우를 종종 보았고, 심지어는 자신조차 그랬다. 정말 나중에나 그런 사실을 알았다. 아무리 후회해도 돌이키기 어려운 그런 때가 되어야 그런 걸 알았다. 그래서 지금은 그런 후회는 남기지 않아야겠다고 다짐했다.

그래서 민주엽에게 양해를 구하고 율희와 먼저 이야기를 나누었다. 그리고 알 수 있었다. 율희도 혁민의 관심과 애정을 기다리고 있었다는 사실을. 표정이 그렇게 밝고 행복해 보일 수가 없었다.

'그래, 이렇게 보여주면 되는 거야. 내가 사랑하고 있다는 걸. 그리고 내가 언제나 생각하고 있고, 가슴에 소중하게 담고 있다는 걸.'

혁민은 잠깐이었지만 요즘 들어 가장 행복한 시간을 보냈다. 정말 별거 아닌 이야기였는데 대화를 나누는 동안에는 정말 다른 세상에 와 있는 느낌이 들었다.

그녀의 작은 미소에 더러운 꼴을 보면서 지저분해졌던 마음이 말끔히 정화되는 듯했다. 그리고 그녀의 웃음소리에 모든 피로가 몸에서 싹 빠져나가는 기분이 들었고. 행복이란 건 정말 아주 작은 것에서 만들어지는 거라는 걸 다시금 느꼈다.

그리고 이런 소중한 것들을 지키기 위해서라도 거대한 힘과 권력에 심취해 있는 자들에게 맞서야겠다고 다짐했다. 그런 걸 하라고 자신이 다시 돌아온 것이라고 생각하면서.

"그래, 얘기는 끝난 건가?"

"예, 그동안 너무 신경을 써주지 못한 것 같아서요."

게다가 앞으로도 그럴 확률이 높았다. 워낙 이런저런 일이 많이 벌어질 것이라서. 게다가 가능하면 같이 있지 않으려고 했다. 같이 있다가 무슨 일을 당할지 모른다는 생각을 해서 그런 거였다.

그래도 종종 이렇게 같이 시간도 보내고 이야기도 나눌 생각이었다. 많은 시간을 함께하는 것보다는 짧은 시간이라도 서로를 생각하는 진한 마음을 느낄 수 있으면 되는 거니까. 민주엽은 딸을 위하는 혁민의 마음을 아는지 흡족해하는 표정을 하고 있었다.

"준비는 잘되어가고 있고?"

"예, 변수가 워낙 많아서 좀 힘들 수도 있겠지만, 일단 가능한 부분은 준비하고 있습니다."

민주엽은 고개를 끄덕이고는 궁금한 게 있다는 듯 물었다.

"그런데 말이야, 중범이가 지금 사망했다고 처리가 되어 있잖아. 그런데 소송을 하거나 하는 게 가능한 건가? 먼저 신원부터 살려야 하는 거는 아니고?"

"아, 그거요? 실종선고를 받고 사망 간주가 된 상태라도 공법상 권리를 행사하는 데는 아무런 문제가 없습니다."

혁민은 간단하게 설명을 했다.

"사망을 인정받으려면 먼저 실종선고를 받아야 하거든요. 아무나 막 죽었다고 할 수는 없는 거잖아요. 그래서 민법에 부재자의 생사가 5년간 분명하지 아니한 때에는 법원은 이해관계인이나 검사의 청구에 의하여 실종선고를 하여야 한다고 되어 있습니다."

"하기야 그렇겠지. 그런데 검사가 청구를 할 수도 있는 거구만."

혁민은 그래서 장중범의 일에 무언가 힘이 개입해 있는 거라고 이야기했다. 마치 그가 죽은 것으로 빨리 인정되기를 바라는 것처럼 일이 진행되었기 때문이었다.

"제 생각에는 뭔가 다른 이유가 있었을 것 같더군요. 그렇지 않았다면 그 일을 숨기면 숨겼지 굳이 사망했다는 걸 확정할 필요가 없을 것 같거든요."

"흐음… 자네 말대로 부담스러운 일이니까 굳이 나서서 그럴 이유는 없어 보이는군."

상황을 보면 장중범의 일이 알려지는 걸 별로 원하지 않는 듯했다. 내부에서도 쉬쉬하고 입단속을 하는 것으로 보아 짐작할 수 있었다. 그런데 사망선고를 받아내는 건 무척이나 적극적으로 움직인 것처럼 보였다.

"이유는 모르겠지만, 분명히 무언가 있는 것 같더라고요. 그러니까 가족들은 가만히 있는데 알리지도 않고 검사가 일을 진행했겠죠."

"흐음… 확실히 뭔가 이유가 있긴 한 것 같군……."

하지만 어떤 이유에서인지는 알 수 없었다. 혁민은 의문은 내버려 두고 바로 말을 이었다.

"그런데 이건 5년이 걸리거든요. 물론 전쟁이나 선박의 침몰, 항공기의 추락 기타 위난이 종료한 후 1년간 분명하지 아니한 때에도 마찬가지 효력이 있긴 한데, 그런 상황을 적용시킬 수는 없었나 보더군요."

"아무래도 그렇게까지 조작을 하려면 흔적이 너무 남으니까 그랬겠지."

"예, 그런 것 같더군요. 그런데 실종선고를 받은 자는 전조의 기간이 만료한 때에 사망한 것으로 보거든요. 그러니까 실종된 지 5년이 지나면 사망한 것으로 간주하는 거죠."

혁민은 실종선고가 확정되어 사망 간주의 효과가 발생한 후에 실종자가 살아 돌아왔을 경우는 의제 효과를 번복하는 것과 같은 효력이 있다고 말했다. 쉽게 말해서 사망선고가 무효가 된다는 말이다.

"그래서 아무런 문제가 없습니다. 이게 문제가 되는 건 사법상의 문제인데, 특히 상속이 이루어진 경우 문제가 될 수가 있죠."

"그건 그렇겠군. 죽은 줄 알고 재산을 상속했는데 살아서 돌아왔으니 말이야."

"예, 그런 경우가 아주 간혹 있거든요. 그런데 소송을 제기하는 것 같은 건 전혀 문제가 없습니다. 사망한 것으로 되어 있었다고 하더라도 살아 돌아왔다면 말이죠."

민주엽은 그건 다행이라고 생각했다. 만약 신원을 회복해야한다면 그사이에 저들이 개입할 것이라고 생각했기 때문이었다.

"내가 그것 때문에 걱정이 많았거든. 상식적으로 신원을 먼저 회복해야 소송을 할 수 있다고 생각했으니까 말이야."

"그런 문제가 있다면 제가 다른 식으로 방법을 찾았겠죠."

혁민은 웃으면서 이야기했다. 사실 이런 경우로 문제가 생기는 경우가 종종 있다. 어떤 사람이 사망했다고 인정되어서 권리와 의무의 변동이 발생한 경우 이를 소급하여 회복되는 경우 많은 문제가 있다. 예컨대 상속이나 보험금 수령, 배우자의 재혼과 같은 문제이다.

재산의 경우에는 실종의 선고를 직접 원인으로 하여 재산을 취득한 자가 선의인 경우에는 그 받은 이익이 현존하는 한도에서 반환할 의무가 있고 악의인 경우에는 그 받은 이익에 이자를 붙여서 반환하고 손해가 있으면 이를 배상하여야 한다.

"중범이의 경우에는 그런 거야 문제도 아니니까."

"그럼요. 가족은 가장이 살아서 돌아온 게 가장 큰 선물일 테고, 본인에게는 가족을 만날 수 있는 게 세상 어떤 것보다도 값진 거겠죠."

혁민은 거기에는 문제가 없으니 저들에게 경계심을 주지 않으면서 일을 진행할 수 있다고 이야기했다.

"다행이야. 그러면 이제 기습적으로 소송하고 알리면 되는 건가?"

"그것만 가지고는 좀 약할 것 같아서요."

혁민은 조금 더 강렬하고 임팩트 있게 무대를 만들려고 준비 중이라고 했다.

"그래? 그런데 그게 가능한가?"

"가능하게 만들어야죠. 일단은 상대를 무대로 불러들이는 것부터."

혁민은 재미있는 일이 곧 벌어질 거라면서 웃었다.

*　　　*　　　*

혁민은 준비가 마무리되자 한 실장을 불렀다.

"연락이 왔습니다. 내일 만나자고 하더군요."

"연락이? 어제 연락이 온 건가? 그 사람으로부터?"

혁민이 고개를 끄덕이자 한 실장의 얼굴이 구겨졌다. 그 남자가 접근하는 걸 또 놓쳤기 때문이었다. 한 실장은 요원들을 제대로 족쳐야겠다고 생각했다. 하지만 그건 나중 일. 그는 혁민에게 자세한 내용을 물었다.

"어디서 만나기로 했나? 시간은?"

혁민은 시간과 장소를 알려주었다. 여의도 공원에서 낮 2시에 만나기로 했다고. 이야기를 들은 한 실장은 고개를 갸웃거렸다. 사람들의 시선을 피해 은밀한 곳에서 만날 줄 알았는데 전혀 그렇지 않은 장소라서 그런 거였다.

"여의도 공원? 흐음… 하기야 사람도 많고 하니 오히려 그게 더 좋다고 생각했을 수도 있겠군. 나무는 숲에 숨겨라. 이거지?"

하지만 한 실장은 그런 생각이 오히려 독이 될 것이라고 생각하면서 슬며시 웃었다. 장소도 넓고 사람도 많아서 사람들을 배치하기 좋았기 때문이었다. 그리고 상대가 도망친다 해도 추격하기가 편했고.

그는 혹시 모르는 일이니 아예 헬기까지 준비하는 게 좋겠다고 생각했다. 그럴 일은 없겠지만, 혹시라도 그들을 놓치면 정말 큰일이다. 이렇게 좋은 기회가 다시는 오지 않을 테니 만반의 준비를 하려는 거였다.

"오케이. 그런데 확실한 거지?"

"그럼요. 거짓말이면 바로 내일 들통날 텐데 제가 뭐하러 거짓말을 하겠습니까."

대답을 듣고는 한 실장은 만족스럽다는 표정을 지으며 웃었다.

"그냥 확인차 물어본 말이야. 신경 쓰지 말라고. 아, 그리고 내가 이야기한 건 지킬 테니까 걱정하지 말고."

한 실장은 앞으로 잘나가게 될 것이니 축하한다고 이야기했다. 하지만 속으로는 다른 생각을 하고 있었다. 장중범이나 백

베일 189

선생과 같이 엮어서 끝장을 내버리겠다는 속셈이었다.

"그런데 정말 장중범과 백 선생. 둘 다 나오는 거지?"

"그렇다니까요. 내일 직접 볼 수 있을 겁니다."

한 실장은 거듭 확인하고는 바로 밖으로 나갔다. 아마도 두 명을 잡을 준비를 하기 위해서일 것이다. 그가 나가자 혁민은 혁민대로 준비를 시작했다.

준비의 시작은 일단 사무실로 가서 상황을 확인하는 것부터 였다.

"어떻게 되었어?"

"제가 이런 거는 잘한다니까요. 절반 이상은 나오겠다고 했어요."

"그래? 생각보다 성과가 좋은데?"

위지원 변호사는 생각보다 사람들의 호응이 좋았다고 이야기했다. 그러고는 내일 두 시 전에 여의도 공원으로 오기로 했다고 말했다.

"뭐라고 그랬는데 나온다고 한 거야? 자세한 이야기는 해주지도 않았을 건데."

"대박 사건이 일어날 거라고 했죠. 만약 그렇지 않으면 제가 데이트해 준다고 했더니 남자들은 거의 다 나온다고 하던데요?"

혁민은 커피를 마시다가 내뿜을 뻔했다. 위지원 변호사는 왜 그런 반응을 보이냐면서 눈을 흘겼다. 그리고 자기 정도면 그래도 괜찮다고 하면서 모델 같은 포즈를 취해 보였다.

"자기들은 손해 볼 거 없잖아요. 잘하면 대박 사건 무는 거고, 아니면 미녀와 데이트를 하는 거고. 뭐 어차피 사건이 일어날 거니까 그럴 리는 없겠지만 말이에요."

"하여간 남자들이란… 너 그러다가 만약에 잘못돼서 사건이 일어나지 않으면 어쩌려고?"

"그러면 뭐 약속했던 사람들하고 한꺼번에 데이트하면 되는 거죠. 둘이서 데이트하겠다는 말은 안 했거든요."

혁민은 피식 웃으면서 고개를 저었다.

"이야, 너도 이제 능구렁이 다 되어가는구나. 이제 하산해야 할 때가 온 것 같다."

"에이, 무슨 말씀이세요. 선배님에 비하면 아직 걸음마 하는 수준인데요."

위지원 변호사는 장난스럽게 대꾸했다. 혁민은 그녀를 처음에 보았을 때와 비교하면 정말 장족의 발전을 했다고 느꼈다.

"그러면 거의 준비는 다 된 거고……."

"그런데요, 선배님."

갑자기 위지원 변호사가 약간 걱정이 된다는 표정으로 이야기했다.

"소송한다고 해도 이게 입증하는 게 어렵지 않을까요? 사실 정보기관의 내부 자료를 요청해야 할 것 같은데 그쪽에서 순순히 넘겨줄지도 의문이고……."

"당연히 거부하겠지."

혁민은 당연히 입증하는 게 쉽지 않을 거라고 이야기했다. 어디 그것만이겠는가. 증인을 부르는 일도 쉽지 않을 것이다.

민사소송법 제306조에 공무원 또는 공무원이었던 사람을 증인으로 하여 직무상 비밀에 관한 사항을 신문할 경우에 법원은 그 소속 관청 또는 감독관청의 동의를 받아야 한다고 되어 있다.

당연히 장중범의 사건을 파악하려면 정보기관의 요원을 증인으로 신청해야 한다. 그런데 그러려면 정보기관의 장이 동의해야 한다.

"동의해 주겠어? 보나 마나 뻔하지. 그러니까 소송을 시작하는 건 정말 한 발 내딛는 것에 불과하다고. 목적지까지 가려면 고개를 몇 개는 더 넘어야 할 거야."

"그럼 거기에 대한 대비는 다 되어 있으신 거예요?"

혁민은 고개를 저었다. 어느 정도 생각하고 있는 건 있었지만, 완벽한 건 아니었다.

"지금은 모든 걸 완벽하게 준비하고 시작할 수가 없어. 상대가 그럴 만한 여유를 주지 않으니까. 그러니 지금은 일단 치고 나가야 해."

"그건 알지만… 기껏 일을 벌여놓았는데 수습하지 못하면 오히려 좋지 않은 결과가 나올 수도 있을 것 같아서요. 좀 걱정돼요, 선배님."

위지원 변호사는 기대도 크지만 그만큼 걱정도 많이 된다고 이야기했다. 혁민은 불안해하는 위지원 변호사를 바라보면서 잠깐 앉아보라고 말했다. 그녀가 앞에 앉자 혁민은 불안해할 필요 없다고 이야기했다.

"그냥 지금 상황에서 최선을 다하면 되는 거야. 지금은 그것만 하자고. 아직 벌어지지 않은 걸 벌써부터 걱정할 건 없잖아?"

혁민은 차분하게 이야기했고, 일단 내일 일부터 제대로 준비하자고 말했다. 위지원 변호사는 슬며시 웃으면서 고개를 끄덕였다. 조금 전까지 불안해하던 어두운 그림자가 대부분 걷힌 얼굴을 하고서.

* * *

"아직인가?"

―예, 아직까지는 별다른 움직임이 보이지 않습니다.

한 실장은 시계를 보았다. 한 시 사십오 분. 아직 시간이 남았지만, 이상하게 초조한 기분이 들었다.

정말 별거 아닌 일이었다. 이보다 훨씬 어려운 작전도 수행해 봤고, 더 큰 고비도 넘겨봤다. 하지만 가장 긴장이 되고 초조한 건 지금이었다. 스스로도 이해가 되지 않았다. 정말 손쉬운 일인데 이렇게까지 긴장이 된다는 것이.

'마지막이라서 그런 건가? 아니면 나이를 먹어서 그런 건가.'

한 실장은 이번 일만 잘 마무리되면 이제는 전혀 다른 삶을 살아갈 것이라고 생각하면서 마음을 고쳐먹었다.

"그래, 두 놈을 잡아들이고, 그놈까지 제끼는 거야."

그동안 모아놓은 자료만 있으면 충분히 승산이 있다고 생각했다. 다른 사람이야 선생님을 배신하는 걸 꿈에도 생각지 못하겠지만, 자신은 다르다. 자신도 나름대로 구축한 권력자들과 연줄이 있었으니까.

그리고 그들은 누가 일을 하는지는 중요하지 않다. 누가 되었든 일만 잘 처리하면 되는 거다. 그런 점을 강조하면서 그들을 설득하면 자신이 원하는 걸 얻는 일은 그리 어렵지 않을 것이다.

그러려면 지금이 중요했다. 장중범과 백 선생을 자신이 잡아야 일을 진행하기 쉬우니까. 둘을 잡으면 선생님에게 인계하지 않고 자신이 데리고 있으면서 정보를 더 캐낼 생각이었다. 그리고 권력자들과 협상을 할 때도 써먹을 것이고.

"언제 나타날지 모르니까 정신들 바짝 차려. 이번 일이 얼마나 중요한 일인지는 설명을 들었으니 다들 알 거야. 오늘 만약 실수하는 놈이 있으면 그놈은 내 손에 죽을 줄 알아. 다들 알았어?"

한 실장의 일갈에 사람들이 대답했다.

"주변에 이상한 점은 없고?"

—특별한 건 보이지 않습니다. 그런데 사람들이 생각보다 많은 것 같습니다.

한 실장도 비슷한 생각을 했다. 여의도 공원에 평소에도 사람이 이렇게 많은가 싶었던 거였다. 그 정도로 사람들이 많았다. 하지만 별다른 문제는 아니라고 생각했다. 장중범과 백 선생을 잡아가는 걸 사람들이 보더라도 범죄자가 잡혀가나 보다 할 테니까.

"그것 말고는 다른 점은?"

—여자 변호사가 여러 사람하고 이야기를 나누고 있는데 어떻게 할까요?

"여자 변호사가? 어떤 사람들인데? 혹시 이쪽 계통의 사람으로 보이던가?"

—아니요, 그렇지는 않습니다. 그냥 평범한 일반인들입니다.

한 실장은 고개를 갸웃거렸다. 혹시 몰라서 방송이나 언론 쪽은 싹 살폈다. 기자나 꼬이거나 방송에서 나서면 문제가 심각하니까. 전에도 혁민이 언론과 방송을 이용하려고 하지 않았던가. 그래서 조심하자는 차원에서 점검을 해보았는데, 그쪽에서는 전혀 움직임이 없었다.

"일반인들이라……."

한 실장은 잠시 고민하다가 그냥 내버려 두라고 이야기했다.

"어차피 둘만 잡으면 끝이야. 그러니 내버려 둬."

—예, 알겠습니다.

혹시나 이쪽 계통의 인물처럼 보인다면야 신경을 쓰겠지만, 평범한 일반인이라면 굳이 신경을 분산시킬 이유는 없었다.

오히려 그쪽에 신경을 쓰다가 정작 중요한 두 사람을 놓치는 일이 생길 수도 있으니까.

한 실장은 그렇게 명령을 내려놓고는 시계를 보면서 초조하게 두 사람이 나타나기를 기다렸다. 가끔 혁민을 쳐다보았는데, 혁민도 고개를 이리저리 돌리면서 두 사람이 나타나기를 기다리고 있었다. 가끔 시계를 보는 것이 혁민도 초조함을 느끼는 듯했다.

그렇게 시간이 흐르고 두 시가 넘었는데도 두 사람은 나타나지 않았다. 한 실장은 혹시 두 사람이 눈치를 채고 나타나지 않는 건 아닐까 하는 생각이 들었다.

'예전에도 그런 경우가 있었지.'

작전 중에 그런 경우가 왕왕 있다. 정보가 새 나갔든가, 아니면 상대가 어떤 낌새를 눈치채고 피하는 경우. 한 실장은 그런 경우라면 곤란하다는 생각이 들었다.

'경계심을 갖게 되면 잡기가 더 어려울 건데… 그렇게 되면 내 계획에 차질이 생기는데…….'

한 실장은 선생님을 가능한 한 빨리 제거할 생각이었다. 시간이 조금만 더 지나면 자신이 어떻게 해볼 수 없는 상황이 되니까 그 전에 처리하려는 거였다. 그러려면 오늘 두 사람을 잡아서 자신이 데리고 있어야 한다.

한 실장은 초조하게 두 사람이 나타나기를 기다리면서 혁민이 있는 곳을 다시 쳐다보았다. 혁민도 초조한 기색이 역력해 보였고, 위지원 변호사가 혁민 주변의 사람들과 무언가 이야기를 나누고 있었다. 아주 밝게 웃으면서. 그리고 그때 혁민에게 접근하는 사람들이 보였다.

　─온 것 같습니다.

　"다들 준비해. 확인되면 바로 덮친다."

　한 실장은 주의 깊게 혁민을 바라보았다. 두 사람이 맞는다면 혁민이 신호를 보낼 것이다. 그런데 한 실장의 시야에 이상한 장면이 보였다. 위지원 변호사가 주변 사람들에게 종이를 나누어 주는 장면이었다.

　"뭐야? 뭘 나눠 주는 거지?"

　조금 이상하다는 생각은 들었지만, 그것보다는 혁민에게 접근하는 사람들에게 신경을 집중했다. 그런데 몇 명이 혁민에게 다가갈수록 주변에서 사람들이 웅성거리는 소리가 커졌다. 조금 떨어져 있는 한 실장에게도 들릴 정도로.

　"무슨 일이야?"

　─저희도 잘 모르겠습니다. 종이를 받아 들고는 사람들이 뭐라고 얘기를 하는데요? 그리고 뭘 찍고 있는 것 같기도 합니다.

　"찍어? 뭘 찍는데? 방송국이나 그런 데서 나온 거야?"

　─아닙니다. 방송용 장비는 아니고 그냥 개인이 사용하는 장비나 핸드폰으로 촬영하는 것 같습니다.

　도대체 무슨 일인지 몰라서 어리둥절해하고 있을 때, 혁민이 어깨를 돌렸다. 장중범과 백 선생이 맞는다는 신호.

　"덮쳐!!"

한 실장의 말에 대기하고 있던 자들이 우르르 몰려들었다. 그런데 주변에 있던 사람들이 일제히 몰려드는 사람을 찍기 시작했다. 그리고 요원들의 귀에는 이상한 소리가 들렸다.

"저 사람들입니다. 요원을 스파이로 몰아서 죽이려고 한 놈들이랍니다."

"우아, 이거 정말 대박 아닙니까? 영화 스토립니다, 영화 스토리. 정말 대한민국 이래도 되는 겁니까? 비제이 대마도사, 정말 울화통이 치밉니다. 이야, 이것들아! 니들이 그럴 수가 있냐!?'

요원들은 분위기가 이상해지고 있다는 걸 확연하게 느꼈다. 그들은 장중범과 백 선생에게 접근하려고 했지만, 사람들이 그들을 가로막았다. 요원들은 당황해서 한 실장에게 물었다.

─실장님. 뭔가 잘못된 것 같습니다. 사람들이 가로막고 있어서 접근하기 어렵습니다.

"그냥 다 밀어붙이고 잡아!"

─그게… 일반인들인데 손을 쓰기가…….

사람들의 수가 워낙 많다 보니 그들을 뚫고 지나갈 수가 없었다. 게다가 핸드폰이나 카메라로 촬영하고 있다는 것도 부담스러웠다. 사람들은 요원들에게 손가락질하면서 비난을 퍼부었다.

그리고 사람으로 만들어진 커다란 원 중앙에서 혁민은 장중범과 백 선생의 손을 맞잡은 채 웃고 있었다.

"잘 오셨습니다. 이제는 밝은 데로 나와서 싸우는 겁니다.

상대를 가리고 있는 베일도 싹 다 걷어버리고요. 이제부터 시작합니다."

혁민은 주변에서 환호하는 개인 방송 유명 비제이들과 애청자들 사이에서 번쩍 손을 들어 올렸다. 마치 승리를 장담하듯이.

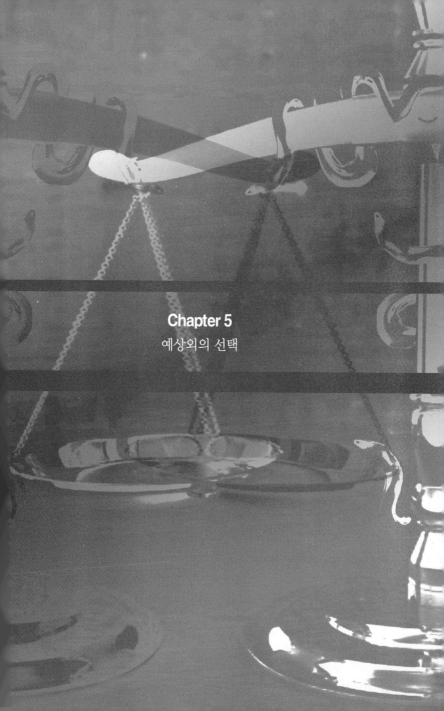

Chapter 5

예상외의 선택

인터넷에서는 여의도 공원에서 있었던 깜짝쇼가 단연 화제
였다. 아니, 화제라는 말로는 돌아가는 분위기를 다 표현하지
못할 정도로 엄청났다.

"한 실장? 뭐라고 얘기를 해야지?"

"그게……."

한 실장은 우물쭈물하면서 쉽게 입을 열지 못했다. 마음 같
아서는 눈앞에 있는 자와 만나기도 싫었지만, 피한다고 일이
해결되는 건 아니다. 그래서 도살장에 끌려가는 짐승 같은 표
정을 한 채 앉아 있는 것이다.

"이거 보라고, 이거. 일이 왜 이렇게 되었는지 설명을 해주
어야지, 한 실장?"

선생님의 목소리는 크지 않았지만 진득한 분노가 깔려 있었다. 그가 돌린 모니터에는 여러 영상이 보이고 있었는데 하나같이 여의도 공원을 찍은 장면이었다.

혁민과 위지원 변호사가 섭외한 사람들은 개인 방송의 인기 BJ들이었다. 가장 인기 있는 BJ를 섭외할 수 있었으면 좋았겠지만, 그런 BJ는 만나서 이야기해도 큰 관심을 보이지 않았다. 잘나가고 있으니 굳이 변화를 줄 생각이 없었던 것이다.

혁민은 자신이 너무 일을 쉽게 생각했다고 판단하고는 바로 전략을 수정했다. 최정상급은 아니지만 그래도 인기가 있는 BJ들과 접촉한 것이다. 그리고 대박 아이템이 있다고 이야기를 한 것이다.

"미리 얘기했지만, 오늘 여기서 대박 사건이 벌어진다고 합니다아. 여러분, 궁금하지 않으십니까. 무슨 사건이냐고? 나도 모르지이."

선생님은 모니터에 영상 중 다른 건 멈추고 하나를 전체 화면으로 키웠다. 젊은 남자가 무척이나 들뜬 표정으로 여의도 공원에서 엄청난 사건이 벌어진다고 계속해서 이야기하고 있었다.

선생님은 한 실장을 쳐다보았지만, 여전히 묵묵부답이었다. 지금 이야기를 꺼내봐야 본전도 찾지 못한다는 걸 잘 알기 때문이었다. 그러자 선생님으로 불리는 자가 입을 열었다.

"그래, 뭐 이런 방송이 있다는 거 슬쩍 듣기는 했어. 이상한 거 많이 나온다는데 애새끼들은 그걸 또 좋다고 본다고 하더구만."

그가 이야기하는 사이에도 BJ는 쉴 새 없이 떠들고 있었다. 이렇게 야외에 나와서 방송을 하는 게 정말 오랜만이라면서. 사실 대부분은 정해진 장소에서 방송을 한다. 하지만 모두가 언제나 그런 것은 아니다. 가끔 야외에서 방송을 하는 경우도 있다.

하지만 이런 식으로 취재하듯 방송을 하는 건 극히 드문 일이었다. 더구나 엄청난 사건이라는 이야기를 방송이 있는 날 전부터 계속해 왔기 때문에 사람들의 관심이 높았다. 물론 아주 젊은 층만 아는 이야기였다.

한 실장이나 선생님과 같은 기성세대들은 잘 모르는 그런 문화. 혁민은 언론이나 방송을 활용할 수 없게 되자 BJ를 활용해서 이 사건을 널리 알리는 방법을 생각해 낸 거였다.

"어? 이게 뭐지?"

화면에는 위지원 변호사가 종이를 나누어 주는 광경이 보이고 있었다. BJ는 종이를 쳐다보더니 어리둥절한 표정이었다. 같이 나온 다른 사람들도 비슷한 반응이었고. 그럴 수밖에 없는 것이 정보기관이 요원을 스파이로 몰아서 죽이려 했다는 내용이 적혀 있었기 때문이었다.

화면에 종이가 보였는데 굵은 글씨로 맨 위에 그 내용이 있어서 눈에 확 들어왔다. 사람들은 웅성거리기 시작했고, 화면에는 저 멀리 있는 사람들도 동요하는 것이 보였다. 영화에나 나올 법한 내용이었기 때문이었다.

"죽을 고비를 넘긴 그 요원은 억울한 누명을 벗기 위해서 지금 이곳으로 오고 있습니다?"

옆에 있는 사람들도 내용을 확인하고는 놀란 표정으로 말했다. 여러 사람이 한꺼번에 웅성거리니 아주 시끌시끌했다.

"정보기관에서 그를 잡아서 입을 막으려고 한다? 이거 진짜야?"

"진짜면 정말 대박이네."

"야. 이거 이상한 거 아냐? 무슨 쑈 같은 거 하는 거 같은데?"

종이의 가장 아래에는 그 요원은 목숨을 걸고 이 자리에 나오고 있다. 요원들에게 잡혀갈지도 모른다. 그러니 여러분이 그걸 생생하게 기록해 달라고 적혀 있었다. 사람들은 그때까지만 해도 의견이 분분했다.

방송국에서 하는 어떤 프로그램 같다는 말도 나왔다. 하지만 그만큼 긴장감은 점점 팽팽해지고 있었다. 자신들이 영화 속에 나오는 인물이 된 것 같은 그런 기분을 느끼고 있는 거였다. 그리고 상황은 갑자기 변했다.

몇 명의 사람이 혁민에게 접근하고 조금 이따가 갑자기 정장을 입은 건장한 남자들이 뛰어오면서 그 사람들에게 접근했다. 그러자 갑자기 누군가 외쳤다.

"야! 저 새끼들 막아!!"

공원에는 종이의 내용을 알고 있는 사람들의 수가 상당히 많았다. 평소보다 공원에 사람들이 많았던 이유가 바로 BJ와 팬들이 여의도 공원에 모여 있었기 때문이었다. 그리고 그 사람들이 소리를 듣고는 움직이기 시작했다.

아마도 내용을 모르고 있었다면 절대로 움직이지 않았을 것이다. 그냥 무슨 일이 있느냐며 구경만 했을 것이다. 하지만 모인 사람들은 대부분 한창 혈기가 끓어오르는 이십 대였다.

그들은 억울한 누명을 쓰고 핍박받는 사연의 주인공이 누구인지 궁금했다. 그리고 그가 잡혀가게 놔두면 안 될 것 같다는 생각을 하고 있었다. 게다가 몇 명이 먼저 움직이기 시작하자 군중심리가 발동했다.

"허… 어처구니가 없어. 이거 완전히 폭도들 아닌가 말이야."

선생님은 고개를 가로저었다. 그의 눈에는 요원들을 가로막는 젊은이들이 모두 폭도처럼 보였던 것이다. 공권력의 행사를 방해하는 불순한 무리들.

"저기… 그래서 어쩔 수가 없었습니다. 저렇게 많은 일반인을 어떻게 할 수도 없는 일이고……."

기회를 잡았다는 듯 한 실장이 조심스럽게 이야기를 꺼냈다. 불가항력인 상황이어서 그들을 내버려 두고 철수할 수밖에 없었다고 말했다. 화면만 봐도 그런 상황을 알 수 있었다.

사람들이 단단하게 뭉쳐서 혁민 일행이 있는 곳으로 가지 못하게 막고 있었다. 사람의 장막. 워낙 많은 사람이 촘촘하게 뭉쳐 있으니 요원들도 방법이 없었다. 그들도 무척이나 난감해하고 있었다.

하기야 이런 상황이 벌어질 것이라고 누가 상상이나 했겠는가. 요원들은 어떻게 해보려고 했지만, 이내 물러서게 되었다. 어쩌겠는가. 일반인을 다 때려눕히고 갈 수도 없는 노릇이고.

"애초에 이런 상황을 만들지 말았어야지. 정 변호사에게 완전히 속은 거 아냐? 그가 하는 대로 놀아난 꼴인데 아직도 변명이나 늘어놓고 있는 건가? 한 실장??"

"……."

한 실장은 공연히 이야기를 꺼냈다고 후회했다. 선생님은 분을 삭이기 힘든지 숨을 씩씩거렸다. 그러는 사이 영상에서는 요원들이 물러서는 게 보였고, 사람들이 환호를 지르는 게 재생되고 있었다.

"누가 보면 나라라도 구한 줄 알겠구만. 하여간 요즘 젊은 것들은 죄다 머리가 텅 빈 것들이야. 멍청하게 이런 일에 놀아나고 말이지."

선생님은 거칠게 마우스를 움직여서 영상을 모두 꺼버렸다. 그리고 그 화는 고스란히 앞에 있는 한 실장에게 쏟아졌다.

"어떻게 할 거야? 지금 이 영상을 본 사람만 해도 십만 명이 넘는 것 같다고 하던데. 도대체 어떻게 할 거냐고??"

"저기… 제가 방송하고 언론 쪽을 잘 이야기해서 컨트롤하고 있습니다. 그리고 포털에도 이야기해서 내용을 계속 내리고 있으니……"

한 실장은 주저리주저리 이야기했다. 얼마 전까지만 해도 지금 눈앞에 있는 자를 끌어내리고 자신이 권력을 움켜쥘 생각을 하고 있었지만, 지금은 구차하게 변명을 해서라도 일단 목숨을 부지해야 할 상황이었다.

한 실장은 최선을 다해서 자신이 조치하고 있다는 걸 강조했다. 지금이야 사람들이 뜨겁게 반응하고 있지만, 어차피 조금만 지나면 아무도 기억하지 못할 것이라면서. 그러면서 반대 의견이나 내용 같은 것도 곧 내보낼 것이라고 말했다.

"어차피 사람들이 냄비라는 거 잘 아시지 않습니까. 방송하고 언론은 꼭 쥐고 있습니다. 계속 돌지 못하게 하면 곧 흐지부지될 겁니다. 거기다가 이런저런 인간들 이용해서 루머 좀 돌리고 계속 물타기 하면 해결됩니다."

한 실장은 지금까지 무슨 문제가 생기면 계속해서 그렇게 해오지 않았느냐면서 이번에도 그렇게 하면 된다고 말했다. 한 실장의 말에 선생님은 그나마 화가 좀 풀어진 표정이 되었다. 그나마 뒤처리는 잘했기 때문이었다. 하지만 역정은 여전히 남아 있었다.

"상대가 바보인 줄 아나? 정 변호사에게 그렇게 당하고도 몰라? 포탈에서야 내린다고 해도 유튜브를 통해서 계속해서 퍼지고 있다는 거 모르나?"

"그건 외국 사이트라서 어쩔 수가… 하지만 계속해서 블로그나 카페 같은 곳에 올리는 건 차단하고 있으니 더 퍼지지는 않을 겁니다."

선생님은 고개를 저었다. 아무래도 이번에는 자신들이 생각하는 대로 흘러가지 않을 것 같다면서. 그는 혁민이 이 정도로 만족하지 않을 것 같다는 느낌이 들었다. 이런 식으로 막으려 한다는 걸 혁민도 알고 있을 테니 그에 대해 대비를 했으리라 생각했다.

그리고 그의 생각은 어느 정도는 맞았다. 그 시각 혁민은 여러 사람과 대책을 논의하고 있었다. 바로 혁민의 사무실에서.

"이거 그런 생각을 하고 있어서 그렇게 자신을 했구만. 아주 좋은 방법이었어."

백 선생이 낄낄대며 웃었다. 요즘에는 별난 게 다 있다고 하면서. 백 선생도 세상 돌아가는 정보를 여러 루트를 통해서 접하고는 있지만, 젊은 사람들에게 인기가 있는 개인 방송까지는 자세히 알지 못했던 것이다.

"그러면 이제는 어떻게 할 건가? 바로 소송을 진행해야 하는 건가?"

"소송하기는 해야죠. 하지만 거기에는 몇 가지 문제가 있습니다."

장중범의 말에 혁민은 일이 그렇게 쉬운 건 아니라고 이야기했다. 일단 증거를 확보하는 게 어려웠다. 장중범이 억울한 누명을 쓰고 스파이로 몰려서 죽을 뻔했다는 걸 증명해야 한다. 하지만 그걸 증명한다는 건 쉬운 일이 아니었다.

"그래서 가능하면 공론화를 시키고 일을 크게 벌일 생각입니다. 그래야 저들도 함부로 건드릴 생각을 못 하고, 만약 소송에서 좋지 않은 결과가 나온다고 하더라도 그 이후를 도모할 수가 있으니까요."

혁민의 말에 백 선생만이 고개를 끄덕였다. 무슨 말인지를 알아들은 게 백 선생밖에 없어서였다. 백 선생은 장중범과 민주엽을 슬쩍 보고는 입을 열었다.

"그러니까 이 일이 널리 알려지면 알려질수록 안전이 보장된다는 말이군. 본인뿐만 아니라 가족들까지 말이야."

"그렇죠. 무슨 일이 생기면 사람들이 의혹을 가질 테니까요. 정말 뭔가가 있는 거구나. 이런 식으로 말이죠."

그러니 인구에 회자가 될수록 장중범과 백 선생을 비롯한 민주엽이나 그 가족들의 안전이 확보되는 셈이다.

"그러면 여기서 더 어떻게 할 생각인가? 지금도 사람들에게 많이 알려진 거 아닌가?"

"아니요, 지금 알려진 건 일부 젊은 층에 알려진 것에 불과합니다. 저들이 계속해서 정보를 차단하고 있거든요."

혁민은 지금이야 당황해서 반응이 없었지만, 이제 곧 물타기를 시작할 것이라고 이야기했다. 물타기에는 여러 종류가 있다. 가장 흔한 수법이 다른 사건을 터뜨려서 관심을 돌리는 방법이다.

그래서 예전에는 북한과 관련된 사건은 일부러 쥐고 있는 경우도 있었다. 선거철이 되면 슬그머니 간첩이나 북한 관련된 걸 하나 터뜨려서 기존 권력을 가진 쪽에 유리하게 만들기 위해서였다.

하지만 요즘은 그게 잘 통하지 않으니 다른 방법을 사용한다. 어떤 사안에 대해서 여러 계층의 사람들이 반대 의견을 내놓는 경우도 있고, 문제를 제기한 사람의 신상을 털어서 논점을 다른 곳으로 끌고 가기도 한다.

"누명을 썼다고 하지만 그게 사실일지 어떻게 아느냐, 뭐 이런 식으로 나오기도 할 겁니다. 관련자들의 신상을 싹 털어서 문제가 될 만한 게 조금만 있으면 그걸 크게 부풀려서 떠들어 댈 테고 말이죠."

범죄를 저지른 경력이나 문제가 될 만한 게 있으면 그걸 가지고 공격할 것이다. 진흙탕으로 끌어들여서 개싸움을 시작하는 것이다. 그렇게 되면 사람들은 그놈이 그놈이라면서 고개를 돌리게 되고.

아무리 뒤져도 문제가 될 만한 게 없으면, 그때는 없는 사실을 만들어내기도 한다. 그럴 만한 조직력과 권력을 가지고 있는 자들이었으니까. 그들을 위해서 알게 모르게 움직이는 자들이 세상에는 널려 있다.

"그래서 지금부터 두 분은 국회의사당 앞에서 농성을 하시는 겁니다."

"응? 농성?"

뜻밖의 말이었는지 장중범과 백 선생뿐 아니라 사무실 안에 있었던 사람들 모두가 놀랐다. 그런데 백 선생이 갑자기 무릎을 탁 쳤다.

"옳거니. 그거 아주 좋네. 그렇게 되면 저들이 더 건드리기 어렵지."

"맞습니다. 지금도 쉽게 건드리지는 못할 것이라고 생각하지만, 무슨 짓을 할지 모르는 사람들이거든요. 그래서 생각을 해봤는데, 어디에 있어도 불안하더라고요."

혁민이 가장 염려한 건 안전이었다. 그러지 못하리라고 생각은 하고 있었지만, 어디 저들이 상식적인 놈들이던가. 미친 척하고 사람을 써서 손을 댈 수도 있다.

"어머, 정말 그렇겠네요. 거기서 농성하면 안전은 보장된 거나 마찬가지지겠어요."

위지원 변호사가 반색하면서 이야기했다. 정말 기가 막힌 방법이라는 생각을 하면서.

"그리고 제가 좋은 자리도 하나 봐뒀습니다. 지금 거기에서 천막 농성하는 분들이 여러 사람 있는데 그 사이에 아주 명당 자리가 있더라고요."

혁민은 내일부터는 그 자리에 가면 된다고 이야기했다.

장중범은 어떤 자리냐고 물었지만, 혁민은 오늘은 이만하자 고 이야기했다. 앞으로의 일이 중요하기는 하지만, 그것보다 지금은 더 중요한 일이 있기 때문이었다.

혁민은 슬그머니 웃으면서 말했다.

"오늘은 가족과 함께 보내세요. 기다리고 계실 겁니다."

혁민의 방 밖에 있는 사무실에는 보람이 잔뜩 울어서 퉁퉁 부은 눈을 한 채 기다리고 있었다. 집에서는 장중범의 부인이 애타게 남편을 기다리고 있을 테고.

"그러니 오늘은 이만하죠. 적어도 오늘만큼은 앞으로의 일 은 잠시 잊어도 좋을 것 같네요."

혁민은 지금 이 순간 그것보다 더 중요한 일은 없지 않으냐 고 말했다. 사무실 안에 있는 모든 사람이 흐뭇한 표정으로 동의하면서 일제히 장중범을 쳐다보았다. 장중범은 조금은 쑥스러워하면서 자리에서 일어났다. 안 그래도 빨리 집으로 가고 싶었다는 듯이. 그는 방을 나서면서 혁민에게 이야기했 다.

"고맙네. 뭐라고 말을 해야 할지 모르겠어… 이런 식으로 이야기하는 게 익숙하지 않아서……."

장중범은 그답지 않게 우물쭈물하다가 이런 날이 오지 않을까 봐 두려웠다고 말했다. 그리고 혁민에게 정말 감사하다고 이야기했다. 혁민이 아니었다면 아마도 이렇게 집에 가고 가족을 만나지 못했을 거라고 하면서.

얼마나 그리워하던 가족이었던가. 연락도 하지 못하고 살아왔지만, 가족을 생각하는 지극한 마음이 없어서 그랬겠는가. 혹시라도 무슨 일을 당할까 싶어서 보고 싶은 마음을 억지로 누르면서 살아왔다.

하지만 이제는 그러지 않아도 된다. 장중범은 무척이나 설레는 마음으로 방을 나섰다. 그가 방을 나가자 보람의 떨리는 목소리가 들렸고, 이윽고 흐느끼는 소리가 들렸다. 사람들은 모두 흐뭇해하면서도 감정이 격하게 요동치는 걸 느꼈다.

"소리만 들었는데 눈앞에서 본 것 같네요."

위지원 변호사가 살짝 울먹이는 목소리로 이야기했다. 그녀는 눈가에 휴지를 가져다 대면서 정말 잘되었다고 연신 중얼거렸다.

혁민은 조금 일찍 알려줄 걸 그랬나 싶었다. 장중범을 만나기로 한 당일, 여의도 공원에 가기 직전에 보람에게 알려주었다. 보람은 처음에는 전혀 믿을 수 없다는 듯한 표정이었다. 무슨 장난을 치느냐는 그런 표정.

하지만 혁민이 장난기 없는 표정으로 이야기하자 이내 심적인 충격을 받아 자리에 털썩 주저앉았다. 죽은 줄로만 알았던 아버지가 살아 있다니. 보람은 지금 무슨 일이 벌어지는지 전혀 이해가 되지 않는 표정이었다.

'그래도 말을 해줄 수는 없었지. 그럴 리야 없겠지만, 혹시라도 말이 새면 곤란하니까.'

보람의 가족과 집도 감시 대상이었다. 도청을 당해서 사전에 정보가 새 나가면 큰일이라서 사전에 이야기하지 않은 거였다. 그리고 혹시라도 일이 생각한 대로 흘러가지 않을 확률도 있었으니까. 그래서 확실해질 때까지는 이야기하지 않은 거였다.

"우리도 오늘은 이만 나가죠. 내일부터는 무척 바빠질 테니까요."

"그러지. 그런데 나는 오늘은 어디서 있어야 하나 모르겠군."

백 선생이 약간은 불만이라는 투로 투덜거렸다. 그동안은 계속해서 장중범과 함께 지냈는데, 오늘이야 장중범의 집에서 신세를 질 수가 있겠는가.

"다른 날이라면야 얼굴에 철판 깔고 같이 가겠지만, 오늘 그러면 그건 사람도 아니지. 암, 그렇고말고."

백 선생은 살짝 장난기가 비치는 표정으로 그렇게 말했다. 고락을 함께해 온 사람이다. 백 선생은 진심으로 오늘 일을 축하해 주고 있었다. 그리고 외국에 있는 가족 생각을 떠올렸다.

"이럴 때는 가족을 안전하게 외국에 보낸 게 좋은 것만은 아니구만. 일이나 대충 해결되고 나면 연락해야겠어."

쓸쓸함이 묻어나는 말소리에 민주엽이 나섰다.

"오늘은 저의 집에서 묵으시죠. 남는 방이 하나 있으니 주무시는 건 문제없을 겁니다."

"그래? 허허, 걱정거리를 덜었구만. 이거 신세 좀 지겠네."

혁민은 자신의 방에서 같이 있을까 했었는데, 민주엽의 집에 있는 것도 괜찮겠다고 생각했다. 그렇게 사람들은 각자 묵을 곳을 찾아 움직였다. 그것은 길고 힘겨운 싸움을 앞두고 만끽하는 짧은 휴식이었다.

*   *   *

"정말 끝내주네요. 방송이나 기사가 하나도 없어요. 하나도요."

위지원 변호사가 기가 막힌다는 듯 이야기했다. 그녀는 핸드폰으로 인터넷을 뒤지고 있었는데, 장중범과 관련된 내용은 찾기 어려웠다.

만약 블로그나 SNS와 같이 개인적인 공간에 올라온 글이 아니었다면 꿈을 꾼 게 아닐까 하는 생각이 들었을지도 몰랐다. 하지만 젊은 사람들 사이에서는 꽤 화제가 되고 있었다. 특히 SNS에서 링크를 걸어서 사람들 사이에서 빠르게 퍼져 나갔다.

"방송이나 언론에서는 다루지 않는다고 해서 막을 수 있는 세상이 아니야. 예전 사고방식 가진 사람들에게는 이해가 잘 되지 않겠지만, 시대가 달라졌다니까."

혁민은 코웃음 치면서 말했다. 예전처럼 완전히 없었던 일처럼 만들 수는 없을 것이라면서.

"어떻게든 흔적을 지우려고 하겠지. 하지만 쉽지 않을 거야."

"천막 농성을 해서 그렇게 된다는 말이죠?"

"그럼. 그리고 살짝 꼼수를 부린 것도 있거든. 아마도 앞으로는 점점 더 볼만해질 거야."

혁민은 이야기하다가 말고 벌써 시간이 이렇게 되었느냐면서 주섬주섬 나갈 채비를 했다. 장중범과 백 선생을 데리고 여의도로 향하기 위해서였다.

"이거 어제는 몰랐는데, 확실히 공기가 다른 것 같아."

"그렇죠? 뭔가 다르네요. 공기도 그렇고 하늘도 유난히 맑은 것 같고."

장중범과 백 선생은 차에서 내려 주변을 둘러보면서 이야기를 나누었다. 어제는 정신이 없어서 잘 몰랐는데, 정말 다른 세상에 와 있는 것 같은 느낌이 든다는 거였다.

"이거 왜 이러세요. 휴가 나온 군인 같은 말을 하시고."

혁민은 피식 웃으면서 둘을 미리 마련한 자리로 이끌었다. 국회의사당 정문 앞쪽에 길게 늘어선 고층 빌딩 앞에는 아주 초라해 보이는 천막이 몇 개 있었다. 사연도 갖가지였다.

"이렇게 농성하는 사람이 많은지 처음 알았어요."

위지원 변호사가 천막을 보면서 중얼거렸다. 그녀는 두 번 놀랐다. 천막의 수가 생각보다 많아서 그런 거였고, 한 번도 들어보지 못한 사연이라서 더욱 놀랐다.

"이런 심각한 일이면 알려졌어야 할 것 같은데 처음 들어요. 바로 근처에 있는 여의도 공원에 왔을 때도 이런 줄 정말 몰랐어요."

"알려지지 않았으면 좋겠다고 생각하는 사람들이 있어서 그런 거지, 뭐."

혁민은 냉소적인 투로 말했다. 이곳에 와서 농성하는 사람들이 어떤 사람들이겠는가. 정말 끝까지 내몰려서 마지막으로 찾은 곳이 이곳인 사람이 대부분이다.

"여기에 올 수밖에 없게 만든 드러운 세상이 문제지. 그런데 더 짜증 나는 건 뭔지 알아?"

"뭔데요?"

위지원 변호사가 궁금하다며 물었다. 다른 사람들도 묻지는 않았지만, 혁민을 주시하는 걸 보면 대답을 듣고 싶은 모양이었다. 혁민은 조용히 이야기했다.

"이런 걸 해결해야 하는 자들이 다들 그러지 않는다는 거야. 서로 자기에게 유리한 상황을 만들려고 어떻게 이걸 이용해 먹을지나 생각하고, 정작 여기 있는 일에 관해서는 생각이 없다는 게 정말 문제야, 문제."

힘을 가진 사람들은 그 힘을 유지하기 위해서 노력한다. 그걸 국가와 국민을 위해서 하는 것이라고 입으로 떠들면서. 하지만 실상은 다르다. 그들은 철저하게 자신의 이익을 위해서 움직인다.

"그래서 바뀌는 게 없는 거야. 판을 바꿀 생각이 없어. 고작 한쪽에서 가지고 있던 권력을 다른 쪽에서 갖는 정도? 그냥 자리만 바뀌는 거지."

"맞는 말이야. 사람들이 착각하는 게 많지. 그리고 힘을 가진 사람들은 그런 사람들의 착각을 잘 이용하고 말이야."

백 선생이 말을 거들었다. 그런 걸 수도 없이 많이 보아왔다면서. 혁민과 백 선생은 그와 관련된 이야기를 하면서 걸었고, 사람들은 흥미진진하게 이야기를 들으면서 뒤를 따랐다.

"그런데 우리 자리는 어딘가? 딱히 자리가 보이지를 않는 것 같은데?"

대충 보았지만, 딱히 자신들의 자리가 보이지 않자 물은 거였는데 혁민은 빙긋 웃으면서 손가락으로 앞쪽을 가리켰다. 거기에는 커다란 두 개의 천막 사이에 작은 간이 천막이 하나 있었다.

"이거 잘 보이지도 않겠는데?"

"두 천막 사이에 있어서 그런 걸 겁니다. 하지만 장점도 있죠."

부당 해고에 항의하는 내용이 붙어 있는 천막과 비정규직에 대한 부당한 처우를 개선하라는 내용이 붙어 있는 천막.
장중범과 백 선생이 있을 천막은 그 사이에 자리하고 있었
다.

혁민은 빨리 준비를 하라고 했다. 장중범과 백 선생은 왜 그
리 서두르느냐면서 의아해했지만, 혁민은 대답 대신 서두르는
게 좋을 거라는 말만 했다. 그리고 혁민이 왜 그랬는지는 잠시
후에 알게 되었다.

"PD님, 오셨어요?"

"이야, 어저께 아주 난리를 쳤더구만, 난리를."

윤종연 PD는 혁민에게 다가와서는 어떻게 주변에 그렇게
사건과 사고가 끊이지 않느냐면서 물었다. 자신이 그래야 일
하기가 편한데 아쉽다면서.

"너는 김전일이냐? 니가 있는 곳에 사건이 있어? 정말 내가
그랬으면 참 편했을 것 같다. 따로 기획 같은 거 하지 않아도
되고 말이야."

"아니, 무슨 말씀을 그렇게 하세요. 주변에 문제가 없는 게
좋은 거죠."

혁민은 웃으면서 대답했다.

"그런데 위에서 뭐라고 하지 않아요? 이런 것도 싫어하는
사람들 많잖아요."

"다 그런 건 아니야. 그리고 위에서도 방송국 이미지가 있으
니까 이런 것도 내보내야 한다는 거 잘 알아. 그리고 결정적으
로 여기에는 대기업이 연관된 건 아니잖아."

PD는 대기업이 관련된 사건이었으면 취재하는 게 쉽지 않았을 거라고 했다. 그런데 마침 그런 것도 아니고, 이런 고발 프로그램 같은 것도 나가야 구색이 맞고 하니 흔쾌히 승인해 준 거였다.

"그런데 너는 어떻게 이런 자리에 그 사람들을 데리고 올 생각을 했냐? 이거 아이디어가 꽤 좋아. 자연스럽게 보호도 되면서 말이야."

"저번에 방송 얘기를 듣다가 번쩍하고 생각이 나더라고요. 이런 데 있으면 딱이겠다. 그리고 오늘처럼 다른 데 취재를 하다가 슬쩍 보여도 나쁘지 않겠다."

혁민은 빙긋 웃으면서 말했다. 윤종연 PD도 따라 웃으면서 편집할 때 신경을 좀 쓰겠다고 이야기했다. 그러면서 어디까지나 자신은 지금 부당 해고와 비정규직 문제를 취재하러 온 것이라고 강조했다.

"물론 비공식적으로 인터뷰를 하기는 할 거야. 방송과는 상관없이 말이지."

"그럼요. 그러다가 나중에 쓸 일이 있으면 쓰는 거죠. 앞으로 무슨 일이 벌어질지 모르는 게 세상일 아닙니까. 미리미리 대비해 둬서 나쁠 것 없죠."

혁민은 잘 부탁한다고 이야기했다. 그런데 윤종연 PD는 묘한 눈빛으로 혁민을 보면서 이야기했다.

"그런데 내 친구가 그러는데 며칠 사이에 인터뷰가 많이 잡혀 있다더라? 여기서 천막 농성 하는 사람들하고 말이야."

"그런가요? 하기야 이런 문제에 관심을 가져야죠. 다들 생존을 위해서 하는 일이잖아요. 다른 건 몰라도 일을 했으면 먹고사는 데 문제가 생기지는 말아야죠."

혁민은 태연하게 말했지만, 윤종연 PD는 혁민이 기자들과 이야기를 해서 수를 낸 것이라고 생각했다. 정상적인 방법으로는 힘들다는 사실을 다들 잘 안다. 그러니 꼼수를 생각한 거였다.

"그래. 모르는 일이라고 치자고. 그런데 소송은 언제 할 건가?"

"가능하면 기자회견이나 여러 가지 액션을 취하고 나서 들어가려고요."

"그래? 너무 시간을 끌면 안 좋지 않나? 상대가 움직이면 더 어려워질 수도 있는데……."

혁민은 고개를 저었다. 윤종연 PD의 말이 틀린 건 아니었지만, 그래도 지금 소송을 하는 건 소용없는 일이나 마찬가지였으니까.

"지금 해봐야 그냥 묻힐 겁니다. 흔적도 없이 사라질 가능성이 높아요. 이렇게 판을 벌였는데도 사람들은 아직 모르잖아요."

"요즘 사람들이 어디 다른 사람들 일에 관심이나 있나. 자기도 먹고살기 힘든데."

혁민은 그러니까 더욱 신경을 써야 한다고 이야기했다.

"그래도 이런 방법으로는 큰 효과를 낼 수 있을 것 같지는 않은데? 뭐, 안전이야 하겠지만 말이지."

"그것만 해도 어디예요. 그리고 1차전은 성공적으로 마쳤으니 이제는 2차전 준비를 해야죠. 소송에 들어가기 전 준비 작업으로 말이죠."

"2차전?"

윤종연 PD는 혁민이 또 어떤 수를 생각하고 있는지 궁금했다. 그러면서 계속 걱정이 되었다. 겉으로 드러난 장중범이나 백 선생이야 건드리기 어렵겠지만, 혁민은 그렇지 않기 때문이었다.

"저도 그런 거 모르겠어요? 하지만 2차전 끝나고 나면 괜찮아질 겁니다. 그거까지 하고 나면 바로 소송으로 들어가야죠."

혁민은 결연한 표정으로 이야기했다.

*　　　*　　　*

여전히 언론 쪽은 조용했다. 기사를 낸 곳이 있기는 했지만, 극소수기 때문이었다. 대부분의 언론에서는 침묵했기 때문에 사람들은 아직 장중범의 일에 관해서 모르는 사람이 더 많았지만, 이렇게 자극적인 사건을 사람들이 가만히 둘 리가 없었다.

올라오는 족족 어떻게든 내려 버리고 있었지만, 계속해서 퍼 나르는 무지막지한 네티즌의 화력을 인위적으로 막는 데는 한계가 있었다. 그리고 그런 상황을 대단히 껄끄럽게 생각하는 사람들이 있었다.

"한 실장, 분명히 어떻게든 방법을 찾아서 처리하겠다고 하지 않았던가?"

선생님이라고 불리는 자는 나지막하게 이야기했다. 하지만 그의 얼굴은 붉게 상기되어 있었고, 숨소리는 거칠었다. 일이 이렇게까지 커진 것 때문에 여러 사람으로부터 시달림을 받았기 때문이었다.

이런 식으로 사람들에게 지적질을 당하고 비난을 받은 게 처음은 아니었다. 정말 숱하게 경험했던 일이었다. 비아냥거림 같은 건 늘상 있는 일이었다. 그것이 이런 뒤처리를 하는 사람들의 숙명 같은 일이다.

잘되면 별말이 없지만, 조금이라도 문제가 있으면 온갖 소리를 다 들어야 한다. 하지만 최근에는 그런 경우가 별로 없었다. 그의 세력도 제법 커졌기 때문이었다.

"뭐라고 말을 좀 해야 하지 않을까? 한 실장??"

그의 목소리가 조금 커졌다. 목소리는 약간 커졌지만, 그 안에 담긴 엄청난 분노가 느껴졌다. 한 실장은 조심스럽게 눈치를 살피면서 이야기했다.

"그게… 어떻게 건드리기가 어려운 곳에 있어서……."

한 실장은 아주 골치 아픈 곳에 있어서 손을 쓰기가 어렵다고 했다. 농성자들 사이에 파묻혀 있어서 그런 것인데 어떻게든 방법을 찾아보겠다고 했다. 하지만 선생님은 피식거리면서 약간 비아냥거리는 투로 말했다.

"어떻게든 방법을 찾아보겠다? 그렇게 해서 찾을 수 있는 방법이었으면 벌써 생각이 났을 테지. 그렇지 않나?"

한 실장은 대답하지 못했다. 그렇다고 대답할 수도, 그렇지 않다고 대답할 수도 없었다. 그 모습을 노려보던 선생님은 툭 하고 말을 던졌다.

"조만간 거기 있는 천막들 모조리 철거할 거니까 그때에 맞추어서 계획을 잡아!"

그의 말에 한 실장은 상당히 놀란 표정을 지었다. 선생님이 한 말이 상당히 파격적이었기 때문이었다.

선거를 앞두고 있을 때는 어지간해서는 이런 벌집을 건드리지 않는다. 천막 농성을 하는 사람들은 사회적인 약자이고 그런 사람들을 힘을 동원해서 내쫓는 건 여론에 뭇매를 맞을 만한 일이니까.

"왜? 의아한가? 내 말이 이상해?"

"아, 아닙니다. 그냥 시기적으로 좀 민감한 때라서……."

"민감한 시기지. 그래서 이런 식으로 일을 벌이려고 하는 걸 꺼리는 게 당연해. 천막 싹 정리하면 무슨 소리가 나올지 뻔하거든."

선생님은 손가락으로 책상을 딱딱 내려치면서 이야기했다. 그런데도 이렇게 할 수밖에 없도록 일을 만들었다고 말을 하면서 목소리를 점점 키워 나갔다.

"왜 그러겠나! 천막을 정리하면서 욕을 들어먹어도 그놈들을 제대로 정리할 수 있으면 그게 더 이득이라고 생각하기 때문이야. 왜냐고? 그놈들 일이 제대로 터지면 이건 한두 사람 어떻게 되고 끝날 일이 아니라고!"

"그렇긴 하죠……."

선생님의 말은 진실이었다. 장중범이나 백 선생과 연관이 있는 사람들은 이번 일은 무조건 막아야 했다. 어떤 대가를 치르더라도 막아야 했다. 여론이 들끓고 정부와 여당의 지지율이 떨어지는 한이 있더라도.

"그렇다고 막무가내로 할 수야 없는 일이지. 당분간 바람을 좀 잡을 거야."

"바람이라면……."

난리가 날 걸 알면서도 무모하게 일을 진행할 만큼 어리석은 자들이 아니다. 그런 멍청한 대가리를 몸 위에 가지고 있는 자라면 권력의 정점에서 오래 버티고 있지 못했을 것이다. 아니, 권력의 정점 근처에도 가지 못했을 거라고 하는 게 더 맞는 말일 것이다.

"조만간 시비가 벌어지고 싸움이 날 거야. 술에 취한 농성자와 말이지."

"아… 그렇군요……."

한 실장은 어떤 식으로 일을 처리하려고 하는지 대번에 알아들었다. 그런 식으로 문제를 일으키고 그걸 핑계 삼아서 정리할 것이라는 말이다. 단순하지만 효과가 좋은 방법이었다.

"그렇게 되면 그래도 조금은 나을 테니까. 그러니까 미리 준비하고 있으라고. 언제 진행이 될지 모르니까 말이야."

"알겠습니다. 이번에는 정말 확실하게 처리를 하겠습니다."

한 실장은 그런 식으로 어수선한 틈에는 무슨 일이 일어나도 잘 모른다고 하면서 자신 있다고 이야기했다.

"정말로 마지막 기회라는 거 명심하라고. 회사 같은 데서도 이런 이야기 많이 하지만 이쪽에서 마지막 기회라는 게 어떤 건지는 잘 알겠지?"

한 실장은 대답 대신 고개를 살짝 끄덕였다. 자신도 느끼고 있었다. 이번은 다른 어느 때보다도 중요한 시기라는 사실을. 그리고 마지막이 어떤 의미라는 것도 잘 알고 있었다.

인생을 살다 보면 분기점을 맞이할 때가 있다. 그 분기점에서 일이 어떻게 되고 어떤 선택을 하느냐에 따라서 인생 자체가 완전히 바뀔 수도 있다. 한 실장은 지금까지 살아오면서 딱 한 번 그런 분기점을 맞이했었다.

'이 사람과 같이 손을 잡기로 결정한 거였지.'

만약 그렇지 않았다면 중간에 무슨 일을 당해도 당했을 것이다. 협력하기로 결정했기 때문에 지금까지 승승장구할 수 있었고, 온갖 문제와 역경을 헤치고 지나올 수 있었다. 하지만 지금은 그때보다도 훨씬 더 심각한 기로에 서 있다는 생각이 들었다.

정말 까딱하면 이 세상에서 지워질 수도 있었다. 그런 생각이 드니 몸이 으스스한 걸 느꼈다. 하지만 이내 생각을 고쳤다.

'아니야, 오히려 기회가 될 수도 있지.'

위기와 기회는 동전의 양면과 같은 거다. 항상 동시에 존재한다. 한 실장은 기회를 잡아서 모든 책임을 눈앞에 있는 이 인간에게 뒤집어씌울 수만 있다면 자신이 엄청난 것을 손에 넣을 수도 있다고 생각했다.

그러자면 일단 지금의 위기는 잘 넘겨야 했다. 한 실장은 일단은 장중범과 백 선생을 손에 넣어야 어떤 수를 써도 쓸 수 있을 것이라고 생각했다.

"어수선한 틈을 타서 잘 처리해. 사람들이 의혹을 제기하는 정도는 상관없으니까 알아서 처리해. 지들이 떠들어봐야 뭘 어쩌겠어?"

선생님은 슬슬 반대 여론을 형성할 거라고 이야기했다. 장중범의 말은 모두 거짓이며, 그는 미치광이이고 대중의 관심을 받고 싶어서 헛소리하는 거라는 식으로 말이다. 그러니 모습을 감춘다고 해도 별일 없을 거라고 했다.

"처음에야 난리를 치겠지. 하지만 곧 묻힐 거야. 문제를 제기한 사람이 슬그머니 사라졌는데 뭘 어쩌겠나. 그러니 그렇게 처리하는 걸로 하자고."

"알겠습니다. 시체는 말이 없는 법이죠."

한 실장은 그렇게 대답하면서도 속으로는 다른 생각을 했다. 그 둘을 손에 넣고서는 다른 식으로 이용할 생각이었다.

'그래, 아직 기회는 있는 거야. 장중범과 백 선생, 그 둘을

이용해서 이자를 밀어내고 내가 그 자리에 앉는 거지.'

한 실장은 이번에는 정말 실수 없이 일을 처리해야겠다고 생각했다.

*   *   *

혁민은 2차전 준비를 하고 있었다. 사실 준비라고 할 것도 없었다. 시기와 방법이 중요한 것이지 내용은 이미 다 준비가 되어 있었던 것이나 마찬가지였으니까.

"위 변호사, 사람들한테 연락은 했어?"

"예, 다들 좋다고 하던데요?"

위지원 변호사는 생글생글 웃으면서 이야기했다. 전에 나왔던 BJ들에게 연락을 한 거였는데 이번에도 불러만 준다면 달려가겠다는 대답을 들었다.

당연한 것이 그날 일로 크게 재미를 보았기 때문이었다. 사실 이런 사건이 이슈가 되는 건 쉽지 않았다. 젊은 계층이 아무래도 정치적인 일이 관해서는 관심이 적은 편이니까. 하지만 장중범의 일은 정치적인 것이라기보다는 부당한 대우를 받은 한 남자의 이야기였다.

주변에도 그런 일이 넘쳐 난다. 그리고 젊은이들도 그런 일을 많이 경험한다. 최저임금에도 미치지 못하는 돈을 받고 일하고, 항의하면 바로 잘린다. 어디 그것뿐이랴. 그런 일을 당하는 게 일일이 말하기 어려울 정도로 많다.

그래서 장중범의 처지에 공감할 수 있었다. 사연을 알게 된 사람들은 더욱 분노했고, 호응하게 되었다. 당연하게도 그런 영상을 생생하게 내보낸 BJ의 방송은 화제가 되었고, 전보다 인기를 끌었다. 그러니 이번에도 반드시 나가겠다고 하는 거였다.

"그런데 왜 꼭 오늘이어야 하는 건데요?"

"오늘 거기에 취재를 하러 오는 사람들이 가장 많은 날이거든."

혁민은 씨익 웃으면서 말했다. 방송국뿐 아니라 언론에서도 취재를 오는데, 그 수가 가장 많은 날이 오늘이었다. 그래서 타이밍을 오늘로 잡은 거였다.

"자, 우리도 슬슬 준비해야지. 이것까지 하고 나서는 바로 본게임 들어가야 할 테니까."

"예, 미리미리 준비하고 있으니까 걱정하지 마세요. 언제 들어가도 문제없게 해놓을 테니까요."

위지원 변호사는 조막만 한 손을 움켜쥐면서 파이팅을 외쳤다.

"이야… 여기저기서 많이도 왔네……."

윤종연 PD는 혁민에게 다가서면서 이야기했다. 일정상 오늘이 취재 마지막 날이었는데, 크게 화제가 된 사건도 아닌데 이렇게까지 많은 기자들이 몰려든 건 처음 보는 듯하다고 말했다.

"특종이라도 잡은 것 같은 분위기야. 이렇게 모으려면 쉽지 않았겠는데?"

"특별히 모으려고 한 건 아니구요. 넌지시 이야기를 했죠. 나중에 정말 특종이 터질 수도 있는데, 여기 오지 않은 언론사에게는 정보를 주지 않겠다고 말이에요."

혁민은 메이저 언론사 몇 곳을 제외하고는 모두 이야기를 했다. 기자들이라서 그런지 장중범과 백 선생의 이야기를 잘 알고 있었다. 그리고 이게 정말 큰 사건이 될 수도 있다는 것도 알고 있었다.

"그 정도도 모르면 기자 때려치워야지. 하기야 내가 기자라도 그런 이야기 들으면 여기 나올 것 같기는 하구만."

윤종연 PD는 혁민의 제안이 참 재미있다고 생각했다. 손해볼 것이 없었다. 어차피 여기 있는 사람들의 이야기가 곧 방송될 것이다. 이미 편성까지 된 상태니까. 그러니 기자 입장에서도 미리 취재해 놓으면 나쁠 것 없다.

방송 시점에 맞추어서 기획 기사를 내보낸다든가 하면 되니까. 그런 데다가 덤으로 특종의 정보까지 얻을 수 있다. 그건되면 좋은 거고 아니어도 자신들에게는 딱히 손해가 될 일이없다.

"그래서 이렇게 많이들 와 있는 거구만. 하여간 자네는 잔머리 돌아가는 건 기가 막혀."

"칭찬으로 듣겠습니다. 저도 정공법을 좋아하는데, 지금은 상황이 상황인지라 어쩔 수가 없거든요."

혁민은 일을 해야 하니 마치고 나서 이야기를 더 하자고 말했다.

"그래, 알았어. 나도 할 게 있으니까 끝나고 보자고."

혁민은 PD와 헤어지고 나서 장중범과 백 선생의 천막으로 향했다. 둘은 약간 피곤해 보이긴 했지만, 표정은 밝아 보였다.

"좀 피곤한 것 같으신데요?"

"이게 잠자리가 바뀌어서 그런지 좀 불편하더라고."

백 선생은 늘 으슥한 곳이나 실내에서 자다가 이렇게 탁 트인 곳에 있으니 영 잠이 오질 않는다고 이야기했다. 조금 불안한 생각도 들고.

"나도 비슷하더군. 하지만 마음은 오히려 편한 것 같아. 이제야 사람들 사이에서 살아가는 것 같은 느낌? 뭐 그런 생각이 들더라고."

혁민은 점차 익숙해질 것이라고 하고는 오늘 일에 관해서 이야기를 나누었다. 둘이 특별히 할 건 없었다. 그냥 있었던 일을 이야기하면 되는 거였으니까.

"제가 같이 있을 거니까 부담스럽게 생각하지 않으셔도 됩니다."

"그런데 이런 게 정말 효과가 있는 건가?"

"당연히 있죠. 사람들은 이런 이야기에 관심이 많으니까요."

오늘은 장중범보다는 주로 백 선생 위주로 이야기할 예정이었다. 그가 관여했던 비자금이나 세금 포탈과 관련된 내용을 이야기할 생각이었는데, 누구의 돈이었는지도 알 수 있게 할 생각이었다.

"실명을 거론하면 더 좋기는 하겠지만, 그런 것보다는 찾는 재미를 주는 것도 괜찮겠다 싶더군요."

혁민은 사람들이 직접 찾아보고 참여하는 편이 더 좋을 것 같다면서 실명을 직접 거론하지는 않는 것으로 정리했다.

"대신에 처벌받을 건 각오하셔야 합니다. 그건 잘 아시죠?"

"그런 거야 뭐가 두렵겠나. 난 오히려 그러는 편이 속이 편하겠어."

혁민은 웃으면서 일이 잘 풀릴 것이라고 이야기했다. 확실한 자료를 가지고 있으니 충분히 승산이 있다면서. 그리고 오늘 성 접대 영상의 일부와 서 기자의 죽음에 관한 의혹도 제기할 생각이었다.

"그리고 그 배후에 어떤 조직이 있다는 것까지요. 이 정도 난리를 치면 저들도 숨어 있지만은 못할 겁니다."

이제는 앞을 보고 갈 수밖에 없다고 이야기하면서 전의를 가다듬었다. 그때 멀리서 사람들이 두리번거리면서 오는 것이 보였다. 전에 여의도 공원에서 보았던 얼굴들이 중간중간 끼어 있었다.

*　　　*　　　*

쾅 하는 소리가 나자 한 실장은 몸을 움찔했다. 지금까지 사람들이 선생님이라고 부르는 자가 이토록 거칠게 나오는 건 처음 보았기 때문에 더욱 놀랐던 거였다.

"야, 이 새끼야. 지금 그걸 말이라고 하는 거야?"

"아니, 선생님… 그게……."

한 실장은 당황해서 무슨 말을 해야 할지 머리에 떠오르지 않았다. 지금까지는 그래도 꼬박꼬박 대접을 해주었다. 기분이 좋거나 나쁘거나, 상황이 어떻든 간에 자신의 지위가 있으니 그만한 대접은 해주었었다.

그런데 지금은 얼굴이 시뻘게져서는 자신에게 삿대질하면서 막말을 퍼붓고 있었다. 지금껏 이런 경우를 당해본 적이 없어서 한 실장은 더욱 곤혹스러워했다. 한 소리 들을 것이라고 생각은 했지만, 이런 식으로 나오리라는 건 전혀 예상 밖이었으니까.

"전에 그런 식으로 나왔으면 또 그럴 수 있다고 생각하는 건 기본 아냐? 아니, 이 바닥에서 잔뼈가 굵었다는 새끼가 그런 것 하나 처리를 못 해? 니 머리는 장식품으로 달린 거야?"

"아니, 아무리 그렇다고 해도 말씀이 지나치신 거 아닙니까?"

한 실장은 눈을 부라리면서 자리에서 일어섰다. 아무리 그동안 자신이 아랫사람으로 지내왔지만, 공식적으로는 남남인 사이다. 그런데 이런 식으로 나오니 화가 치밀어 오른 거였다. 이런 식으로 대접을 받을 위치가 아니라는 생각에 더욱 그랬다.

"입은 뚫렸다고 말을 하는구만. 어디 그래, 무슨 변명이라도 해보라고. 분명히 말했지? 장중범과 백 선생 쪽에 문제가 없게 하겠다고 말이야."

"그런 말이야 했고 지금까지 잘 감시하고 있었습니다."

"그렇게 잘하고 있는데 지금 이런 일이 터져? 지금 다른 사람들이 뭐라고 하는 줄 알아? 당장 책임자 자르고 대책을 내놓으라는 거야. 그렇지 않으면 가만히 두지 않겠다면서 말이야! 그게 어떤 소리인지 알아?! 아느냐고!!"

선생님은 평소와는 달리 고래고래 소리를 질렀다. 어차피 안가에서 나누는 이야기라서 아무리 크게 소리를 쳐도 밖으로 새 나갈 일은 없다. 하지만 한 실장은 선생님이 이런 식으로 소리를 지른 걸 한 번도 본 적이 없었다.

점잖고 젠틀한 이미지로 보이는 걸 좋아해서 항상 그런 모습을 유지하고 있는 사람이었다. 그런데 이런 흐트러진 모습을 보이다니. 이 사건과 연관된 권력자들로부터 엄청난 압박을 받은 게 틀림없었다.

"그렇다고 해도 그런 상황에서 뭘 어쩌겠습니까? 그 많은 사람들을 말입니다. 그것도 국회의사당 바로 앞에서요. 백주 대낮에 납치라도 합니까?"

한 실장은 마음을 굳혔다. 지금 상황으로 보아하니 좋게 넘어가기는 틀린 듯했다. 그리고 여기서까지 고분고분하게 받아 주었다가는 선생님은 모든 책임을 자신에게 덮어씌울 것이다.

그러면 자신에게는 기회는 없다.

"철거가 시작되면 기회가 생길 것이니 준비하라고 해서 그 준비 하고 있었던 거 아닙니까? 애초에 이런 것까지 차단하라고 얘기를 하든가요."

"뭐? 야, 한 실장!! 너 지금 말 다했어?!"

"아뇨, 아직 많습니다."

한 실장은 작정을 한 듯 이야기를 계속했다.

"아시겠지만 제가 언론 쪽이나 다른 쪽으로 말 퍼지지 않게 책임지고 막지 않았습니까. 그것만 해도 얼마나 손이 많이 가고 어려운 일인지 모릅니까? 개인 방송이나 그런 정도는 여기 인력으로 처리했어야죠. 여기 인력은 뭐 하고 있는 겁니까?"

한 실장은 그 정도는 이곳에서 처리해야 마땅한 일이니 책임은 이쪽 인력들에게 있다고 항변했다. 그 이야기는 이곳의 최종 책임자인 선생님이 모든 책임을 져야 한다는 소리였다. 그걸 눈치채지 못할 선생님이 아니었다.

그는 서로를 잡아먹지 못해서 안달이 난 이런 정글 같은 판에서 오래 살아남은 자였다. 수많은 암수와 권력 다툼에서도 자리를 보전할 수 있었던 건 그만한 안목과 실력이 있었기 때문이었다.

"여기 인력이야 다른 작전을 준비하고 있었지. 그리고 애초에 장중범과 백 선생은 한 실장 자네 담당이야. 그런데 여의도 공원에서부터 계속해서 실수하고 있는 거 아닌가. 게다가 이번 실수는 치명적이야."

선생님은 웃으면서 말했는데, 한 실장은 그 모습에서 섬뜩하다는 느낌을 받았다. 웃고는 있었지만, 진득한 살기 같은 게 느껴졌으니까. 게다가 번들거리는 눈과 요사스럽게 보이는 입꼬리는 사람의 신경을 엄청나게 자극했다.

"자네가 아직 상황을 제대로 파악하고 있지 못한 것 같은데 오늘 낮에 벌어진 일은 결코 단순하지가 않아."

한 실장도 작은 문제는 아니라고 생각했다. 장중범과 백 선생이 알고 있는 온갖 비리에 대해서 털어놓았으니까. 그리고 각종 자료들도 공개되었다. 하지만 한 실장은 어떻게든 막을 수 있다고 생각했다.

자료가 있다고 해도 그 자료가 진실이라는 증거가 어디 있는가. 그러니 가짜라고 하면서 진실을 밝히기 위해서는 철저한 조사를 하자고 하면 되는 거다. 그러면 검찰에서 수사를 할 것이고 적당한 선에서 마무리가 될 것이다.

'언제나 그랬듯이 말이지.'

하지만 한 실장의 그런 생각을 꿰뚫어 보기라도 하는 듯 선생님은 피식 웃으면서 이야기했다. 한 실장이 생각한 바를 거의 그대로 입으로 읊었다.

"이런 식으로 하면 되지 않겠느냐고 생각하고 있겠지? 예전에도 이런 식으로 일을 처리하고 덮어왔으니까 말이야. 안 그런가?"

한 실장은 대답하지 않은 채 그냥 선생님을 쳐다보기만 했다. 다 알면서 왜 이런 말을 하느냐는 표정을 하고서.

표정을 그랬지만, 속으로는 점점 불안감이 커지고 있었다. 선생님이 저런 식으로 이야기했다는 건 지금 사건은 무언가 다른 게 있다는 거였으니까. 그게 무얼까 머리를 굴리면서 점점 더 불안한 느낌이 들었다. 무언지는 모르겠지만, 자신한테 좋을 리는 없는 일일 테니까.

"어제 거기서 무슨 일이 있었는지 정말 모르는 건가? 자네도 이제 다된 것 같군. 그런 것도 제대로 캐치하지 못하다니 말이야⋯⋯."

선생님은 혀를 차면서 고개를 저었다. 그리고 어떤 일이 있었는지 이야기를 해주었다. 방송 자체는 여의도 공원에서 있었던 것과 크게 다르지 않았다. 조금 더 준비가 잘되어서 깔끔하게 진행이 되었다는 정도가 다르달까.

물론 그 깔끔하다는 것이 상대적인 것이기는 했다. TV에서 보는 방송과 비교하면 어수선하고 정신없는 그런 방송이었을 것이다. 나이가 많은 어르신들이 보았다면 저게 무슨 방송이냐고 욕을 했을 정도.

하지만 여의도 공원에서 난리 통에 마구잡이로 찍으면서 소리를 질러댄 것 같은 이상한 방송은 아니었다. 앵글도 맞추었고 제법 구색을 갖추어 진행을 했으니까.

한 실장은 그게 무슨 대수냐고 이야기했다.

"그래서 준비를 하고 있는 것 아닙니까. 전부 거짓이고 음모론자들의 일방적인 주장일 뿐이라고 말입니다."

"그랬으면 좋겠는데 아마도 효과는 별로 없을 거야. 왜냐하면, 주변에 있는 여러 사람들과 복잡하게 얽혀서 문제가 커졌거든."

방송하고자 하는 BJ들은 수가 많았는데 동시에 진행할 수는 없었다. 그래서 방송을 하지 않고 있던 BJ들은 주변에 있는 사람들을 대상으로 방송을 하기 시작했다. 개중에는 기자들이 먼저 접근해서 취재를 하는 경우도 있었다.

개인 방송이라는 것이 정해진 내용을 하는 경우가 대부분이지만, 이렇게 돌발적인 상황에서는 BJ의 역량에 따라 자유롭게 진행을 하기도 한다. 그래서 처음에는 마냥 기다리거나 무료하게 자기들끼리 잡담을 하던 사람도 덩달아서 나서기 시작했다.

기자들은 기자들대로 흥미를 가지고 이것저것 물어보았다. 당장 써먹지는 못할지라도 나중에 써먹을 수도 있는 일이니까. 그리고 이들이 대부분 여의도 광장에 있었다는 사실을 알자 본격적으로 기자들이 관심을 갖게 되었다.

"알겠지, 일이 어떻게 되었는지? 기자들하고 거기서 농성을 하던 사람들, 그리고 장중범과 백 선생, 방송국 스태프까지 온갖 사람들이 지금 다 얽혀 있단 말이야. 이제 이해가 좀 되나?"

개인 방송과 관련된 일이라면 사회부 기자들이 신경을 쓸 일이 거의 없다. 하지만 그들이 장중범과 백 선생의 사건과 연관이 있다면 그건 전혀 다른 이야기가 된다. 그들도 그 사건이 엄청난 것이라는 건 잘 알고 있었다.

물론 기사를 써도 나갈지는 모르는 일이지만, 상황이 어떻게 변할지 모르는 일 아닌가. 이런 좋은 먹잇감을 놓고도 펜을 들지 않는다면 그건 기자라고 할 수 없다. 그래서 서로 취재하고 연락처도 교환하고 그런 모습이 개인 방송에도 나오고 그랬다.

그리고 주변에서 농성하던 사람들도 가세해서 아주 특이한 사람들이 한꺼번에 모이는 자리가 되었다. 그런데 이들이 모이니 무척이나 기묘한 조합이 되었다.

"농성하던 사람들은 각자 어떻게든 자기 사정을 알리려고 하던 사람들이야. 기자들은 그런 걸 기사로 쓰고 싶어 하는 사람이고. 그런데 이게 인터넷에 퍼지고 각자 연락망이나 네트워크를 통해서 알려지고 아주 복잡하게 되었단 말이야."

각각이 따로따로 있을 때는 힘이 강하지 않았다. 파급력도 약했고. 그런데 거기서 누군가 이야기를 했다. 같이 해보자고. 사실 어떻게 보면 억울한 피해를 입은 사람들 아닌가. 그러니 다 같이 문제를 해결해 보자고.

그래서 BJ들은 서로의 방송을 편집한 버전을 만들었고, 기자들 중에는 이들의 기사를 기획 기사로 내보내려고 했다. 이 시대의 어두운 곳에서 벌어지고 있는 일들, 억울한 희생자를 조명한다는 기사를 말이다.

데스크에서 잘릴 수도 있지만, 인터넷에 개인 방송 영상이 쫙 깔리고 나면 상황이 바뀔 수도 있다며 기대를 걸고 있었다.

그리고 일부 사람들은 포탈이나 여러 루트를 활용해서 문제 해결을 청원하는 운동을 벌이기로 했다.

"자네도 이런 문제를 해결할 때 가장 기본적인 전력이 무엇인지는 알고 있지?"

한 실장은 신음 소리를 냈다. 상황이 이렇게 흘러갈 줄은 몰랐기 때문이었다. 당연히 이런 경우에는 상대의 힘을 약화시켜야 한다. 그러기 위해서 가장 좋은 방법은 세력을 분산시키는 거다.

노조의 경우에도 해결이 쉽지 않은 경우에는 노조를 나뉘게 한다. 일단 나누고 나면 힘도 약해지고 요리하기도 쉬워지니까. 그러면 가장 곤혹스러워지는 건 어떤 경우일까? 그건 상대가 힘을 뭉치는 경우다.

그러면 상대하기가 몇 곱절 힘들어지게 된다. 그런데 지금 상황이 묘하게 그렇게 되어가고 있었다.

"설마 그렇게 될 줄은……."

"그래, 몰랐겠지. 몰랐으니까 그렇게 되는 걸 보고만 있었겠지."

선생님은 이해한다고 이야기했다. 하지만 그에 대한 책임은 져야 할 것이라고 말했다.

"그건 아닌 것 같습니다. 제가 아주 책임이 없다고 볼 수는 없지만, 어디까지나 저는 철거 이후 작전을 책임지고 있었던 상황입니다."

한 실장은 고개를 저으면서 아니라는 뜻을 분명히 표현했다. 실제로도 그렇다고 생각했고, 여기서 인정을 한다는 건 자신의 파멸을 인정하는 거나 마찬가지였다. 그러니 더 큰 책임은 선생님에게 있고 자신은 일부만 있다고 말하고 있는 거였다.

이건 다른 사람들에게도 분명히 할 것이다. 분위기가 심상치 않다는 걸 한 실장은 느끼고 있었다. 바로 나가서 알아볼 것이지만 이번 사건은 이미 걷잡을 수 없는 상황이 된 것 같았다. 그렇다면 반드시 희생양이 필요하다.

'그래서 나를 그 희생양으로 삼겠다는 거지. 그리고 자신은 살아남고 말이야. 이봐, 그렇게는 안 되지. 내가 그렇게 호락호락한 줄 알았나? 이 사악한 새끼야.'

한 실장은 당당하게 이야기했다. 어디까지나 이 사건의 책임은 자신이 아니라 선생님이 이끄는 조직에게 있다고.

"뭐라고? 끝까지 책임을 회피하겠다는 건가?"

"글쎄요? 누구는 그걸 책임 회피라고 생각하겠지만, 어떤 사람은 정당한 주장이라고 생각해서 말입니다. 관점의 차이라는 건 언제나 존재하는 거 아니겠습니까."

마음을 굳힌 한 실장은 아주 유들유들하게 나갔다. 어차피 둘 중 하나는 희생양이 되어야 게임이 끝나게 생겼으니 고운 말이 오가는 건 끝이 났다고 생각해서였다. 그리고 사실 어차피 한판 붙을 예정이었다.

"이제는 막 나가겠다는 거구만. 좋지 않은 상황에서 잘못된 선택을 하는 거 아닌가?"

"글쎄요. 제가 확실하다고 생각하는 건 지금 사건의 책임은 제가 질 게 아니라는 겁니다. 그것은 확실하게 해야죠. 높은 위치에 있다고 그렇게 말 같지도 않은 소리 지껄여도 되는 건 아니거든요."

"뭐? 말 같지도 않은 소리를 지껄여?"

한 실장은 피식 웃으면서 말했다. 어차피 제거하기 위해서 약점도 캐오고 준비도 해왔다. 그런데 상대가 먼저 자신을 제거하려고 손을 뻗어오고 있었다.

'조금 커지면 이런 식으로 해서 제거하는 걸 내가 한두 번 본 줄 알아? 그래서 나도 미리 준비하고 있었다 이거야.'

한 실장은 칼을 빼 들기로 결심했다. 더 늦으면 칼을 꺼내기도 전에 당할 위험이 있으니까. 한 실장은 조소를 날리면서 문을 향해 걸음을 옮겼다. 그리고 과연 누구와 손을 잡아야 하는지 머리를 굴렸다.

그의 머리에는 유력자 몇 명의 이름이 떠올랐다. 자신이 직접 연락해서 만날 수 있는 사람도 제법 되었다. 그래도 정보기관에서 제법 높은 위치에 있다 보니 그런 쪽으로 줄이 있었기 때문이었다.

"마지막으로 기회를 주지. 지금 이 방에서 이대로 나가면 반드시 후회할 거야. 내가 장담할 수 있어."

등 뒤에서 선생님의 목소리가 들렸다. 하지만 한 실장은 뒤를 돌아보지 않았다. 칼을 뽑지 않았으면 모를까. 일단 뽑았다면 뒤돌아보면 안 되는 법이다.

"일단 선택하고 나면 후회는 남겨놓는 게 아닙니다. 결과가 어떻게 되었든 말입니다."

한 실장은 그렇게 대답하고는 문밖으로 나갔다.

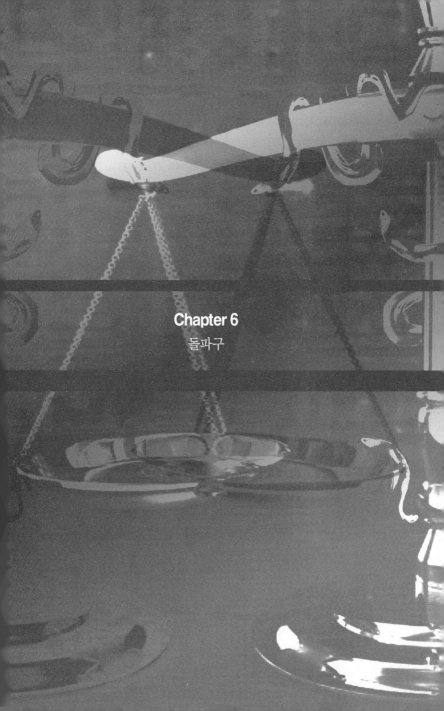

Chapter 6
돌파구

장중범의 사건은 사안이 사안인 만큼 사람들의 관심도 클 수밖에 없었다. 하지만 상대도 놀고만 있지는 않았다. 어설픈 음모론이라면서 증거는 하나도 없이 말로만 떠들어대고 있다는 글이 올라오기 시작한 거였다.

반응은 제각각이었다. 맞는 말 같으니 조사해야 한다는 사람도 있었고, 얼토당토않은 말이라고 하는 사람도 있었다. 그런 일이 있었으면 증거를 공개해야 하는데 그러지 않는 걸 보면 무언가 이상하다는 사람도 있었다.

그런데 백 선생의 일을 터뜨리고 나자 상황이 완전히 바뀌었다. 고위층 사람들의 돈세탁과 탈세는 사람들의 관심을 끌기에 충분했다. 그 작업을 직접 했던 사람이 증거까지 내밀면서 이야기하니 훨씬 믿음이 갔던 거였다.

"이런 상황인데 한 실장 그 자식까지⋯⋯."

"예상은 하고 계시지 않았습니까. 아무래도 뒤통수칠 준비를 하는 것 같다고 말입니다."

선생님의 앞에 서 있는 남자는 낄낄대며 이야기했다. 선생님은 눈살을 찌푸렸지만, 무어라 하지는 않았다. 저 정신 나간 인간이 저런 식이라는 걸 하루 이틀 본 게 아니었으니까.

"그거야 그렇지만 때가 좋지를 않아. 지금은 어떻게든 일처리를 빨리해야 할 타이밍인데 저렇게 엇나가면 피곤한데⋯⋯."

"어떻게 제가 손을 좀 써볼까요? 어차피 갈라선 상황인데 눈치 볼 것 없지 않습니까."

남자는 혀로 입술을 핥으면서 이야기했다. 히죽히죽 웃는 폼이 한 실장의 몸에 칼을 쑤셔 넣고 피가 흐르는 걸 상상이라도 하는 모양이었다.

"그건 곤란해. 그만한 걸 대비하지 않을 인간도 아니고 성공한다고 해도 우리에게 화살이 돌아오면 피곤하지. 그래도 명색이 정보기관의 요원 아닌가."

선생님은 그런 식으로는 해결할 수 없다고 이야기했다. 누군가가 요원을 건드린다? 그런 일이 벌어진다면 가만히 있겠는가. 당연히 보복한다. 아주 철저하게. 하지만 선생님은 이내 묘한 표정을 지으면서 말을 이었다.

"하지만 우리가 하지 않은 거라면⋯ 그런 거면 상관없는 일이지."

"아… 드디어 그 인간을 써먹을 때가 온 거군요."

남자는 무슨 이야기를 하는지 대번에 알아차리고 고개를 끄덕였다. 나중에 필요할 때가 있을 것 같아서 준비해 둔 놈이 있었는데, 생각보다는 빨리 사용하게 된 것 같았다.

'그래. 그 인간이라면 제격이지. 판은 우리가 준비하고 처리는 그놈이 하고.'

남자는 교도소에서 만난 사이코패스를 머리에 떠올렸다. 사람 죽이는 거라면 이골이 난 인간. 게다가 머리도 비상했다. 작전을 짜고 실행하는 데 분명히 도움이 될 것이다.

"준비시켜. 조만간 써먹어야 할 것 같으니까."

"알겠습니다. 조만간 재미있는 일이 많이 생기겠군요."

남자는 킥킥대며 웃었다. 피를 볼 생각을 하니 흥분이 되는 듯 목소리가 살짝 격앙되었다. 선생님은 준비가 끝나면 자신에게 보고하라고 하고는 남자를 내보냈다.

"그건 그런 식으로 준비를 하고… 그런데 이놈은 왜 이렇게 시간만 끌고 소송을 하지는 않는 거지?"

선생님은 뭔가 좀 이상하다고 혼잣말을 중얼거렸다. 전격적으로 터뜨리고 바로 치고 나갈 줄 알았는데 요란하게 소리만 내고 정작 소송은 하지 않고 있었다.

"무슨 생각인 거지? 상대를 몰아칠 때는 정신 차리지 못하게 휘몰아치는 게 정석인데… 뭔가 준비가 덜 된 게 있는 건가?"

생각을 해보았지만, 어떤 사정인지는 알 수 없었다. 하지만 어차피 소송은 진행될 터. 미리미리 준비해 놓는 게 좋았다. 안 그래도 책잡힐 일이 많았으니 이런 것에서라도 점수를 좀 따 놓아야겠다는 생각도 있었고.

그는 곧바로 가장 적임이라고 생각한 사람에게 전화를 걸었다. 바로 태경의 대표인 하치훈이었다. 만약 사건을 누군가에게 맡긴다면 그보다 더 적임은 없다고 생각해서였다. 하치훈은 마치 기다리고 있었다는 듯 전화를 받았다.

─그간 격조했습니다, 선생님. 무탈하신지요.

"어디 그렇게 편할 팔자가 되던가. 하는 일이 일이니만큼 말이야."

선생님은 시간 끌지 않고 단도직입적으로 이야기했다.

"자네도 알겠지만, 요즘 좀 시끄럽지 않나. 자네도 정 변호사가 어떤 일 하고 돌아다니는지는 알고 있겠지?"

─아, 그 일을 말씀하시는 거군요. 그럼요. 요즘 한창 화제가 되고 있는 일 아닙니까.

하치훈은 혁민에 대해 관심이 깊었던 만큼 이번 사건도 예의 주시하고 있었다. 게다가 이 사건은 자신의 운명과도 상당히 연관이 깊다는 걸 느끼고 있었다. 선생님에게 불똥이 튀면 자신에게도 피해가 올 수 있었으니까.

"아무래도 이 녀석이 소송을 할 것 같은데 자네가 사건을 좀 맡아줘야 할 것 같아."

─제가요? 그쪽에서 확정이 된 건가요?

선생님은 하치훈의 목소리에서 사건을 맡는 걸 탐탁지 않게 여기고 있다는 걸 느낄 수 있었다. 그는 욕지거리가 튀어나오려는 걸 간신히 참았다.

'이 자식이. 내가 밀어줘서 그 자리에 올랐으면 당연히 알겠다고 해야지, 이런 식으로 나와?'

그는 인간들이 하나같이 좀 괜찮은 자리에 가면 자기 생각만 한다면서 화를 냈다. 물론 말로 내뱉지는 않고 속으로 삼켜야 했다.

"왜? 무슨 문제라도 있나?"

—제가 워낙 맡은 사건이 많아서 말입니다. 선생님께서 부탁하시는 일이니 어떻게든 노력은 해보겠지만, 장담하기는 좀 어려울 것 같습니다.

하치훈은 사건을 로펌에 소속되어 있는 다른 변호사에게 맡기거나 다른 로펌을 소개하겠다고 이야기했다. 선생님은 인상을 구기면서 입술을 깨물었다. 자신이 다른 변호사나 로펌을 몰라서 하치훈에게 전화를 한 게 아니었기 때문이었다.

태경은 로펌 중에서도 단연 톱이었다. 다른 데서는 가망이 없다고 한 사건도 태경에서 맡으면 승소할 수 있다는 말이 공공연하게 돌아다닐 정도였으니까. 그리고 그런 로펌의 대표인 하치훈.

상징적인 의미가 있는 것이다. 이번 일로 심기가 불편한 권력자들에게 일종의 성의를 보이는 것이다. 이 정도로 준비했으니 잘 봐달라는 식으로. 그런데 그걸 하치훈이 거절하고 있었다. 말로는 노력하겠다고 했지만, 사실상 거절이나 마찬가지였다.

"그런가? 나는 자네가 꼭 맡아주었으면 하는데……."

"이거 죄송합니다. 제가 어떻게 될지를 몰라서… 맡겠다고 말씀을 드렸다가 잘못되면 더 곤란할 것 같아서 말입니다. 선생님께 허언을 한 게 되니 말이죠."

선생님은 조금 더 강하게 압박했지만 하치훈은 적당한 핑계를 대면서 거절의 뜻을 내비쳤다. 어지간했으면 알았다고 하고는 통화를 마쳤을 것이다. 그런 다음 어떤 수를 써서든 스스로 찾아와서 자신이 맡겠다고 말을 하게 만들었을 것이다.

하지만 지금은 그러기에는 상황이 좋지 못했다. 혁민이 언제 소송을 제기할지 모르니 시간도 없었다. 그는 다시 한 번 강한 어조로 이야기했다.

"이번 사건은 자네가 맡도록 하게. 그만큼 중요한 일이야. 이번 일만 잘되면 내가 섭섭지 않게 해주지."

워낙 강한 어조로 이야기를 해서 그런 것일까. 전화기 너머에서는 잠시 침묵이 흘렀다. 선생님은 살짝 긴장되는 걸 느꼈다. 한 실장이 자신과 척을 지겠다고 대놓고 나오는 마당에 하치훈까지 돌아서 버리면 상황이 너무 좋지 않게 되어버리기 때문이었다.

전에는 그런 건 생각지도 않았었는데, 한 실장의 일로 조금 충격을 받아서 그런 듯했다. 하지만 그런 걱정은 하치훈의 목소리가 들리고 난 후에야 사라졌다.

―알겠습니다. 제가 어떻게든 해보겠습니다. 하지만 정말 불가피할 경우가 있을 수도 있으니 그건 양해를 해주셔야 합니다.

"알겠네. 그렇게 하지."

선생님은 이 정도면 되었다고 생각했다. 아직까지는 자신의 말이 먹혀들어 가고 있다는 걸 확인하자 그는 기운이 솟는 걸 느꼈다. 한 실장의 일로 자존심에 타격을 입었었는데, 그게 회복되는 그런 느낌이었다. 하지만 그런 일을 당한 하치훈의 기분이 좋지 않은 건 당연한 일이었다.

'아니, 지금 나에게 이런 식으로 해도 되는 건가? 내가 자기 부하도 아니고 말이야.'

하치훈은 상당히 기분이 언짢았다. 마음 같아서는 확실하게 거절을 하고 싶었지만, 선생님의 위세는 아직 대단했다. 그리고 앞으로 더 강해질 수도 있었고. 그러니 일단은 참는 게 정답이라고 생각했다.

"뭐라고 하시던가요? 사건을 맡으라고 하시는 거겠죠?"

한 실장은 빙긋 웃으면서 하치훈에게 말을 걸었다. 하치훈은 가볍게 고개를 끄덕였는데 그의 기분이 어떻다는 건 표정이 말해주고 있었다.

'그 인간이 나를 도와주는구만.'

대놓고 기분이 나쁘다는 걸 표현하지는 않았지만, 굳은 표정에서 자연스럽게 어떤 일이 있었는지를 대충 짐작할 수 있었다. 통화 내용과 표정. 그 정도면 충분했다.

"이번 사건이 문제긴 문제인가 보군. 하기야 잘못하면 어마어마한 태풍이 휩쓸고 갈지도 모르는 사건이니 그럴 만도 하지."

"그렇기는 하죠. 정말 큰 사건인 건 맞습니다. 누구에게는 심각한 위기이기도 하고 말입니다. 하지만 언제나 그렇듯이 위기가 바로 기회 아니겠습니까?"

한 실장은 은근한 투로 이야기했다. 한 실장이 왜 하치훈을 찾아왔겠는가. 선생님과 한판 하기로 한 이상 아군을 만들어야 했다. 기왕이면 강력한 아군이 많을수록 좋지 않겠는가. 하치훈은 그런 사람 중 한 명이었다.

"어떻습니까? 제가 이야기한 게 말입니다."

"글쎄요. 제가 뭐라고 이야기를 하는 건 조금 부적절해 보이는군요."

하치훈은 즉답을 피했다. 어차피 급한 건 자신이 아니었으니까. 한 실장은 자신에게 손을 잡자고 이야기하고 있었다. 그리고 선생님을 쳐내자는 거였다.

"원하시는 게 있으시면 이야기를 하시죠. 지금 이 자리에서 답을 듣는 걸 원하는 건 아닙니다. 이런 중요한 걸 갑자기 결론을 내릴 수야 없는 일이죠."

한 실장은 서로 이야기를 나누다 보면 무언가 답이 나오지 않겠느냐면서 조금만 시간이 지나면 자신이 어마어마한 권력을 손에 쥘 수 있다고 이야기했다.

"지금도 잘나가시는 분이라 관심이 없을 수도 있겠지만, 힘이란 건 언제나 있으면 좋은 거 아니겠습니까."

한 실장은 웃으면서 단적으로 비교를 해보라고 이야기했다. 선생님과 자신이 그 자리에 올랐을 때 어떤 것이 하치훈에게 더 도움이 되겠는지를.

하치훈은 곧바로 한 실장이 그 자리에 올랐을 때 자신에게 더 유리하다는 걸 알 수 있었다. 지금 선생님이 하는 것만 봐도 그렇다. 저렇게 독단적이고 강압적인 인물이 그런 힘까지 손에 넣으면 어떻게 되겠는가.

지금도 손가락질로 부려먹는 졸개 같은 취급을 받고 있는데, 거기다가 더 큰 힘을 갖게 되면 어떻게 될지 뻔했다. 그러니 한 실장을 도와서 그 자리에 앉힐 수만 있다면 자신에게는 큰 도움이 될 것이다.

"생각을 좀 해봐야겠군요. 이게 그렇게 간단한 문제가 아니라서 말입니다."

하지만 그건 엄청난 위험을 부담해야 하는 일이다. 만약 잘못되는 날에는 자신은 끝장나는 거니까. 선생님은 배신을 눈 감아주는 그런 아량이 있는 인물이 아니었다. 오히려 그런 건 철저하게 짓밟는 사람이었다.

속 좁고 옹졸한 위인. 항상 자신만이 옳고 자신의 말에만 따라야 하는 그런 인물이었다. 자신의 말에 토를 달기만 해도 어떻게든 보복을 하는 사람이었으니 배신이야 오죽하겠는가.

"그렇죠. 그렇게 쉽게 결정할 수는 없는 일입니다. 하지만 잘 생각해 보세요. 그 사람이 그런 힘까지 가지게 되면 어떻게 될지를."

그는 지금까지 해온 것만 봐도 알 수 있지 않으냐고 말했다. 선생님은 자신에게 대들거나 쓸모가 없어 보이면 제거했다. 그것도 자신의 손이 아니라 다른 사람의 손을 빌려서. 다른 사람들이야 잘 모르겠지만, 하치훈과 한 실장은 어느 정도는 알고 있다.

"흐음… 아무튼, 이 얘기는 나중에 다시 하는 걸로 합시다. 그것보다 지금 해야 할 일이 좀 있어서……."

"아이고. 제가 바쁘신 분 시간을 너무 많이 빼앗았군요. 죄송합니다."

"아닙니다. 좋은 이야기 나누었으니 저도 만족스럽군요."

한 실장은 하치훈이 아주 마음이 없는 건 아니라는 사실을 알 수 있었다. 하지만 이리저리 재고 있는 게 보였다. 하기야 워낙 중대한 결정이니 갈등이 생기는 건 어쩔 수 없는 일이다. 하지만 한 실장은 결국 자신을 선택할 것이라 생각했다.

'어쩔 수 없을걸? 인간은, 특히나 권력에 욕심이 많은 인간은 만족할 줄 모르는 법이지. 그러니 그 인간 밑에서 계속해서 치이면서 지내는 걸 바라지는 않을 거야.'

한 실장은 다음에 만나서는 그런 상황에서 벗어날 수 있는 건 지금뿐이라는 걸 강조해야겠다고 생각했다. 만약 그가 권력을 움켜쥐게 되면 그때는 어쩔 수가 없을 것이라고 말이다.

'정말 그렇게 되면 다시는 기회가 오지 않을 수도 있지. 그러니 승부를 보려면 바로 지금.'

한 실장은 누구를 또 만나야 하는지 생각해 보았다. 그를 제거하기 위해서는 상당한 힘이 필요했다. 그러려면 당분간은 바쁘게 움직여야 할 것 같았다.

'그나저나 정 변호사 일도 처리를 하기는 해야 하는데… 그래도 아직 소송까지 들어간 건 아니니까 다행이야.'

그리고 그 시각, 혁민은 고인수 법무부 차관과 만나고 있었다.

＊　　　＊　　　＊

"아니, 이게 얼마 만이야. 그래, 잘 지냈고?"

마침 업무를 보고 돌아오던 고인수 법무부 차관은 반가운 얼굴로 혁민을 맞이했다. 한동안 만나지 못했던 터라 반가움은 더했다. 고 차관은 평소에도 혁민을 괜찮은 법조계 후배라고 생각하고 있어서 그런지 평소 손님을 맞이할 때와는 달리 아주 친근하게 대했다.

고인수 차관은 무척이나 사무적이고 근엄한 스타일이었다. 어떤 사람이 오더라도 항상 비슷한 태도로 대했는데, 혁민에게는 조금 이례적이라 다른 사람들이 모두 의외라고 생각했다.

"저기, 그런데 요즘 인터넷에 나온 그 사람 아냐?"

"그런가? 어? 맞다. 그런 것 같은데?"

다른 사람들이 혁민의 얼굴을 알아보고는 수군거렸다. 아직도 언론에서는 크게 다루고 있지 않았지만, 워낙 민감한 사안이다 보니 아는 사람들이 많았다. 그들은 혁민이 맞는지 얼굴을 확인하려고 기웃거렸지만, 고 차관과 혁민이 방으로 들어가는 바람에 뜻을 이루지는 못했다.

하지만 장중범과 백 선생과 같이 얼굴을 비췄던 변호사가 맞는다면서 입방아를 찧었다. 그러고는 그가 왜 고 차관을 찾아왔는지, 둘은 어떤 사이기에 이렇게 친한 건지 계속 이야기를 나누었다.

물론 추측만 무성하게 나왔을 뿐 제대로 된 정보가 나올 리야 있겠는가. 하지만 사람들은 고지식하고 올드한 느낌의 고 차관과 요즘 가장 핫한 사건의 주인공인 혁민이 어떻게 아는 사이일까 계속해서 궁금해했다.

"제가 먼저 연락을 드리고 찾아뵀어야 하는 건데, 바쁘다는 핑계로 차일피일 미루다 보니… 일하시느라 바쁘시다는 얘기는 들었습니다."

"뭐 어디나 마찬가지 아니겠나. 제대로 일하려고 하면 어디나 바쁜 게지. 그나저나 요즘 아주 재미있는 일들이 많더구만."

고인수 차관은 혁민이 벌이는 일을 알고 있었다. 어떻게 보면 당연한 일일 것이다. 혁민의 일로 법조계가 들썩거리고 있는데 그걸 모른다면 법무부 차관으로서 자격 미달 아니겠는가.

"가만히 두고 볼 수가 없었습니다. 이런 일이 아무렇지도 않게 벌어지고 있는 현실이 정말 어처구니가 없어서 말입니다."

"흐음… 만약 그게 다 사실이라면 정말 개탄할 노릇이지."

고 차관은 그렇게 이야기를 하고는 숨을 크게 내쉬었다. 그라고 해서 현실을 모르겠는가. 어쩌면 그런 현실의 벽을 가장잘 아는 사람 중 한 사람일 것이다.

"전부 사실입니다. 그리고 그보다 더한 일도 많습니다. 지금 알려진 건 정말 빙산의 일각에 불과하죠. 이걸 가만히 두면점점 더 곪을 것 같더군요."

혁민은 고 차관에게 이 정도 비리가 전부가 아님을 알지 않느냐며 이야기했다. 고 차관도 고개를 끄덕였다. 보고 들은 게있는데 왜 모르겠는가. 자세히 알지는 못하지만 그런 일들이버젓이 자행되고 있다는 건 알고 있다.

"언젠가는 터질 거라고 생각은 했지. 그게 이런 식으로 될거라고는 예상하지 못했지만 말이야. 그런데 말이야."

고 차관은 의아하다는 투로 물었다.

"왜 소송에 들어가지 않고 계속해서 그러는 건가? 시간을끌어야 할 특별한 이유라도 있는 건가?"

"아… 약간 사정이 있어서요. 선배님도 아시겠지만, 이렇게시끄러운데도 언론에서는 거의 이 사건을 다루지 않고 있지않습니까."

"그렇긴 하지. 하지만 그런 거야 자네도 잘 알지 않나. 이쪽시스템이 어떻게 돌아가는지 말이야. 똑똑한 자네가 그런 정도 생각을 하지 못했을 리는 없고……."

고 차관의 말에 혁민은 손사래를 치면서 과찬이라고 이야기하고는 몇 가지 이유로 시간이 좀 필요하다고 이야기했다.

"그런가? 그런데 사실 나를 찾아온 건 좀 의외긴 하군. 좀 묘한 관계라서 말이 나올 수도 있는데 말이지. 내가 들어보니 국가를 상대로 손배 넣을 거 아닌가."

맞는 말이었다. 어차피 국가를 상대로 한 손해배상 소송을 할 예정이었다. 그럴 경우 피고는 대한민국이 되는데, 법무부 장관이 법률상 대표자가 된다. 그러니 고인수 법무부 차관과는 조금 묘한 관계가 되는 것이다.

"아직 소송에 들어간 것도 아닌데 뭐 어떻습니까. 그리고 제가 무슨 청탁을 하는 것도 아니고 말이죠."

사실 여론을 더 끌어모으기 위해서 시간을 끄는 것도 있었지만, 이런저런 사전 준비를 하기 위해서 소송에 들어가지 않고 있었다. 사실 여러모로 불리한 싸움이었다. 이길 확률이 거의 없다고 봐도 무방한 싸움.

하지만 지려고 싸움을 하는 사람이 어디 있겠는가. 어떻게든 이기기 위해서 여러 가지 작업을 하고 있었다. 그리고 고인수 법무부 차관은 혁민이 생각하는 마지막 히든카드였다.

"사실 이런 비리는 근절되어야 마땅하지만, 워낙 깊이 자리 잡고 있어서 그걸 전부 도려내기가 쉽지를 않아."

"맞는 말씀입니다. 하지만 그렇다고 가만히 두면 점점 더 썩는 부위만 커지는 꼴이죠. 분명히 어떻게든 손을 봐야 합니다."

혁민과 고인수 차관은 그런 문제에 관해서 다양한 이야기를 나누었다. 평소에도 그런 문제를 반드시 해결하고 넘어가야한다는 생각을 가지고 있던 두 사람이라서 이야기는 끝도 없이 이어졌다.

"역시나 내가 잘 봤구만. 이렇게 이야기가 잘 통할 줄 알았다면 자주 만나서 대화를 나눌 걸 그랬어… 알게 되었으니 이제라도 자주 보자고."

"저도 동감입니다. 제가 자주 연락드리겠습니다. 아무래도 소송에 들어가면 그러기 좀 어렵겠지만 말입니다."

"소송이 어디 평생 가던가. 이번 건이야 조금 길어지기는 하겠지만, 편하게 얘기할 때가 오겠지."

혁민은 고인수가 국가를 위해서는 어쩔 수 없는 일도 있다거나 대의를 위해서는 작은 희생이 어쩌고 하는 말을 꺼냈다면 크게 실망했을 것이다. 하지만 고인수 차관은 그러지 않았다.

"잘못된 건 잘못된 거니까 바로잡아야 하는 거지. 거기에 이런저런 핑계를 붙이는 건 하고 싶지 않다는 뜻이야."

그는 진리는 아주 단순한 것이라고 말했다. 거기에 자꾸만 이유가 붙고 사정이 연결되고 하면서 본질이 흐려지는 거라면서 고개를 저었다. 그렇게 하는 이유는 시간이 조금만 지나서 사람들의 이목이 쏠리지 않을 때 무언가를 하려는 수작이라면서.

"지금 당장 하면 되는 거야. 안 되는 게 어디 있어? 그냥 하기 싫은 거란 말이지."

"맞습니다. 그렇게 시간 끌면서 눈치 보다가 나중에 슬쩍 넘어가거나 아니면 조금 바꿔서 자기들에게 유리하게 하거나 그러는 거 어디 한두 번 봤나요."

혁민은 이야기를 나누면서 이 정도면 되었다고 생각했다.

"말씀 잘 들었습니다. 그럼 전 이만 가보겠습니다."

"벌써? 어이쿠. 이거 보게… 시간이 이렇게나 흘렀나?"

혁민이 일어나겠다고 하자 만류하던 고 차관은 시계를 확인하고는 깜짝 놀랐다. 생각보다 시간이 훌쩍 지나 있었기 때문이었다. 이야기를 하다 보니 시간이 흐른 걸 미처 느끼지 못한 탓이었다.

"제가 바쁘신 분 시간을 너무 많이 뺏은 건 아닌지 모르겠습니다."

"아니야. 나도 오늘 이런 이야기 나누어서 정말 즐거웠네. 그런데 정말 이대로 가도 괜찮겠나? 더 할 이야기는 없는 거고?"

고인수 차관은 약간 의아하다는 투로 말했다. 여기까지 찾아왔을 때는 무언가 이유가 있을 것이라고 생각했는데, 오늘 나눈 이야기는 특별한 건 없었기 때문이었다.

아주 당연한 이야기들만 오갔다. 물론 법리적인 내용이나 법적으로 조금 깊이 들어간 건 있었지만, 이번 사건과 관련해서 딱히 이야기를 나눈 건 없었다.

고 차관은 청탁은 아니더라도 어느 정도는 사정 이야기를 할 줄 알았다. 이런 일이 있었으니 아무쪼록 공정하게 처리해

주십사 하는 그런 목적으로 왔으리라 짐작했던 것이다. 하지만 그런 것조차 없었다.

"저는 할 이야기 다 한 것 같습니다. 오늘만 날이 아니니 다음을 기약하시죠. 제가 소송 마무리되면 자주 찾아뵙겠습니다."

고 차관은 묘한 표정으로 혁민을 쳐다보았다. 무슨 생각을 하는 건지 궁금해하는 그런 표정도 있었고, 정말 괜찮은 후배라고 여기면서 흐뭇해하는 표정도 보였다.

"그래. 그러면 다음에 보자고. 건투를 비네."

*   *   *

"갑자기 웬 이송이야?"

"낸들 아나… 시키면 해야지. 그리고 가끔은 이렇게 밖에 나가는 것도 괜찮잖아."

교도관들은 바깥 풍경을 구경하면서 한가롭게 잡담을 나누었다. 그러다 한쪽 구석에 있는 사이코패스를 보더니 자기들끼리 귓속말을 했다.

"야, 저 새끼가 사이코패스라매?"

"장난 아니라던데? 사람을 죽인 게 정확하게 몇 명인지도 모른다던만. 밝혀지지 않아서 그렇지 다 합치면 50명도 넘을 거라고 하더라고."

그렇게 이야기를 하는데 갑자기 사이코패스가 고개를 돌려

교도관들을 쳐다보았다. 그러자 교도관은 갑자기 약간 으슬으슬한 기운을 느끼고는 몸을 살짝 부르르 떨었다.

"어이, 이번 휴게소에서 쉬었다가 가나?"

교도관 한 명이 자신이 움츠러들었다는 걸 들키지 않으려는 듯 일부러 호기롭게 이야기했다. 그리고 마침 얼마 남지 않은 휴게소에서 쉬어 가기로 되어 있었다. 차는 곧 휴게소로 진입했고 교도관 한 명을 남기고 다른 사람들이 밖으로 나갔다.

"빨리 와. 나도 좀 쉬게."

"알았어. 내가 화장실만 갔다가 올게."

교도관 한 명은 사이코패스가 조금 꺼림칙하다는 듯 일부러 차에서 내려 기지개를 켰다. 그리고 동료가 빨리 돌아오기만을 기다리고 있는데 사이코패스가 조용히 입을 열었다.

"나도 화장실 좀 갑시다."

"뭐? 좀만 참아. 한 명 오면 같이 가자고."

교도관은 퉁명스럽게 이야기했다. 어쩐지 혼자서 이 녀석을 데리고 움직이는 게 내키지 않았기 때문이었다. 하지만 사이코패스는 급하다면서 발을 동동 굴렀다.

"급해서 그럽니다. 수갑까지 차고 있는데 뭐 문제가 될 게 있겠습니까. 그리고 화장실 갔다 온다고 했던 것 같은데요. 가다 보면 만나겠죠."

"그렇긴 한데……."

교도관은 살짝 고민했다. 수갑을 차고 있으니 별일 없을 것 같기는 했다. 게다가 사이코패스의 말처럼 동료가 화장실만

갔다가 오기로 했으니 가는 도중에 만날 것 같기도 했고.

"오줌 냄새 나는 차에 타고 갈 수는 없지 않습니까."

사이코패스는 몸을 비틀면서 이야기했다. 얼굴까지 약간 시뻘게진 것이 정말 급하긴 급한 듯했다. 교도관은 사람을 수십 명 죽인 사이코패스도 화장실 급한 건 어쩔 수 없는 모양이라면서 피식 웃었다.

발을 동동 구르면서 몸에 힘을 꽉 주고 있는 모습. 이해가 되었다. 자신도 저렇게 참아본 경험이 있었으니까.

"그래, 가자. 대신에 허튼수작 부릴 생각은 하지도 마. 그랬다간 아주 작살을 내줄 테니까."

"됐으니까 빨리 화장실에나……."

교도관은 사이코패스를 차에서 내리고 화장실로 데리고 갔다.

"뭐야, 이 자식은? 화장실만 갔다가 온다고 하더니 매점으로 빠졌나?"

교도관은 동료가 보이지 않자 투덜거리면서 화장실을 향해 걸어갔다. 화장실에는 사람들이 약간 있었다. 평일 오전이라서 그런지 수가 많지는 않았지만, 그래도 텅 빈 건 아니었다.

"빨리 싸. 차에 왔다가 이상하게 생각할 수도 있으니까."

교도관은 주변을 슬쩍 살피면서 변기로 가면서 이야기했다. 평소에는 이런 행동을 잘 하지 않는데 이번 이송은 갑자기 명령이 내려온 데다가 하필이면 연쇄살인마라서 어쩐지 찜찜했던 탓이었다.

하지만 아직까지도 별일이야 있겠나 싶은 게 그의 생각이었다. 하지만 사이코패스는 교도관의 의도대로 따르지 않고 자꾸만 구석으로 움직였다.

"야, 어딜 가? 그냥 여기서 싸. 구석에 가서 싸면 뭐 좋은 거라도 있냐?"

그런데 사이코패스는 뒤를 돌아다보면서 씨익 웃더니 대답했다.

"그럼. 좋은 거 있지."

그렇게 대답하고는 가장 구석진 곳으로 향했다. 교도관은 황당해서 잠시 말을 못 하고 있다가 헛웃음을 내뱉었다. 그러고는 살짝 열이 받은 상태로 사이코패스에게 빠른 걸음으로 다가갔다.

"이 새끼가 지금 미쳤나. 야, 너 지금 뭐라고 했어?"

"뭐라고 하긴. 좋은 거 있다고 했지."

사이코패스는 역시나 뒤를 보면서 말했다. 입가에는 교도관을 조롱하는 듯한 비웃음 같은 걸 달고서. 교도관은 나중에 한소리 듣더라도 눈앞에 있는 저 얄밉게 구는 녀석에게 따끔한 맛을 보여주어야겠다고 생각했다.

하지만 그의 생각은 현실로 이루어지지 못했다. 교도관이 접근하자 사이코패스가 뒤도 돌아보지 않은 채 중얼거렸다. 수갑을 덜그럭거리면서.

"빨리 정리하고 갑시다. 이런 거 차고 있으니까 영 불편하네."

교도관은 무슨 소리를 하는지 몰라 의아해했는데, 그게 그가 마지막으로 생각한 내용이었다. 왜 그런지도 모른 채 교도관은 정신을 잃었고, 그 뒤에는 여러 사람이 서서 다른 사람의 시야를 가리고 있었다.

"이거 오랜만이군. 잘 지냈고?"

모자를 쓴 남자가 이야기했다. 선생님에게 명령을 받은, 그리고 교도소에서 사이코패스를 면회했던 바로 그 남자였다.

"잘 지냈을 리가 있나. 일단은 가서 좀 쉽시다. 쉬어야 일도 하지."

사이코패스는 눈을 번들거리면서 이야기했다.

*　　　*　　　*

탈옥수의 일은 전혀 언론에 알려지지 않았다. 한때는 세상을 떠들썩하게 했던 연쇄살인마였기에 알려질 법도 했지만, 그 일이 밝혀지기를 원하지 않는 사람들이 많았기 때문이었다. 하지만 언제까지 숨길 수는 없는 일이었다.

"초반에야 이런저런 핑계를 대면서 숨길 수 있겠지만, 나중에야 어림없는 일이지."

"그렇죠. 쓸데없는 혼란을 피하기 위해서라든가 여러 가지 이유를 댈 수 있겠지만, 억지가 통하는 건 한계가 있으니까 말입니다."

선생님은 고개를 끄덕이면서 그러니 일을 처리할 때 충분히 주의해야 한다고 강조했다.

"특히나 뒤처리를 깔끔하게 해야 해. 이게 말이 나오기 시작하면 움직이기도 어려우니까 말이야."

"작업이야 지저분하지만, 처리는 깔끔하게 하는 게 저 아니겠습니까. 그런 걱정은 하지 않으셔도 될 겁니다."

모자를 쓴 남자는 킥킥대며 웃었다. 선생님도 그 점은 인정하는 바였다. 피를 너무 좋아해서 잔혹하게 손을 쓰기는 하지만 처리 하나는 누구보다도 깔끔했으니까. 그래서 중요한 일에는 대부분 이자를 써왔다.

"그럼 계획한 대로 준비시켜. 앞으로 바빠질 테니까."

"알겠습니다. 저도 이번에는 기대가 크군요."

남자는 여전히 킥킥대면서 밖으로 나갔다. 선생님은 시계를 보고는 이제 다시 일하러 가야 할 시간이라는 것을 깨달았다. 그는 고개를 이리저리 돌리면서 요즘 들어 유난히 피곤함을 느낀다는 생각을 했다.

"나이는 어쩔 수 없는 건가……."

두 가지 역할을 한다는 건 쉬운 일이 아니었다. 젊었을 때야 그나마 나았지만, 나이를 먹어갈수록 체력이 버텨주지를 못했다. 하지만 조금만 지나면 영원히 그럴 걱정은 없게 될 것이다. 자신이 원하는 걸 모두 손에 넣게 될 테니까.

"그건 그런데 이 녀석은 도대체 어쩌자는 속셈이지? 도대체 뭘 노리고 이렇게 시간을 끄는 거야? 분명히 무슨 속셈이 있을 텐데……."

그는 혁민이 차라리 빨리 움직이기를 바랐다. 선거가 가까워질수록 이런 사건은 부담이 된다. 그러니 어차피 막기 어려운 일이라면 빨리 수면 위로 올렸다가 가라앉혀야 한다. 하지만 어찌 된 일인지 혁민은 할 듯 말 듯하면서 소송까지는 가지 않고 있었다.

"설마 그런 걸 노리고? 아니야, 그랬다가는 다른 쪽에서 먼저 치고 나올 가능성도 있으니 계속 버티지만은 못할 거야. 아무래도 조만간 소송에 들어가겠지."

사실 소송을 하게 되면 약간은 안전이 보장되는 면도 있다. 사회적으로 시선이 쏠리는 사건의 당사자를 어떻게 한다는 건 무척이나 부담스러운 일이니까. 하지만 계속해서 말로만 떠들고 소송을 진행하지 않으면 대응할 방법이 많았다.

오히려 역으로 소송을 걸 수도 있었다. 혁민이야 그런 부분에 관해서 누구보다도 잘 아는 사람이니 그런 걸 간과하고 있지는 않을 것이다. 그래서 따로 준비할 것이 있거나 증거를 보완하느라 시간이 좀 걸린다고 생각했다.

"하치훈, 이 자식도 영 마음에 들지 않는단 말이야……."

선생님은 얼마 전 통화를 기억하고는 버럭 화를 냈다. 자신이 그 자리에 앉혀준 거나 마찬가지인데 자신에게 어떻게 그렇게 나올 수가 있단 말인가. 아무래도 조만간 적당히 눌러줘야겠다고 생각했다.

그렇지 않으면 통제가 되지 않는다. 사람은 두 종류가 있다. 잘해주면 감복해서 충성을 다하는 케이스. 아니면 자신이 정말 잘나서 그런 줄 알고 기어오르는 케이스. 하치훈은 기어오르는 스타일이었다.

욕망이 강한 사람일수록 그런 경향이 강했다. 두 종류 말고도 사람들이 있기는 했다. 이도 저도 아닌 사람들. 능력도 어중간하고 눈치를 살피는 그런 사람들. 선생님은 그런 사람들은 취급하지 않았다. 자신이 원하는 건 능력이 있는 자들이었으니까.

"뭐, 어차피 조금만 지나면 알아서 기게 될 테지만……."

요즘은 워낙 스트레스를 많이 받다 보니 어딘가에 풀고 싶다는 욕망이 꿈틀거렸다. 무어라도 잡고서는 두들겨 패고 집어 던지고 싶다는 생각이 시도 때도 없이 머릿속을 헤집고 다녔다. 하지만 그런 모습을 보일 수는 없는 일.

그는 다른 방법으로 그런 스트레스를 풀었다. 자신의 힘을 이용해서 상대를 곤란하게 만들고 나서 그가 힘들어하는 걸 보면서 쾌감을 느끼는 거였다.

"그러면 한 실장하고 하치훈이를 가지고 잠깐 놀아볼까."

지금은 집중해야 할 타이밍이다. 정말로 중요한 시기를 앞두고 큰 문제를 만난 상태 아닌가. 그런데 측근이라고 할 수 있는 두 사람이 말썽을 부리고 있었다. 문제가 있다고 해서 이걸 가만히 두었다가는 더 큰 문제가 생길 거라는 게 그의 판단이었다.

그래서 그들에게 특별한 선물을 보내기로 했고, 이미 준비가 끝난 후였다. 그는 두 사람이 여러 생각이 많겠지만, 조금만 지나면 그 생각이 바뀔 것이라고 중얼거렸다.

"그 둘이야 내 손안에서 놀아나는 놈들이고, 나머지 것들만 정리하면 정말 끝인데……."

＊　　　＊　　　＊

혁민은 천막에서 농성을 하고 있는 장중범과 백 선생을 만났다. 둘은 수염이 약간 꺼칠꺼칠하게 나기는 했지만, 건강해 보였다.

"좀 어떠세요? 지낼 만하세요?"

"전보다는 많이 나아진 것 같아. 근처 사람들하고도 좀 친해 졌고, 가끔 찾아오는 사람도 있고. 지나가는 사람들도 알아보 는 사람이 제법 되더라고."

백 선생은 즐거운 듯 웃으면서 이야기했다. 장중범도 가끔 아내와 딸이 찾아와서 좋다고 말했고. 하지만 사람들의 시선 이 조금은 부담스럽다는 말도 했다.

"영 어색하고 불편해. 평생을 사람들 눈에 띄지 않게 살아서 그런가?"

"아마도 그러실 거예요. 하지만 얼마 남지 않았으니 조금만 더 고생하세요."

두 사람은 얼마 남지 않았다는 말에 크게 기뻐했다. 사실 얼 굴을 드러내고 일을 벌이겠다고 마음은 먹었지만, 실제로 이 렇게 노출된 상태로 있다 보니 불안했던 거였다.

"우리가 문제 삼고 있는 대상에게 전부 정보를 공개하고 사실을 밝히라고 성명을 낼 겁니다. 진실을 요구한다는 내용으로요."

"진실? 그런 것에는 콧방귀도 뀌지 않을 것 같은데? 저들이 그런 말을 듣는다고 꿈쩍이나 할까? 아마도 헛소리라면서 오히려 수작을 부릴걸? 사람들 동원해서."

"그렇게 나오겠죠. 그러라고 그러는 겁니다."

혁민은 웃으면서 이야기했다. 둘은 의아한 표정을 지었다. 별다른 효과도 없는 걸 번거롭게 왜 굳이 하느냐는 듯이. 하지만 혁민은 전부 필요한 거라고 이야기했다.

"정치권 인사나 경제 쪽은 말할 것도 없겠죠. 그런 일은 결단코 없었으며 언급할 가치도 없다는 식으로 나올 겁니다. 국정원에도 자료를 공개하라고 해봐야 들은 척도 하지 않겠죠."

당연히 그럴 것이다. 사실무근이며 오히려 명예훼손으로 고소하겠다고 난리를 칠 것이다. 하지만 그렇게 나와야 이후에 판을 풀어가기가 더 쉽다는 게 혁민의 생각이었다.

"그렇게 상황이 정리되면 정식으로 싸움을 법정으로 가져가는 겁니다. 그리고 거기서 하나하나 다 까발리는 거죠."

혁민은 상황이 불리한 만큼 상대에게도 흠집을 많이 내고서 싸우는 게 좋다고 말했다. 거기다가 이목을 끌면 끌수록 좋은 일이고.

"그러면 그렇게 하고 중범이는 국가를 상대로 한 손해배상 소송을 하는 건가?"

"아니요, 민사소송하고 형사소송을 한꺼번에 진행할 겁니다."

"같이?"

혁민은 그러는 편이 더 좋다고 판단했다며 이유를 들려주었다.

"동시에 진행하게 되면 아마도 민사소송은 형사소송의 결과를 보고 판단하게 될 겁니다."

"내가 법에 관해서는 자네보다야 모르겠지만, 나도 그렇게 알고 있네."

"그래서 간혹 유사한 경우에 형사소송을 먼저 하고 결과가 나오면 그걸 가지고 민사소송을 하는 경우도 있죠. 어떻게 될지 모르니까 형사소송 결과를 받아보고 유리할 것 같으면 민사를 하겠다는 거죠."

혁민의 말에 고개를 끄덕였다. 그런 정도는 두 사람도 알고 있었으니까.

"하지만 이번 사건은 최대한 이목을 끄는 게 중요합니다. 그래서 일부러 두 소송을 한꺼번에 진행하는 거죠."

"그렇군. 그러는 편이 더 효과적이기는 하겠어. 사람들이 받아들이기에도 하나보다는 두 개를 한꺼번에 한다고 하면 눈길이라도 한 번 더 갈 테고 말이야."

혁민은 고개를 끄덕였다. 그렇게 널리 알리고 화제를 불러일으켜야 형사소송에서도 유리할 것이라고 이야기했다.

"사실 더 준비하고 있는 게 있지만, 그건 차차 말씀드리겠습니다. 이 자리에서 전부 이야기하기가 좀 그러네요."

"그래, 우리야 자네를 믿으니까 이 일을 시작했지. 어차피 믿고 하는 일이니 때가 되면 알려주게. 애들처럼 보채지 않을 테니까 너무 신경 쓰지 말라고."

백 선생은 혁민의 어깨를 잡으면서 이야기했다. 장중범은 따로 말은 하지 않았지만, 눈빛으로 자신의 신뢰를 표시했다.

"사실 형사소송이 조금 문제가 될 여지가 많아서 그거 준비를 좀 하느라고 늦어지고 있어요. 이게 제대로 진행되기 어려울 수도 있다는 거 아시잖아요."

"하기야 우리가 제대로 재판을 받을 수나 있을지… 그것도 걱정이긴 해."

장중범은 사법기관도 극도로 불신했다. 그가 당한 일을 생각해 보면 어디 쉽게 믿을 수 있겠는가. 그래도 하는 데까지는 해볼 생각이었다. 차동출이 어떻게든 사건을 맡거나, 아니면 적어도 누구의 압력에도 굴하지 않을 수 있는 검사가 이 사건을 맡도록 해야 했다.

"그런데 그게 가능하겠어? 그게 그렇게 마음대로 되는 일이 아닐 텐데……."

백 선생은 그런 게 가능하겠느냐면서 물었고, 혁민은 아마도 어려울 것이라고 했다.

"되면 좋겠지만, 힘들 겁니다. 저들도 어떻게든 무마하려고 할 테니까요."

"그건 그렇고 형사소송을 할 수는 있는 건가?"

"그거야 충분하죠. 국정원법 위반으로 직권남용죄를 물을 수도 있고, 살인죄나 살인교사죄를 적용할 수도 있죠."

혁민은 문제는 증거라고 이야기했다.

"그러니까 말이야. 증거가 없잖아. 사실 나도 처음에는 어떻게든 그런 사정을 밝히려고 생각을 해보았지만 정말 막막하더라고."

장중범은 그게 쉬웠으면 자신이 예전에 먼저 나섰을 것이라고 말했다. 하지만 그런 억울한 일을 당했지만, 그걸 증명한다는 게 어디 쉽겠는가. 정보기관에서 자료를 내놓지 않을 텐데 말이다.

게다가 증인으로 요원을 소환하는 것도 쉬운 일이 아니다. 그런 걸 혁민도 알고 있지만, 그래도 승산이 없는 건 아니라고 말했다.

"몇 가지 조건이 더 맞아떨어져야 하기는 하지만 가능성을 찾고 있습니다. 그리고 아마도 지금 제가 이야기한 대로 일이 진행되지도 않을 겁니다."

상대가 원하는 대로 끌려가지 않는다. 승리를 위한 가장 기본적인 전략 중 하나다. 특히나 지금처럼 상대가 훨씬 강한 힘과 권력을 가지고 있을 경우에는 그걸 활용해서 상황을 자신들에게 유리하게 만들 것이다.

"최악의 경우에는 사실을 증명해도 재판장이 그걸 인정하지 않을 수도 있죠."

"그렇지. 그리고 설사 1심에서 이긴다고 하더라도 2심이나

3심으로 올라갈수록 이길 확률은 줄어든다고 볼 수 있고."

백 선생은 정말 힘든 싸움일 것이라면서 고개를 내저었다. 하지만 혁민은 그렇게 낙담할 것만은 아니라면서 기운을 북돋았다.

"어차피 힘든 싸움이라는 거 알면서 시작한 거 아닙니까. 그리고 지금 우리가 가지고 있는 이 증거가 큰 힘이 될 겁니다."

여러 사건이 얽혀 있고 워낙 복잡해서 혁민은 어느 면에 포커스를 맞추어야 가장 좋을지를 생각해 보았는데, 역시나 장중범의 사건이 가장 좋다고 판단했다.

국가로부터 배신당하고 억울하게 죽을 뻔한 요원. 사람들에게 가장 자극적으로 어필할 수 있는 사건이라고 생각해서였다. 그리고 그것부터 풀어야 이후에 백 선생의 사건도 해결하기가 좋았다.

"그리고 꼬리 자르기도 신경을 써야 할 거야."

장중범이 불쑥 이야기했다. 조직에서 필요하면 개인의 일탈 같은 식으로 처리할 수도 있다면서. 그렇게 되면 사건이 흐지부지될 가능성도 있었다.

"이것 참. 그렇게 생각하니까 이거 뭐하나 쉬운 게 없구만. 정말 힘든 싸움이야. 제대로 할 수 있는 게 없으니……."

백 선생은 혀를 끌끌 찼다. 얼마나 힘든 상대에게 덤벼들고 있는지가 실감되었기 때문이었다. 혁민도 그 점에는 동의했다. 그리고 그걸 전부 해결한 상태도 아니었다.

"돌파구가 좀 필요한 상황이네요. 아직은 좀 답답한 상황이라서."

"그래. 뭔가 속 시원하게 뚫리는 그런 게 있었으면 좋겠구만. 그런데 나는 머리가 굳어서 그런지 아무리 생각해도 그런 게 떠오르질 않아."

백 선생의 너스레에 혁민은 무슨 소리를 하는 거냐면서 웃었다. 혁민이 보기에는 여기에 있는 사람 중에서 그래도 머리 회전이 가장 빠른 건 백 선생이라고 생각되었기 때문이었다. 특히나 기발한 생각을 떠올리는 건 그가 제일이었다.

"하지만 자네 표정을 보니까 뭔가 있는 모양이구만. 그렇지?"

"표정에 그런 것까지 나오나요? 뭐 있기는 있죠. 아직은 확실하지는 않지만……."

혁민은 어떤 상황에서나 돌파구 하나 정도는 있게 마련 아니냐며 웃었다.

*   *   *

혁민은 사무실과 밖을 오가면서 바쁘게 준비했다. 하지만 같은 사무실에 있는 위지원 변호사에게도 자세한 이야기는 해 주지 않았다.

"정말 어떻게 하실 건데요?"

위지원 변호사는 답답했는지 혁민에게 직접 물어보았다. 자기 생각으로는 어떻게 할 방법이 없어 보였기 때문이었다. 왜 그렇지 않겠는가. 형사소송? 아니, 검사가 제대로 수사해야 법정에서 이길 수 있는 거 아닌가.

그런데 강직하고 신념에 찬 검사에게 이 소송이 배정되도록 하겠는가. 당연히 자신들과 이야기가 통하는 검사를 배정하지. 그런데 그걸 어떻게 막을 방법이 없었다.

"형사소송은 방법이 없다구요. 아예 손을 써볼 여지가 없어요. 검사는 고소인이 어떻게 해볼 방법이 없잖아요."

"저기… 그건 왜 그런 거예요?"

보람이 슬그머니 끼어들더니 질문을 던졌다. 평소에는 소송과 관련해서는 별다른 관심이 없던 그녀였지만, 이번 사건은 아버지와 관련된 일이라서 그런지 무슨 일만 있으면 궁금해했다. 혁민은 그런 사정을 이해하고 잘 설명해 주었다.

"경찰 수사관 같으면 교체해 달라고 요구를 할 수가 있어. 고소인이 해당 경찰서에 신청하면 되거든. 검사한테 이야기를 해도 되고."

검찰청법 제54조에는 서장이 아닌 경정 이하의 사법경찰관리가 집무 집행에 관하여 부당한 행위를 하는 경우에는 지방검찰청 검사장은 당해 사건의 수사 중지를 명하고, 임용권자에게 그 교체 임용을 요구할 수 있다고 되어 있다.

그리고 임용권자는 정당한 이유를 제시하지 아니하는 한 교체 임용의 요구에 응해야 한다. 그러니 경찰 수사관이 제대로 수사를 하지 않는다거나 한다면 교체를 요구할 수 있는 것이다. 하지만 검사는 그렇지 않다.

"현행법상 검사에 대한 교체 요구권 같은 건 없거든. 그리고 애초에 제대로 할 것 같은 검사에게는 사건이 가질 않겠지. 그러니 형사소송을 해도 우리가 불리하다는 거야."

"그렇죠. 그래서 법관과 같은 제척이나 기피 제도를 도입하자는 말도 있잖아요."

재판관의 경우 제도적인 장치가 되어 있다. 이를 악용하는 경우도 있기는 하지만 법적으로 보장되어 있다는 것은 상당히 유용하다. 이번 사건의 경우만 해도 그렇지 않은가. 검사에 대한 제척이나 기피 제도가 있었다면 어떻게든 방법이 있었을 것이다.

"하지만 법적으로는 방법이 없지. 안타깝지만 어쩔 수가 없어."

이 사건이 권력자들의 이목을 끌기 전이라면 어떻게든 차동출과 같이 제대로 된 검사에게 사건이 배정되게 한 다음 진행을 할 수도 있다. 물론 그래 봐야 이전처럼 중간에 검사를 교체해 버리면 그만이긴 하지만.

하지만 그런 건 무척이나 부담이 큰 일이다. 분명한 사유가 없다면 엄청난 반발이 있을 테니까. 이전 사건 때도 상당한 반발이 있었다. 그걸 무마하느라고 여러 사람이 엄청난 고생을 했다.

"그러면 어떻게 해요?"

장보람은 걱정이 가득한 얼굴을 하고서 물었다. 얼마 만에 만난 아버지인가. 그런데 인터넷에는 별별 이야기가 다 돌고 있었다. 변절자라느니 다른 나라의 스파이라는 말도 있었고, 북한의 사주를 받은 간첩이라는 말도 있었다.

대한민국을 혼란스럽게 하려고 이런 소란을 피우려는 자라는 말을 하면서 원색적인 비난을 하는 사람들이 생겨나서 장보람은 요즘 무척 속상해하고 있었다.

그래서 아버지가 빨리 누명을 벗기를 바랐는데 이야기를 들어보니 돌아가는 게 심상치 않은 것 같아서 근심이 가득했다. 혁민은 어쩔 수가 없는 일이라고 이야기했다. 그러자 보람은 조심스러워하면서 물었다.

"혹시 국민참여재판 같은 걸 할 수는 없어요? 그러면 혹시 무슨 방법이 있지 않을까요?"

"사실 그것도 생각해 보지 않은 건 아니야."

혁민은 무어라 대답을 하려고 했는데 위지원 변호사가 보람을 자리에 앉으라고 하고는 바로 옆에서 설명해 주었다.

"국민참여재판은 피고인만 신청할 수가 있는 거예요. 그래서 아버님은 신청할 수가 없어요."

"맞는 말이야. 그래서 사실 일부러 상대를 자극한 것도 있거든. 먼저 좀 고소를 하라고 말이야. 그러면 일이 좀 쉽게 돌아갔을 텐데……."

혁민이 먼저 고소를 하지 않고 기다리고 있었던 것에는 그런 이유도 있었다. 그리고 고소 전에 더 강한 자극을 해볼 생각이다. 상대가 참기 어려울 정도로 비난할 작정이었다. 하지만 아마도 상대는 걸려들지 않을 것이다.

"이번에 한 번 더 해보고 상대가 걸려들지 않으면 우리가 먼저 움직이는 수밖에 없어. 언제까지 말로만 떠들고 있을 수는 없으니까."

게다가 그러다 보면 혹시 무슨 일을 당할 수도 있는 일이다. 그러니 이번에 상대를 자극해 보고 그래도 반응이 없으면 그때는 움직여야 한다.

"그래서 재판장의 직권으로도 결정할 수 있게 하자는 말이 나오고 있기는 한데……."

"아직은 시기상조인 것 같아요. 국민참여재판을 영 탐탁지 않게 여기는 사람들이 많잖아요."

"그러니까. 그래서 이게 진전이 되지 않고 있지."

혁민은 아쉽다면서 한숨을 내쉬었다. 현재 상황만 보면 법은 절대로 약자의 편이 아니었다. 그래도 예전보다는 많이 나아졌다는 게 이 정도이니 예전에는 어땠을까 하는 생각마저 들었다. 지금도 이렇게 힘겹고 어려운데 예전에는 아예 권력에 대항한다는 건 꿈도 꾸지 못했을 것 같았다.

"나는 일 좀 보고 바로 여의도로 갈 테니까 이따가 보자고."

"아니, 어디를 그렇게 몰래 다니는 거예요? 저한테는 얘기를 해주셔야 하는 거 아니에요?"

혁민은 정말 미안하다고 이야기했다.

"믿지 못해서 그러는 게 아니야. 혹시나 해서 그러는 거지. 여기도 도청 장치가 되어 있을 줄 알아? 그래서 내가 말을 하지 않는 거야."

혁민은 나지막하게 말했다. 하지만 위지원 변호사는 아직도 뾰로통한 표정이었다.

"그리고 이걸 알고 있으면 위험해질 수도 있어서 그래. 그러니까 잠시만 참아줘. 녀석들이 어떤 놈들인지는 잘 알잖아. 무슨 짓이든 할 놈들이라고."

"그래도……."

위지원 변호사는 말을 흐렸는데, 혁민의 말에 많이 풀어진 표정이었다. 걱정해서 그런 거라고 하니 마음이 좀 누그러진 거였다. 혁민은 바빠서 나가본다고 하고는 후다닥 밖으로 뛰어나갔다.

"우리 대표님이 알아서 잘하시겠죠. 변호사님도 대표님이 일 어떻게 하시는지 잘 아시잖아요. 저는 대표님이 아버지 일 맡아서 해주셔서 얼마나 마음이 놓이는지 몰라요."

장보람은 정말 다행이라며 가슴을 쓸어내렸다. 다른 사람이었으면 마음이 놓이지 않았을 텐데, 그래도 혁민이 움직이는 걸 보면 안심이 된다면서.

"보람 씨는 불안하고 그렇지는 않아요? 그래도 가족 일이면 다들 가슴을 졸이던데……."

"불안하죠. 그래도 그런 생각도 들어요. 어차피 대표님 아니면 다른 데서는 엄두도 못 낼 거다. 그런 생각이요."

보람은 자신이 법에 관해서는 잘 모르지만 그래도 혁민이 어떤 실력을 가지고 있고, 어떤 사건들을 맡아서 승소했는지 대충은 알고 있다. 그리고 아버지인 장중범이 한 이야기도 있었다. 혁민이 아니라면 이 일은 아무도 할 수 없을 거라는 이야기.

"아버님께서 그런 말을 하셨어요? 하기야 그럴 만하죠. 엮인 사람들이 어디 보통 사람들인가."

"그래서 대표님이 잘해주시기만 바라고 있어요. 잘되겠죠?"

위지원 변호사는 그럴 것이라고 하면서 보람을 위로했다. 그리고 이번 일이 제대로 풀리면 앞으로는 정말 많은 게 바뀔 것이라고 했다.

*   *   *

"그래, 알았다니까. 걱정하지 않아도 괜찮아."

─내가 진짜 니 부탁이니까 아버지한테 얘기한 거야. 그러지 않았다면 어림도 없어.

혁민은 오혜나에게 연신 고맙다고 이야기했다. 오혜나의 아버지는 외교 쪽으로 상당한 인맥을 가지고 있는 사람이었다. 정보 계열에서 꽤 거물이니 그럴 만도 했다.

워낙 정체가 드러나지 않아서 거물 조폭이라는 말도 있었지만, 강윤주와 이채민은 그런 말을 들으면 그냥 웃기만 했다. 나중에 정말 이채민과 친해지고 나서야 제대로 된 이야기를 들을 수 있었다.

—너 진짜 무슨 이상한 짓 하는 건 아니지? 요즘 중국도 부정부패 이런 거 걸러낸다고 해서 뇌물 먹이고 이런 거 하다가 크게 당할 수가 있어.

"그런 거 아니라니까. 아무튼, 이번에는 정말 단단히 신세 졌다."

혁민은 일만 잘되면 정말 크게 한턱내겠다고 했다.

—한턱으로 되겠어? 아무나 할 수 있는 일이 아닌데.

"야, 내가 그동안 너 도와준 거만 해도 어디냐. 그거하고 이번 거하고 퉁치면 되는 거지 뭐. 거기다가 내 덕에 차 검사님하고도 잘되고 있잖냐."

—흐응, 그런가? 내가 좀 손해 보는 것 같긴 하지만, 그동안 잘해준 것도 있고 하니까 그냥 한턱으로 넘어갈게.

"얘 봐라. 아주 사업을 하더니 얼굴에 철판을 깔았네, 철판을 깔았어."

혁민의 말에 오혜나는 사업가는 다 그런 거라면서 다음에도 잘 부탁한다고 말했다. 혁민은 예전에 사업 시작할 때만 해도 순수했는데 이제는 못 당하겠다면서 혀를 내둘렀다.

"그런데 국수는 언제 먹는 거야? 날은 정했어?"

—요즘 오빠가 상황이 좀 그래서… 그래도 내년은 넘기지 않으려고.

혁민은 곧 좋아질 거라고 이야기했다. 그러면서 곧 12년이 되니 지금부터 준비해야겠다고 이야기했다.

"그래, 내년에는 다들 지금보다 더 좋은 모습으로 보자고."

―너도 빨리 가야지. 요즘 율희하고는 잘 지내고?

"내가 너무 바빠서 잘 챙기지 못해줘서 미안하지 뭐. 그래도 가끔 만나. 통화는 매일 하고."

―그래. 바쁠 때 보지는 못하더라도 통화는 자주 해라. 이 인간은 손가락이 뿌러졌나. 내가 먼저 전화를 하지 않으면 목소리를 들을 수가 없다니까.

오혜나의 성격은 어디 가지 않았다. 차동출도 보통 성격은 아니지만 오혜나를 감당하는 건 쉽지 않겠다는 생각이 들었다.

'아니야, 오히려 그게 더 잘 맞는 걸 수도 있지. 어지간한 여자 만났으면 계속해서 술독에 빠져 있었을 거야.'

요즘은 차동출이 술을 많이 줄였다는 말이 들렸다. 검찰 내부에서도 다들 놀랄 정도로 말이다. 그게 다 오혜나의 힘 아니겠는가.

"그래, 이만 줄일게. 일할 게 있어서. 나중에 한턱 잊지 말고."

―오케이. 나도 애들 준비하는 거 봐야 해. 바쁘겠지만, 언제 한번 와라. 루프리 애들도 다 너 보고 싶다고 하고 새로 준비하는 애들도 보여줘야지.

혁민은 알았다고 하고는 일이 잘 풀리면 보러 가겠다고 대답했다. 그는 통화를 마치자마자 바로 다른 곳에다 전화를 걸었다.

"아, 바로 받는군요. 어떻게 되어가고 있습니까?"

―지금 잘 진행이 되고 있습니다. 이쪽은 아무래도 **꽌시** 아니겠습니까. 연결해 준 사람이 파워가 있어서 그런지 생각보다는 순조롭네요.

혁민은 이야기를 듣고는 고개를 끄덕였다. 일이 잘 풀린다니 다행스러운 일이었다. 하지만 아직은 안심할 단계가 아니었다. 확실한 증거를 손에 넣기 전까지는 안심할 수 없는 일이다.

"그럼 계속 수고해 주세요. 혹시 문제가 되거나 그런 일은 없죠?"

―아직은 없습니다. 그리고 어지간한 문제는 알아서 해결할 수 있으니 크게 신경 쓸 필요 없습니다.

"그러면 또 연락하죠. 잘 아시겠지만, 최대한 빨리 진행해 주세요. 이쪽도 그렇게 시간이 많은 건 아니니까요. 배 실장님만 믿고 있습니다."

―이번 일이 잘돼야 저도 좋습니다. 그러니 최선을 다할밖에요.

이번 일이 잘되면 배 실장이 왜 좋은지는 잘 모르겠지만, 아마도 백 선생이나 장중범과 절친해서 그렇다고 혁민은 생각하고 있었다.

"소송을 하려면 아무래도 증거가 필요하니까. 하지만 제대로 인정을 받을 수 있는 증거를 확보하는 게 정말 어려워……."

지금 진행하고 있는 일이 소송을 계속해서 미루고 있는 이

유 중 하나였다. 이번에 확보할 증거는 확실하게 자신들에게
유리한 돌파구가 될 것이다.

"그건 그렇고 이제는 슬슬 상대를 자극하러 가볼까."

혁민은 차를 타고 여의도로 향했다.

장중범과 백 선생의 천막 앞에는 여러 사람이 와 있었다. 수
가 많지는 않았다. 특히나 기자들은 거의 오지 못했는데, 많이
알려졌음에도 불구하고 아직도 사방에서 들어오는 압력이 장
난이 아니었기 때문이었다.

하지만 혁민은 믿고 있었다. 지금 시대는 언론도 중요하지
만, 그것이 아니더라도 얼마든지 사람들에게 정보를 알릴 수
있다고. 혁민의 앞에는 개인 방송을 하는 사람들과 근처에 있
는 농성자들과 관계가 있는 사람들, 그래도 이걸 취재하지 않
을 수는 없다고 나온 기자들이 있었다.

혁민은 주변을 둘러보다가 이야기를 시작했다. 아주 묘한
형태의 진행이었다. 기자회견도 아니고 방송도 아닌 어정쩡한
형태였다.

"그러니까 이번이 마지막 기회라는 거군요?"

"맞습니다. 진실을 밝힐 마지막 기회를 주는 겁니다."

혁민은 지금까지 밝힌 내용은 극히 일부에 불과하다면서 이
사건에 관해서 엄중한 심판이 내려지기 전에 스스로 모든 것
을 밝히고 속죄할 기회를 주는 것이라고 말했다.

"왜 꼭 조사하고 죄가 밝혀진 다음에야 사죄하는 겁니까?

그렇게 마지못해 하는 게 진정한 사죄입니까? 그게 우리 사회의 지도층이라는 사람들의 양심이고 인격인 겁니까?'

혁민은 스스로 잘못을 인정하고 용서를 구하는 게 당연한 일 아니냐고 이야기했다.

"안 걸리면 그만이다, 나만 가지고 왜 그러냐, 이런 모습 너무 추하지 않습니까? 그래서 정말 진실과 정의가 무엇인지 스스로 세울 기회를 주는 겁니다. 만약! 이번에도 성의 있는 반응이 나오지 않을 경우!!"

혁민은 눈을 부릅뜨고 사람들을 쳐다보면서 이야기를 이어 나갔다.

"우리들의 손으로 무너진 진실과 정의를 세울 겁니다. 제대로 된 울타리를 세울 겁니다. 그리고 그 울타리 안에 지금까지 부당하게 많은 것을 누렸던 사람들이 자리 잡을 곳은 없을 겁니다. 그때는 당신들은 더 큰 대가를 치러야 할 겁니다."

『괴짜 변호사 : 악마의 저울』 12권에 계속…

초대형 24시 만화방

신간 100%, 샤워실, 흡연실, 수면실(침대석), 커플석, 세탁기 완비

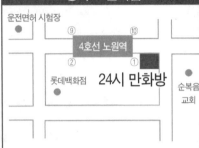
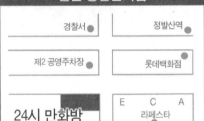

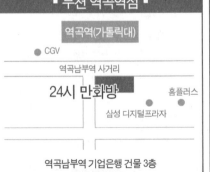
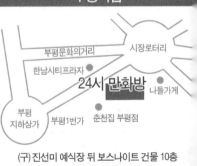

네르가시아 장편소설
FUSION FANTASTIC STORY

도시 무왕 연대기

글로벌 기업의 후계자 김태하.
탄탄대로를 걷던 그에게 거대한 음모가 덮쳐 온다!

『도시 무왕 연대기』

가장 믿고 있었던 친척의 배신,
그가 탄 비행기는 추락하고 만다.

혹한의 땅에서 기적같이 살아나
기연을 만나게 되는데……

모든 것을 잃은 남자,
김태하의 화끈한 복수극이 시작된다!

Book Publishing CHUNGEORAM

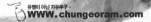

FUSION FANTASTIC STORY

탁목조 장편 소설

천공기

탁목조 작가가 펼쳐 내는 또 하나의 이야기!

『천공기』

최초이자 최강의 천공기사였던 형.
형은 위대한 업적을 이룬 전설이었다.
하지만 음모로 인해 행방불명되는데……

"형이 실종되었다고
내게서 형의 모든 것을 빼앗아 가?"

스물두 살 생일,
행방불명된 형이 보낸 선물, 천공기.
그리고 하나씩 밝혀지는 진실들.

천공기사 진세현이 만들어가는 전설이 시작된다!

Book Publishing CHUNGEORAM

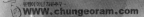

이경영 판타지 장편소설

FANTASY FRONTIER SPIRIT

그라니트
용들의 땅
G R A N I T E

사고로 위장된 사건에 의해 동료를 모두 잃고 서로를 만나게 된 '치프'와 '데스디아'.
사건의 이면에 상식을 벗어난 음모가 있음을 알게 된 둘은
동료들의 죽음을 가슴에 새긴 채 각자의 고향으로 돌아간다.
2년 후, 뜻하지 않게 다시 만난 두 사람은 동료들의 복수를 위해
개척용역회사 '그라니트 용역'을 설립해 다시금 그 땅을 찾게 되는데……

용들이 지배하는 땅 그라니트!
그곳에서 펼쳐지는 고대로부터 이어지는 운명적 만남,
깊어지는 오해, 그리고 채워지는 상처.

『가즈 나이트』시리즈 이경영 작가의 미래형 판타지 신작!

Book Publishing CHUNGEORAM

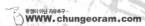

유행이 아닌 자유추구 -
WWW. chungeoram.com